# DRACHENLIEBEN LEICHT GEMACHT

## LASS ES DRACHEN

### BUCH EINS

## LOUISA MASTERS

Drachenlieben Leicht Gemacht © Louisa Masters 2021
Übersetzung von Johanna Hofer von Lobenstein
Bearbeitet von Antje Seebohm
Einband-Design von Booksmith Designs

Alle Rechte vorbehalten. Kein Teil dieses Buches darf ohne schriftliche Genehmigung der Autoren in irgendeiner Form oder durch elektronische oder mechanische Mittel, einschließlich Informationsspeicher- und -Abrufsystemen, mit Ausnahme der Verwendung von kurzen Zitaten in einer Buchbesprechung, reproduziert werden. Alle Charaktere, Orte, Ereignisse oder Unternehmen sind Fiktionen, und die Ähnlichkeit mit lebenden oder toten Personen ist vollkommen zufällig.

# ÜBER DRACHENLIEBEN LEICHT GEMACHT

*Merke: Einem alten Drachen neue Tricks beizubringen, ist unmöglich ... denn er denkt sich lieber selbst welche aus.*

Nach einem halben Jahrhundert Chaos war es eine wahre Wohltat, die Leitung der Community of Species abzugeben und mich ins Privatleben zurückzuziehen. Keine Höllenhunde, die Streiche aushecken. Keine schlecht gelaunten Dämonen, die meine Aufmerksamkeit einfordern. Kein Umgarnen der Gutsituierten zum Wohle der Community. Nichts als Ruhe und Frieden, während ich meinem übergriffigen Vater aus dem Weg gehe und versuche, herauszufinden, was meine nächsten Schritte sein werden.

Obwohl ... vielleicht sind drei Jahre Ruhe und Frieden auch genug. Kann sein, dass es sogar ein bisschen ... eintönig geworden ist. Tatsache ist, dass die Bruchlandung eines halbwüchsigen Drachen auf dem Schuppen meines Vermieters mir gerade recht kommt, was Abwechslung betrifft – vor allem, wenn es mir seinen Speziesführer ins Haus bringt.

Brandt. Flügelführer aller Drachen, weltgewandt, sexy

und ... ein bisschen verrückt. Er überredet mich ohne allzu große Anstrengung, meine Einsamkeit aufzugeben und mir Zeit zu nehmen, ihn kennenzulernen. Es ist nicht ganz einfach, sich Gedanken um die Zukunft zu machen, wenn man seinen eigenen Drachen zum »Spielen« hat. Nackte Drachenausritte sind unschlagbar!

Aber Brandt ist auch Oberhaupt seines Volkes, der somit ständig ansprechbar sein muss. Ich hatte aber diesen Teil meines Lebens hinter mir gelassen. Und mein Vater beharrt darauf, dass ich es dem guten Namen der Familie schuldig bin, einen Job mit geregelten Arbeitszeiten anzunehmen und »vorteilhaft zu heiraten«. Das ist nicht das, was ich will, aber für.eine Gruppe Wesen zu sorgen, die fliegen und Feuer speien können, und die mich buchstäblich zertreten könnten, klingt nach einer riesigen Herausforderung, vor allem, weil Brandt es mit Regeln nicht allzu genau nimmt.

Ich muss mir klar werden, ob ich mich auf ewige Drachenliebe einlassen kann.

# KAPITEL 1

PERCY

Stirnrunzelnd hebe ich den Blick von meinem mittelmäßigen Buch. Was ist das für ein Pfeifen? Es klingt fast so, als würde etwas –

*RUMS!!!*

– mit rasender Geschwindigkeit vom Himmel fallen.

Dieses Etwas scheint auf dem Dach des Schuppens hinter meinem Ferienhaus gelandet, oder besser gesagt, durch das Dach gebrochen zu sein. Ich lausche einen Moment mit schief gelegtem Kopf, für den Fall, dass es eine Bombe ist, die jeden Moment losgehen könnte. Haben mich feindliche Geheimagenten fälschlicherweise als Ziel identifiziert? Zugegeben, ich habe in letzter Zeit viel zu viel gelesen und Filme gesehen, im Versuch, alles nachzuholen, wozu ich lange Zeit nicht gekommen war. Leider scheinen diese Eindrücke sich zunehmend negativ auf mein Urteilsvermögen auszuwirken. Gestern zum Beispiel hat der Baum neben der Hintertür seinen Schatten über den Eingang geworfen, und mein Gehirn weigerte sich, sie mich benutzen zu lassen, weil es auch ein Tor zur Hölle hätte sein können. Obwohl ich doch am besten wissen müsste, dass es weder Hölle noch Teufel wirklich gibt. Luzifer ist eine offizielle Amtsbezeichnung, keine religiöse Entität.

Das kommt davon, wenn man zu viel Zeit in Phantasiewelten verbringt.

Glücklicherweise kann ich dem recht kreativen Gebrauch von Kraftausdrücken in einer Sprache, die ich noch dabei bin zu lernen, entnehmen, dass es sich nicht um eine Bombe handelt.

Sicherlich würden viele sagen, dass eine Bombe wesentlich weniger Zerstörungskraft hat als ein jugendlicher Drache.

Ich lege den Kindle aus der Hand, insgeheim erleichtert, dass ich nicht sofort entscheiden muss, ob ich dieses Buch wirklich fertig lesen soll oder nicht, und gehe zur Hintertür. Der Stimmlage nach zu schließen ist der Drache jung, aber auch junge Drachen sind groß, also bin ich nicht sicher, wie viel von dem Schuppen noch stehen wird. Wie soll ich das nur meinem menschlichen Vermieter erklären?

Es ist zwar dunkel draußen, so dunkel, dass Stadtmenschen es sich nie vorstellen können, bis sie es selbst erlebt haben – aber ich kann unschwer erkennen, dass der Schuppen in der Tat ... dem Erdboden gleich gemacht wurde. Während ich über den Rasen darauf zulaufe, versuche ich, mich zu erinnern. War etwas Wertvolles (oder Brennbares) da drin? Dann muss ich mir ein Schmunzeln verkneifen. Der junge Drache, der inzwischen wieder zweibeinige Gestalt angenommen hat, trägt etwas, das wie ein Schlafanzug aussieht, während er laut vor sich hin schimpfend versucht, sich aus den Trümmern zu befreien.

Ich bleibe in ein paar Meter Entfernung stehen und räuspere mich.

Das Fluchen verstummt abrupt, und er wirbelt mit einem sehr drachenhaften Knurren herum. Ich hebe die Hände in der universellen, ja sogar interdimensionalen, Geste der friedlichen Absichten.

»Bist du verletzt?«, frage ich, dann bemühe ich mich, es auf Elfisch zu wiederholen. Meine Aussprache lässt zu wünschen übrig, und ich bin ziemlich sicher, dass der Satzbau nicht richtig war, aber er entspannt sich augenblicklich. Wahrscheinlich ist ihm klar geworden, dass ich kein Mensch bin und er sich nicht zu verstellen braucht.

»Mir geht es gut, danke, Sir«, antwortet er höflich auf Englisch. Mein Elfisch muss schlechter sein als ich dachte. »Es tut mir sehr, sehr leid um Ihren Schuppen. Meine Familie wird ihn reparieren. Äh ...« er schaut sich um. »Ersetzen.«

»Mach dir keine Sorgen deswegen«, sage ich beruhigend. »Hauptsache, du bist nicht zu Schaden gekommen. Kann ich dir helfen, da rauszukommen?«

Mit einem tiefen, genervten Seufzer, wie ihn nur Teenager zustande bringen, funkelt er das Chaos an, dann sagt er: »Wenn es Ihnen keine Mühe macht.«

Zum Glück steckt er nicht wirklich fest. In Drachengestalt wäre es ihm ein Leichtes gewesen, über die Trümmer zu steigen, aber einige Stücke des Blechdachs und Überreste der gemauerten Wände sind zu groß, als dass er in zweibeiniger Form so einfach darüber klettern könnte. Ich helfe ihm heraus, und zehn Minuten später steht er erleichtert aufatmend neben mir auf dem Rasen.

Aber das hält nicht lange vor. »Meine Eltern werden nicht begeistert sein«, bemerkt er kummervoll, während er die Trümmer mustert.

»Möglich«, gebe ich zu. »Aber sie werden sehr froh sein, dass dir nichts passiert ist. Bist du sicher, dass du unverletzt bist?« Wahrscheinlich ist er schon genervt von meinen Nachfragen, aber wenn ich eines über Jugendliche weiß, ist es, dass sie Blessuren oft herunterspielen – es sei denn, dass sie dann weniger für die Schule tun müssen. Außerdem kann es sein, dass er etwaige Verletzungen durch den Adrenalinschub des Unfalls nicht bemerkt hat. Der sollte aber langsam nachlassen. Ich betrachte ihn erneut. Er hat den Tarnzauber, der ihn menschlich erscheinen lässt, aufgelöst, und die offensichtlichsten Unterschiede, die spitzen Ohren und der Knochenbau seiner Stirn und um die Augen, haben das eindeutig Fremde, das ihn als Drachen und nicht Elfen ausweist.

Er schüttelt den Kopf. »Nur ein paar Kratzer und blaue Flecken. Ich bin ja nicht wirklich *gefallen*, verstehen Sie? Also schon, aber es war größtenteils ein kontrolliertes Fallen. Ich habe nur den richtigen Zeitpunkt verpasst, um den freien Fall zu bremsen.«

Nicht zum ersten Mal bewundere ich, wie schnell die jungen Drachen und Elfen sich unsere Jugend- und Umgangssprache angeeignet haben. Sie sind erst vor drei Jahren zur Erde emigriert, nach dem Kollaps ihrer Dimension; dieser Junge klingt aber, als hätte er Zeit seines Lebens Englisch gesprochen.

»Du hast Sturzflug geübt?«, rate ich, und über sein Gesicht huscht ein schuldbewusster Ausdruck.

»Nicht *wirklich*«, druckst er, und ich unterdrücke mein Grinsen.

»Tja, du hast ja Zeit, darüber nachzudenken, was *genau* es war, während wir auf deine Eltern warten, die dich sicher abholen werden. Hast du ein Handy dabei? Sonst kannst du meins benutzen.« Dass er keines hat, ist unwahrscheinlich. Wenn Elfen und Drachen ausnahmslos eines an der Erde richtig gut finden, sind es Handys.

Er kneift die Augen etwas zusammen, als würde er überlegen. Mit dem Licht kann es nichts zu tun haben – der Mond ist nicht zu sehen, und die Sterne sind zwar ein glitzerndes Meer der Herrlichkeit, aber nicht hell genug, dass man deswegen blinzeln müsste.

»Ich könnte auch alleine nach Hause kommen«, schlägt er vor, dann schaut er sich um. »Glaube ich. Wo genau bin ich hier?«

Ach Herrje.

»An einem Ort, an dem deine Eltern dich abholen können«, sage ich entschieden. Diesen Ton schlage ich nur noch selten an, aber das hier ist ein guter Anlass. »Handy?«

Er seufzt erneut, dann zieht er ein Smartphone hervor und starrt es missmutig an. »Sobald ich das einschalte, können sie mich orten, und dann wissen sie, dass ich nicht da bin, wo ich eigentlich sein sollte.«

In mir regt sich ein leises Misstrauen. »Ist das schlimm?«, frage ich vorsichtig, im Versuch, ein Gefühl dafür zu bekommen, ob seine Eltern ihn misshandeln, ohne es so deutlich auszusprechen, dass er sich angegriffen fühlt. Ich würde ihn nicht zu Leuten zurückschicken, bei denen er nicht sicher ist. Ich habe Verbindungen zu hochrangigen Drachen und kann dafür sorgen, dass er sicher ist.

»Ich bekomme bestimmt *wochenlang* Hausarrest«, murrt er, und das kleine Angstgefühl lässt nach. Einfach nur eine Vermeidungstaktik also, typisch Teenager. »Und dann halten sie mir *stundenlang* Vorträge darüber, dass ich nicht heimlich ohne Aufsicht fliegen soll. Ich bin ein *Drache*. Ich habe einen *natürlichen Fluginstinkt*. Ich brauche keinen Aufpasser.«

Ich muss husten, um ihn nicht laut auszulachen. Er ist einfach nur süß. Ich habe immer noch Schwierigkeiten, das Alter von Drachen einzuschätzen, weil ihr Alterungsprozess so anders ist als bei uns; in Shifterjahren wäre er um die 13. Das könnte hinkommen, wenn die Dracheneltern nicht wollen, dass er allein fliegt. Anders als die Shifter auf der Erde werden Drachen nicht in zweibeiniger Gestalt geboren. Wie die Fortpflanzung funktioniert, weiß ich nach wie vor nicht genau, aber ich weiß, dass Drachenbabys aus Eiern schlüpfen und schon nach wenigen Jahren fliegen können – aber sie stellen sich ungeschickt an dabei. Ich hatte einmal das Privileg, ein Drachenjunges fliegen zu sehen, und es war das Süßeste, was man sich vorstellen kann.

»Du musst sie trotzdem anrufen«, sage ich ernst. Dass sein »natürlicher Fluginstinkt« gerade die Demolierung des Schuppens zur Folge hatte, erwähne ich mal nicht.

Mit einem weiteren dramatischen Seufzer schaltet er das Handy ein.

Es klingelt sofort, und er zuckt zusammen. »Die müssen gemerkt haben, dass ich nicht im Bett bin«, murmelt er, dann streicht er mit dem Finger über das Display und hebt das Handy ans Ohr. »Hallo, Papa.«

Mit meinem Shiftergehör hätte ich keine Schwierigkeiten, zu belauschen, was sein Vater sagt, aber ehrlich gesagt spricht er so laut, dass sogar ein Mensch es hören könnte. Mein Elfisch ist immer noch etwas rudimentär, sodass ich nicht jedes Wort verstehe, weil er so schnell spricht, aber er scheint sich zu erkundigen, wo das Kind ist und ob es ihm gut geht. Dann soll er zweimal husten, wenn er in Gefahr ist oder entführt wurde.

Dieser Papa ist mir sehr sympathisch.

»Mir geht's gut, Papa«, sagt der Junge – ich hätte ihn wirklich nach seinem Namen fragen sollen – auf Englisch. Manieren hat er, das muss man ihm lassen. »Ich ... äh, okay, also du darfst nicht sauer werden. Also noch nicht jedenfalls.«

Kurzes Schweigen am anderen Ende. »Wer ist bei dir?«, fragt der Vater streng, ebenfalls auf Englisch.

»Der, äh, der Mann, in dessen Schuppen ich gekracht bin? Aber ich bin okay! Der Schuppen nicht, aber ich schon. Das ist doch gut, oder?«

»Gib mir Kraft«, murmelt der Vater. »Du bist in einen Schuppen gekracht? Hast du dir auch bestimmt nicht weh getan?«

»Ganz sicher«, erklärt der Junge fröhlich, offensichtlich froh, dass er nicht über den Schuppen oder die Tatsache reden muss, dass er sich rausgeschlichen hat und heimlich geflogen ist. »Und dieser Mann – sorry, Sir, wie ist denn Ihr Name?«

»Percy Caraway«, antworte ich. Ihm wird das nicht viel sagen, aber dem Vater bestimmt, und es ist gut möglich, dass es ihn etwas beruhigt.«

»Mr Caraway hat mich tausendmal gefragt, ob es mir gut geht, und dann gesagt, dass ich euch anrufen soll. Ich bin also in Sicherheit, bis ihr mich abholen kommen könnt. Vielleicht morgen? Es ist schon spät, und du solltest dich ausruhen.«

»Ich sollte mich–« sein Vater unterbricht sich, atmet so tief durch, dass ich es deutlich hören kann, dann zählt er leise bis zehn. »Benisch, wie in aller Welt soll ich mich ausruhen, wenn ich weiß, dass du in einen Schuppen geflogen bist, und jetzt irgendwo bist – wo bist du überhaupt? Bei einem Wildfremden? Hast du eine Ahnung, was für Sorgen wir uns gemacht haben? Du warst mitten in der Nacht aus deinem Bett verschwunden, und hattest dein Handy ausgeschaltet! Wir haben den Flügelführer gebeten,

Suchtrupps loszuschicken!« Er unterbricht sich wieder. »Moment mal. Hast du Percy Caraway gesagt?«

Der Junge – Benisch – sieht mich an. »Sind Sie sowas wie ein berüchtigter Mörder oder so?«

Sein Vater macht ein ersticktes Geräusch.

»Nein«, sage ich beruhigend, ohne eine Miene zu verziehen. »Kann ich deinen Vater mal sprechen?«

Benisch reicht mir ohne Widerspruch das Handy und schlendert zu den Trümmern zurück, um darin herumzustochern. Da hat er wohl Glück, das ich kein »berüchtigter Mörder« bin, der lügt, wenn er so etwas gefragt wird.

»Percy Caraway hier«, sage ich dann ins Handy.

»Vridel Nandag«, gibt er automatisch zurück. »Verzeihen Sie – sind Sie der Percy Caraway, der ehemalige Luzifer?«

»Der bin ich«, bestätige ich, aber sein Name kommt mir auch bekannt vor. »Ich glaube, wir haben uns schon gesehen.« Es war kurz nach der Migration, als die Drachen noch mit dem Erlebten zu kämpfen hatten. Auf Bitten von Flügelführer Brandt hin besuchten damals einige von uns, die zur Führungsebene des Community of Species Goverment – CSG – gehörten, die Drachen-Communities, um Fragen zu beantworten. Vridel hatte uns begleitet, einfach aufgrund der Tatsache, dass sein Übersetzungszauber sich schon besser angepasst hatte als die der anderen Drachen. Ich habe ihn als intelligent, reflektiert und humorvoll in Erinnerung.

»Das stimmt«, sagt er, und die Erleichterung ist ihm anzuhören. »Das ist gut. Verzeihung, ich bin gerade etwas außer mir. Wir dachten wirklich ...« Er bricht ab und atmet tief durch. »Benisch ist wirklich unversehrt?«

»Er ist nicht untersucht worden, aber er sagt, dass es ihm gut geht, und er kann laufen und sprechen ohne

Hinweis auf Schmerzen oder Verletzungen«, sage ich beruhigend.

Vridel atmet nochmals tief durch. »Gut. Gut. Und er hat Ihren Schuppen demoliert?«

Ich drehe mich zu den Überresten des ehemals robusten kleinen Gebäudes um. »Nicht meinen, den meines Vermieters, aber leider ja. Soviel ich verstanden habe, ging es um eine Fehleinschätzung beim kontrollierten Fall.«

»Kontrolliert, ha!«, sagt Vridel trocken. Er klingt schon gefasster, jetzt da er weiß, dass sein Sohn unversehrt ist. »Wenn dieser Jungspund mal lernt, was Kontrolle wirklich bedeutet, werde ich ein Fest veranstalten, wie es keine Welt je gesehen hat.«

Ich muss lachen. »Sie sind nicht der erste Vater, von dem ich so etwas höre«, sage ich dann mitfühlend.

»Bestimmt nicht. Ich komme ihn abholen, dann können wir besprechen, wie wir den Schuppen ersetzen können. Ist der Vermieter auch in der Community oder ein Mensch? Wir haben Strategien entwickelt, um den Menschen die durch unsere Jungen verursachten Schäden zu erklären. Vielleicht könnten wir sagen, dass ein Segelflugzeug dagegen geknallt ist.« Er unterbricht sich. »Hat es die Nachbarn geweckt?«

»Darum müssen Sie sich keine Sorgen machen. Ich bin hier auf einem abgelegenen Grundstück. Die nächsten Nachbarn sind über einen halben Kilometer entfernt, und es ist so dunkel, dass sie nichts gesehen hätten, selbst wenn sie etwas gehört und aus dem Fenster geschaut hätten.«

»Na, das ist ein Glück. Immerhin. Ich orte mal kurz das Handy und schaue, wie ich da am besten ...« er verstummt, dann flucht er auf Elfisch. »Luzifer – ich meine, Mr Caraway —«

»Percy«, sage ich mit einer Grimasse.

»Sind Sie in West-Australien?«

Der ungläubige Tonfall besorgt mich. Lebt er gar nicht in der Nähe, wie ich angenommen hatte? Die Drachen siedeln hauptsächlich in ländlichen Gegenden, da sie dort mehr Gelegenheit zum Fliegen haben, ohne von Menschen gesehen zu werden. West-Australien – besonders die Gegend hier im nördlichen Teil – ist dafür gut geeignet, darum war ich auch nicht allzu überrascht, einen jungen Drachen hinter dem Haus vorzufinden. Aber Vridels Schock lässt mich stutzig werden. Wo wohnen sie wohl? Der nächste Staat ist eigentlich gar keiner, sondern das Northern Territory, etwa 800 Kilometer entfernt. Der nächste Ort, an dem Drachen leben könnten, ist Indonesien, noch weiter weg im Norden, und mit dem offenen Meer dazwischen. Das würde doch sicher auch ein leichtsinniger Teenager nicht versuchen. Drachen fliegen schnell ... schneller als die meisten Flugzeuge, fast mit Schallgeschwindigkeit – aber das ist ein *ordentliches* Stück, und mehr als ein paar Stunden kann er nicht unterwegs gewesen sein.

»Ja«, sage ich vorsichtig. »Nicht allzu weit weg von Broome. Warum? Wo sind Sie denn?«

»Queensland«, antwortet er schwach. »Bei Gympie.«

Dass ich keinen Kraftausdruck benutze, ist allein meiner Willenskraft zu verdanken. Das ist auf der anderen Seite des Kontinents. Wenn es eine Fluglinie gibt, die von Gympie nach Broome fliegt, würde der Flug – ich überschlage es kurz – gute fünf Stunden dauern.

Dann schaue ich Benisch an, der immer noch am Wellblech herumpolkt, das seinen Fall gebremst hat. Der Kleine ist ja ganz schön weit gekommen.

»Ich weiß, dass es einen Zeitunterschied gibt«, sage ich, während ich überlege, ob es bei ihnen zwei oder mehr Stunden später ist. Zwei, glaube ich. Queensland macht keine Sommer- und Winterzeit. »Da hat er ja wirklich eine weite Strecke zurückgelegt in kurzer Zeit.« Als ich das letzte Mal auf die Uhr gesehen habe, war es kurz nach 23 Uhr 30. Benisch muss sich nach dem Zubettgehen aus dem Haus geschlichen und dann ziemlich direkt hierher geflogen sein. Das scheint mir ungewöhnlich bei einem Teenager. Hätte er nicht eher Tricks und Flugakrobatik ausprobiert als einfach geradeaus Richtung Westen zu fliegen?

»Er muss gelernt haben, wie man springt«, murmelt Vridel. »Eine andere Erklärung gibt es nicht. Ich rede mit ihm, wenn ich da bin, und dann bekommen wir schon raus, was genau passiert ist. Es wird länger dauern, als ich dachte, und –«

Am anderen Ende sind Geräusche zu hören, und er sagt: »Entschuldigen Sie mich einen Moment, Luzi– Percy, meine ich.«

»Natürlich.«

Es raschelt, als er die Hand über das Mikrofon hält, aber ich höre trotzdem Gemurmel und kann auch ein paar Worte verstehen – der Vorteil des Shiftergehörs. Vridel scheint jemandem die Situation zu erklären. Vielleicht seiner Partnerin?

Dann ist eine andere Stimme zu hören. Es ist eine Stimme, die ich kenne, eine, die ich in den Monaten nach der Migration recht gut kennengelernt habe, bis ich das CSG verlassen habe. Eine Stimme, bei der mir ein Schauer über den Rücken läuft, unabhängig davon, was die Person sagt.

Flügelführer Brandt.

Alias die schärfste Bestie (ohne Witz) der Erde. Der Lüfte. Sie wissen schon.

Wie es mir geglückt ist, für mich zu behalten, wie sehr ich mich zu ihm hingezogen fühle, weiß ich nicht genau, aber ich habe es geschafft. Keiner hat es gemerkt, zum Glück! Denn so gern ich meine Kollegen beim CSG auch hatte – wenn sie das geahnt hätten, hätten sie ein Komplott geschmiedet, um Brandt und mich zu verkuppeln. Das weiß ich, weil ich selbst schon an solchen Verkupplungsaktionen beteiligt war.

Stimmt ja. Vridel hatte Benisch vorhin erzählt, dass sie den Flügelführer geholt hatten, um Suchtrupps zu organisieren. Und obwohl ich Brandt nicht besonders gut kenne (seufz), überrascht es mich nicht, dass er alles fallenlassen und den Pazifik überquert hat, um einem Kind in Not beizustehen. Obwohl ... auch das ist ein langer Flug in kurzer Zeit. Vielleicht hat es mit dem Springen zu tun, von dem Vridel vorhin sprach?

Ich habe so viele Fragen.

Aber die müssen warten. Vridel und Brandt scheinen zum Ende zu kommen, und die Priorität muss jetzt Benisch sein.

»Percy?« Die Stimme an meinem Ohr ist nicht die von Vridel, und ich unterdrücke die Schmetterlinge, die sie in meinem Inneren verursacht. Wie kann es sein, dass ein Mann allein mit seiner Stimme so einen Aufruhr in meinem limbischen System verursachen kann?

»Brandt«, quieke ich, dann zucke ich zusammen und schließe die Augen. »Äh ...« Ich räuspere mich. »Sorry. Muss wohl eine Fliege geschluckt haben.« Was passiert mit mir? Ich verliere doch sonst nicht so die Fassung. So etwas passiert mir *nie*.

»Hoffentlich war sie schön saftig«, sagt er trocken, dann fährt er glücklicherweise gleich fort, denn ich habe keine Ahnung, was ich darauf antworten soll. »Schön, deine Stimme zu hören. Besonders, da die Umstände dieses Mal keine tragischen sind.«

»Finde ich auch. Ich bin sehr froh, dass ich Vridel beruhigen konnte.«

»Wir sind alle so erleichtert. Das letzte Mal, als eines unserer Jungen vermisst wurde ... tja, du kannst dich sicher erinnern.«

Das kann ich allerdings. An die Rettung auch. Lebhaft und mit allen Details. Das war schließlich auch der Tag, an dem mein Leben zum wiederholten Mal komplett umgekrempelt wurde.

»Ich bin einfach nur froh, dass ihr das nicht noch einmal durchstehen musstet.« Ich klinge heiser und räuspere mich wieder. »Also ... Vridel hat dir wohl schon erzählt, dass der junge Benisch weiter geflogen ist als erwartet.«

Brandt lacht. »Diese Jungdrachen halten uns ganz schön auf Trab! Wir dürfen nicht zu vertrauensselig sein. Vridel und ich kommen ihn abholen. Aber wenn es dir recht ist, würde ich mich gern vorher ein paar Stunden ausruhen. Ich habe einen langen Flug hinter mir.«

»Na klar«, sage ich und frage diplomatisch nicht, wie er so schnell nach Australien gelangt ist. »Das ist okay. Benisch scheint auch müde zu sein«, füge ich hinzu, denn der Junge liegt jetzt mit geschlossenen Augen im Gras. Mist. »Benisch, geh doch ins Haus und lege dich auf die Couch«, rufe ich ihm zu. »Wegen der Schlangen« will ich nicht sagen, um ihm keine Angst zu machen, aber die Befürchtung ist nicht aus der Luft gegriffen.

Ich denke nach. Sind Schlangen eine Gefahr für Drachen? Kann ihnen das Gift überhaupt etwas anhaben?

Benisch brummelt etwas, bewegt sich aber nicht, und ich frage mich gerade, ob ich darauf bestehen soll und erklären muss, warum man sich im Aussie-Outback nicht mit geschlossenen Augen auf den Boden legen sollte, aber dann rappelt er sich hoch und schlurft ins Haus.

»Tut mir leid«, sage ich wieder zu Brandt und beobachte den Jungen, bis die Moskitotür hinter ihm zufällt. »Ich dachte, drin wird er es bequemer haben. Wenn du dich ausruhen willst und ihr ihn morgen abholt, kann ich ihn im Gästezimmer unterbringen« – einem von vieren – »bis morgen Früh und auf ihn aufpassen, bis ihr da seid.«

»Das wäre toll. Bei dir wird er sicher sein, das wissen wir. Vielen Dank, Percy.«

»Überhaupt kein Problem«, sage ich und laufe Richtung Haus. »Muss ich etwas wissen?«

»Tja. Er wird erschöpft sein nach der langen Strecke, also brauchst du keine nächtlichen Ausflüge mehr zu befürchten«, sagt Brandt trocken. »Wäre gut, wenn du dafür sorgen könntest, dass er ein paar Liter Wasser trinkt, bevor er schlafen geht.«

»Klar, kann ich – ein *paar Liter*?« Ist das ein Kind oder ein Fisch?

»Ja, er muss seinen Flüssigkeitshaushalt regulieren. Die Jungen vergessen immer, wie viel Energie es kostet, zu fliegen. Wenn er Hunger hat, könntest du ihm etwas mit viel Protein geben? Und morgens nochmal das Gleiche?«

Ich trete ins Haus und ziehe die Tür hinter mir zu. »Steak und Eier?«, schlage ich vor. Da ich selbst Shifter bin – zwar Katze und nicht Drache – kenne ich den Hunger, der einen nach dem Gestaltwandeln packt. Mir hätte bewusst sein müssen, dass Benisch hungrig sein würde – und seine Erschöpfung könnte auch damit zu tun haben, dass er dehydriert ist.

»Perfekt«, lobt Brandt.

»Wollen seine Eltern ihn nochmal sprechen?« Ich schleiche durchs Haus zum Wohnzimmer, wo ich den verdreckten, müden Jugendlichen auf der Couch lümmelnd vorfinde. Er hebt ein Augenlid, als ich näher komme.

»Ja bitte«, sagt Brandt. »Aber vorher muss ich ihn nochmal kurz sprechen.«

»Moment, ich gebe ihm das Handy. Bis morgen dann.« Ich nehme das Handy vom Ohr und frage Benisch: »Möchtest du etwas essen?«

Er nickt langsam, als sei er zu müde, den Kopf zu bewegen, und ich verspüre Mitleid und Belustigung zugleich.

»Ich mache dir etwas«, verspreche ich. »Der Flügelführer und deine Eltern wollen dich nochmal sprechen, dann kannst du essen und schlafen gehen, okay?«

Er macht wieder das knurrende Geräusch, dann setzt er sich mühsam auf und streckt die Hand nach dem Handy aus. »Danke«, sagte er, auch kurz vor dem Tiefschlaf noch wohlerzogen. Ich gebe das Handy weiter, dann trete ich den strategischen Rückzug in die Küche an.

Der Abend hat eine unerwartete Wendung genommen.

Mit halbem Ohr höre ich Benischs Beitrag zum Telefonat, der hauptsächlich aus Zustimmen und hoch und heiligen Versprechungen zu bestehen scheint, dass er nichts anstellen wird, während ich seine Mahlzeit vorbereite. Soviel ich mich erinnere, haben Drachen einen recht ähnlichen Metabolismus wie die Shifter auf der Erde, also mag er Steak wahrscheinlich blutig oder höchstens medium.

Als er mit dem Handy in der Hand in die Küche getappt kommt, sind die Eier fertig und das Steak auch fast. Ich habe ihm ein Gedeck und einen große Karaffe Wasser hingestellt. Er greift sofort danach und leert sie schneller als ich es für möglich gehalten hätte, dann wirft er mir einen schuldbewussten Blick zu.

»Tut mir leid. Ich hätte ein Glas benutzen sollen.«

Ich stelle ihm lächelnd den Teller vor die Nase, dann fülle ich die Karaffe wieder. »Mach dir keine Sorgen deswegen. Durst ist manchmal mächtiger als Manieren. Fang doch schon mal an zu essen, und ich gehe dir ein Bett machen.« Ich stelle die Karaffe neben ihm ab und warte noch, bis er anfängt, reinzuhauen.

Hmm. Zwei Ribeyes und vier Eier werden vielleicht gar nicht reichen.

Das ist okay. Ich habe noch mehr.

Ich nehme Bettwäsche aus dem Wäscheschrank, gehe den Flur runter, dann muss ich nochmal zurück und nachsehen, in welchem Fach sie gelegen haben. Der Eigentümer hat mir das Haus möbliert vermietet, und seine Regale sind beschriftet. Jedes enthält Wäsche und Handtücher für ein bestimmtes Zimmer. Er hatte mich sehr eindringlich gebeten, sie keinesfalls durcheinanderzubringen. Es liegt mir fern, sein System auf den Kopf zu stellen – schließlich hat er auch nicht weiter nachgefragt, als er mir dieses einsam gelegene Haus für 6 Monate überlassen hat, um hier ganz allein zu leben.

Nachdem ich das Bett fertig habe und darunter und im Schrank nach Schlangen und Spinnen geschaut habe – das Zimmer hat schließlich monatelang leer gestanden –, den Ventilator angestellt habe und wieder in die Küche komme, hat Benisch aufgegessen. Er sieht so aus, als würde er den Teller ablecken, wenn er nicht wüsste, dass ich zusehe. Die Karaffe ist wieder leer. Ich nehme sie mit zur Spüle und fülle sie erneut. Zum Glück hat dieses Haus große Wassertanks.

»Möchtest du noch mehr?«, frage ich, und er nickt.

»Ja bitte. Wenn das okay ist. Vielleicht nur noch ein paar Eier?« Er lächelt verlegen. »Mir war gar nicht klar, wie hungrig ich bin.« Er sieht jetzt etwas besser aus als noch vor 15 Minuten. Mehr Farbe im Gesicht, und sein Blick ist klarer.

»Aber natürlich.« Ich schlage nochmal zwei Eier in die Pfanne, und er stellt sich neben mich, während sie braten. Er nimmt die Karaffe wieder zur Hand, trinkt aber langsame Schlucke und stürzt das Wasser nicht so herunter wie vorhin.

»Brandt sagt, ich bin einmal quer über den Kontinent geflogen. Stimmt das? Ich habe das noch nie gemacht. Meine Freunde werden es nicht glauben können – und sie werden sowas von neidisch sein!«

Oh ja. Er fühlt sich definitiv besser.

»Sieht so aus. Ich bin nicht sicher, wie dir das in der Zeit gelungen ist, aber wir sind hier etwa zwei Stunden Autofahrt von Broome entfernt. Weißt du, wo das liegt?«

Er nickt. »An der Westküste von Australien. Dort werden Perlen angebaut.«

*Angebaut?* Na gut, er meint das Richtige. »Ja. Du hast also einen weiten Weg zurückgelegt.«

Er schweigt einen Moment, dann seufzt er. «Ich werde mächtig Ärger bekommen, wenn sie nicht mehr so erleichtert sind, dass mir nichts passiert ist.«

»Vermutlich«, sage ich zustimmend. »Du hast ihnen einen ziemlichen Schrecken eingejagt. Jetzt noch mehr, da sie wissen, wie weit du geflogen bist, und was dir unterwegs alles hätte passieren können.«

Er nickt und trinkt wieder ein paar Schlucke. »Papa und Brandt sagen, dass ich Ihnen sagen soll, dass Sie keine Sorge haben müssen, dass mich Menschen gesehen haben könnten. Ich hatte unterwegs die ganze Zeit den Tarnschild an, ich schwöre. Und ich habe keine Flugzeuge oder sowas gesehen, die so nah gekommen wären, dass sie mich im Dunklen hätten sehen können, selbst wenn ich den Zauber gelockert hätte. Habe ich aber nicht. Ich hatte ihn die ganze Zeit an, bis ich abgestürzt bin und mich zurück verwandelt habe.« Bei der ernsthaften Erklärung blickt er mir stetig in die Augen.

»Danke«, sage ich ernst, ein bisschen belustigt, aber hauptsächlich erleichtert. Begegnungen mit Menschen wären so, so schlimm. Besonders solange sich die Community noch auf all die plötzlichen Veränderungen umstellt, die vor wenigen Jahren eingetreten sind, als Elfen und Drachen zur Erde emigriert sind. »Das weiß ich zu schätzen, genau wie alle anderen in der Community.«

»Brandt sagt, Sie waren Luzifer, als wir hierher kamen. Stimmt das?«

Ich schiebe die Eier aus der Pfanne auf seinen Teller. »Ja. Daher kenne ich ihn und deinen Papa.«

»Danke, dass wir kommen durften.« Seine Stimme zittert ein ganz kleines Bisschen. Es fließen nicht wirklich Tränen, aber es könnte die Vorstufe sein. »Ich erinnere mich nicht mehr, wie es war, bevor wir unter den Schutzschild ziehen mussten, aber ich denke, es wäre so gewesen wie hier – jederzeit fliegen können, ohne die Begrenzungen beachten zu müssen. Und es wären nicht ständig Leute verschwunden. Ich vermisse unser Zuhause zwar, aber es gefällt mir wirklich gut hier, und ich bin *echt* froh, dass wir nicht alle tot sind.«

Ich wende mich ab, um seinen Teller auf den Tisch zu stellen. Ich brauche einen Moment, um meine Gesichtszüge unter Kontrolle zu bringen. Bis heute macht mich der Gedanke krank, wie knapp Elfen und Drachen dem Aussterben entgangen sind. Und alles nur, weil ein gieriger Egomane sich geweigert hat, an etwas anderes außer sich selbst zu denken. Éibhears rücksichtslose Nutzung von Zeitportalen – Zeitreisen im Grunde genommen – hat den langsamen Kollaps der Dimension der Drachen und Elfen verursacht. Momente, die in der Vergangenheit stattgefunden hatten, hörten plötzlich auf, zu existieren, und die Leute, die damals geboren wurden, verschwanden von einer Sekunde zur anderen. Der Planet, auf dem sie gelebt hatten, wurde instabil und zerfiel um sie herum. Die Überlebenden waren gezwungen, in einer von Schutzschilden umgebenen Blase zu leben und auf das Ende zu warten.

»Ich bin auch echt froh, dass ihr nicht alle tot seid«, sage ich, als ich mich wieder etwas gefangen habe. »Und es tut mir leid für euch, dass ihr eure Heimat verloren habt. Wir sind sehr froh, euch hier zu haben.«

Er grinst mich an, dann setzt er sich wieder an den Tisch und widmet sich den Spiegeleiern. Ich lasse ihn allein und beginne meine Runde durch das Haus: Lichter aus, Türen und Fenster schließen. Es ist nicht notwendig, denn hier draußen ist die Wahrscheinlichkeit, dass jemand einbricht, gleich Null. Ich würde sie hören und riechen, noch bevor sie sich dem Haus nähern, aber manche Gewohnheiten sind schwer abzulegen. Dann hole ich aus meinem Zimmer ein T-Shirt und Sportshorts für Benisch. Sie werden ihm etwas zu groß sein, aber nicht allzu sehr. Ich bin nicht gerade ein Riese. Und der Tunnelzug sollte verhindern, dass er die Hose verliert. Ich lege die Sachen auf sein Bett.

In der Küche stellt Benisch seinen Teller und das Besteck in die Spülmaschine.

»Die Pfanne auch? Unsere zu Hause können in die Spülmaschine, aber mein Freund Tonis sagt, dass sie ihre immer mit der Hand abspülen müssen«, sagt er, ohne sich umzudrehen.

»Sie kann auch rein.« Ich sehe, dass die Karaffe wieder leer ist und überschlage, wie viel Wasser er getrunken hat.

»Möchtest du eine Flasche Wasser mitnehmen, falls du in der Nacht Durst bekommst?«

Er dreht sich um und strahlt mich an. Scheint ein fröhliches Kind zu sein. »Geht das? Ich trinke jetzt nochmal etwas, aber bestimmt bekomme ich später wieder Durst.«

Ich wühle im Küchenschrank und finde eine Thermosflasche, während er die Karaffe wieder auffüllt. So viel Wasser wie in die Karaffe passt nicht hinein, aber er kann sie nachfüllen, wenn es sein muss. Ich fülle die Flasche, während er den Inhalt der Karaffe weggluckert, dann reiche ich sie ihm und gehe voraus. Beim Hinausgehen schalte ich das Licht aus.

Das Haus ist für mich alleine wirklich zu groß, aber es gibt hier in der Gegend nicht viele kurzfristig verfügbare Mietobjekte. Ich hätte sicher etwas Passenderes in der Nähe von Broome finden können, oder in der Stadt selbst, aber da hätte ich nicht die Privatsphäre und die Grundstücksgröße gehabt, die ich wollte. Hier kann ich mich jederzeit verwandeln, als Katze den ganzen Nachmittag in der Sonne liegen oder im Gebüsch auf die Jagd nach Eidechsen gehen – natürlich nur, um sie zu fangen und wieder frei zu lassen. Ich bin als Katze ein ziemlicher Food-Snob. Eidechsen würde ich nur fressen, wenn ich am Verhungern wäre – und ganz sicher nicht, wenn wunderbares Steak im Kühlschrank ist. In zweibeiniger Gestalt dagegen bin ich offener und habe genüsslich alle Küchen der Welt probiert, einschließlich Eidechse und Schlange; meiner Meinung nach steht und fällt alles mit den Gewürzen. Aber davon abgesehen genieße ich die Einsamkeit als Person und als Katze, nach all den Jahren, in denen ich ständig anderen Rechenschaft schuldig war. Trotzdem werde ich nicht mehr allzu lange bleiben. Der Vertrag läuft bald aus, und dann ziehe ich wieder weiter. Ich dachte an den Regenwald in

Indonesien. Dann kann ich als Katze in den Bäumen herumklettern.

»Das ist dein Zimmer«, sage ich zu Benisch, während ich auf die offen stehende Tür deute. Die Nachttischlampe wirft ein warmes Licht auf das schon aufgedeckte Bett. »Einmal über den Flur ist ein Bad. Lass mich dir noch kurz eine Zahnbürste suchen – und einen Waschlappen.« Er ist immerhin einmal über den ganzen Kontinent geflogen. Bestimmt kann er es brauchen. »Du kannst auch duschen, wenn du willst.«

Seiner Grimasse nach zu schließen vermute ich, dass er sich noch in der Phase befindet, in der man sich am liebsten niemals wäscht, und noch nicht in der Pubertät mit den viel zu langen Duschen.

»Also nur einen Waschlappen«, schlage ich als Kompromiss vor, denn es ist eindeutig nicht mein Job, dafür zu sorgen, dass er duscht. Das kann sein Vater morgen machen. »Brauchst du heute noch etwas?«

Er schüttelt den Kopf. »Nein danke. Ich will nur noch schlafen.« Wie auf Kommando wird er von einem Gähnen überwältigt, und ich muss lächeln. Kinder aller Spezies sind einfach süß.

Meistens.

Ich gehe eine frische Zahnbürste und einen Waschlappen suchen. Als ich sie ihm bringe, fallen ihm schon fast die Augen zu, und er schlurft wie ein Zombie ins Bad. Ich will nicht aufdringlich sein, aber ich habe Sorge, dass er einfach im Stehen einschlafen und umkippen und sich den Kopf am Waschtisch stoßen könnte, also warte ich gleich hinter der Tür in meinem Schlafzimmer, außer Sicht, aber bereit, loszusprinten, sobald ich etwas höre, das nach Verletzung klingt.

Ich hätte mir aber keine Sorgen machen müssen. Ein

paar Minuten später wird das Wasser abgestellt, und ich höre ihn in sein Zimmer zurück tappen. Dann das Geräusch der einsinkenden Matratze, das Klicken des Lichtschalters, und Stille.

Ich lehne meine Tür an und mache mich bettfertig. Erst als ich in der Dunkelheit liege und langsam wegdämmere, wird mir etwas klar, und ich bin auf einen Schlag hellwach.

Brandt kommt morgen hierher.

Ich werde ihn sehen müssen. Mit ihm reden müssen. Mich in seiner Anwesenheit nicht wie ein Idiot anstellen. Definitiv meine Finger bei mir behalten und sie nicht durch seine seidigen, mit Silberfäden durchzogenen Haare gleiten lassen.

Ach, verdammt.

# KAPITEL 2

BRANDT

Mit zusammengekniffenen Augen suche ich das Gelände unter mir nach einem Orientierungspunkt ab. Wir müssten fast da sein, aber in einer so ländlichen Gegend mit so wenigen wiedererkennbaren Orten ist es schwer zu sagen, wie weit es noch ist. Die endlose, staubige, mit Büschen bewachsene Landschaft sieht nach einer Weile wirklich eintönig aus, selbst aus unserer Vogelperspektive. Wir haben einige Male angehalten, um Vridels Tracking-App zu konsultieren, mit der er Benischs Handy geortet hat, und unseren Kurs zu korrigieren. Die letzten zwanzig Minuten sind wir einfach dem Highway gefolgt, da Percys Haus angeblich nicht weit davon entfernt liegt, in der Hoffnung, dass es uns auffallen wird.

Navigieren während des Fluges ist nicht ganz einfach.

Da springt mir etwas ins Auge, und ich muss lachen. In meiner Drachengestalt klingt es wie ein verärgertes Knurren. Mir hat das Geräusch immer gefallen, und in meiner Jugend habe ich eine Zeitlang versucht, es auch in zweibeiniger Form nachzumachen Das ist kläglich gescheitert und hat einigen Leuten bei meinen Besuchen hier auf der Erde Angst gemacht – darum habe ich schließlich damit aufgehört.

»*Da drüben*«, gebe ich Vridel zu verstehen. »*Siehst du diese Trümmer? Ich wette, das war der Schuppen, auf dem dein Sohn gelandet ist.*« In Drachengestalt haben wir keine gesprochene Sprache – obwohl es Situationen gibt, in denen wir sehr vielsagende Geräusche von uns geben. Stattdessen unterhalten wir uns im Geiste. Die meisten Drachen können ihre telepathischen Fähigkeiten nur in Drachengestalt nutzen, aber manche von uns, die schon etwas länger am Leben sind, können es dann auch in zweibeiniger Gestalt. Nicht dass ich angeben will oder so.

»*Er hat ganze Arbeit geleistet*«, gibt Vridel trocken zurück. »*Vielleicht hat er eine Zukunft im Gebäudeabriss. Das ist ein schöner, sicherer Beruf.*«

Ich lache wieder, und wir steuern unser Ziel an. Es ist ein wunderschöner Tag zum Fliegen, klare Sicht, soweit das Auge reicht, mit tollem, warmem Aufwind. Ich habe mir sagen lassen, dass in dieser Gegend bald die Regenzeit beginnt, aber heute ist kein Wölkchen am Himmel.

Wir landen vorsichtig in einiger Entfernung vom Haus hinter den Trümmern des Schuppens, für den Fall, dass wir doch am falschen Ort sind. Nicht, dass uns jemand sehen würde. Unser Tarnschild ist aktiviert, aber wir sind nicht gerade klein, und es wäre schlecht, wenn ein Mensch aus Versehen mit uns zusammenstoßen würde. Von den Wachhunden, die solche Häuser manchmal haben, ganz zu schweigen. Wir wären zwar auch für sie nicht zu sehen, aber Hunde bauen mehr auf Geruch und Gehör als Menschen.

Die Sorge ist aber unbegründet. Kaum zehn Sekunden

nach unserer Landung fliegt die Hintertür auf und Benisch kommt von einem Ohr bis zum anderen strahlend aus dem Haus gesaust. Vridel atmet erleichtert auf, und wir lassen beide unseren Tarnschild verschwinden.

Noch bevor ich mich in meine zweibeinige Gestalt verwandeln kann, nehme ich einen bekannten Duft wahr und schaue wieder zum Haus. Percy tritt aus der Hintertür.

Er ist so hübsch mit den weichen braunen Haaren und den warmen braunen Augen. Ich hatte vergessen, wie attraktiv er ist. Wie die meisten feliden Shifter ist er kleiner als ich, vielleicht 1 Meter 70, und von schlanker Gestalt. Und er hat diese wunderbar beruhigende Ausstrahlung ... wie ein Nachmittag mit einem Buch, oder eine lange Massage, nur auf zwei Beinen. Sein Anblick alleine reicht schon, um mich zu entspannen.

Er dagegen ist alles andere entspannt, als er uns erblickt. Oder mich? Er steht da wie gebannt und starrt. Erst mit offenem Mund, dann hat er ihn wieder geschlossen, und jetzt starrt er mich einfach nur an.

»Brandt?«, höre ich eine Stimme neben mir sagen, und drehe mich zu Vridel um, der in zweibeiniger Gestalt seinen Sohn umarmt. Beide schauen mich an. »Hattest du vor, in Drachengestalt zu bleiben?«

Oh nein. Das wird der Grund für Percys unverwandten Blick sein – ich glaube nicht, dass er mich je als Drachen gesehen hat. Ich schaue noch einmal zu ihm hinüber, und tatsächlich, das sieht nach Ehrfurcht aus. Nun – ich bin ein ziemlich ansehnlicher Drache, und ich kann nicht verhindern, dass ich mich ein kleines Bisschen geschmeichelt fühle. Ich stelle mich so hin, dass die Sonne meine indigofarbenen Schuppen einen leichten violetten Glanz annehmen lässt, und höre trotz der Entfernung zwischen uns, wie Percy nach Luft schnappt.

»Alles okay bei Brandt?«, fragt Benisch Vridel, und ich höre auf mit der Angeberei und verwandele mich in meine zweibeinige Gestalt. Während ich meine Kleidung ordne, antworte ich: »Mir geht's gut, du Nichtsnutz.« Das bringt ihn überhaupt nicht aus der Fassung (soll es auch gar nicht), und er grinst, wirft mir die Arme um die Taille und drückt mich aus Leibeskräften.

»Ich hab's nicht mit Absicht gemacht, aber ich freue mich so, dich zu sehen«, erklärt er. Ich drücke ihn auch. Wir haben nur noch so wenige Jungdrachen. Verglichen mit anderen Spezies war unsere Population noch nie sonderlich groß, aber die Vergehen von Éibhear an unserer Heimat haben unsere Bevölkerungszahl besorgniserregend dahinschwinden lassen. Jeder einzelne Drache ist jetzt so kostbar für mich, und die Jungdrachen ganz besonders.

»Ich bin auch froh, dich zu sehen. Allerdings bleiben Leute, die keine Nichtsnutze sein wollen, normalerweise nachts in ihren Betten«, fühle ich mich gezwungen hinzuzufügen. Dabei spreche ich nicht von mir. Ich habe es immer geliebt, nachts zu fliegen. Sobald ich herausbekommen hatte, wie das Fenster in meinem Kinderzimmer aufgeht, begann ich, mich davonzustehlen. Es gab eine Zeit, in der meine Eltern abwechselnd bei mir Wache gehalten haben – oder mich begleitet haben. Jungdrachen sind für Unfug geboren.

Aber das werde ich Benisch nicht auf die Nase binden.

Er setzt eine schuldbewusste, zerknirschte Miene auf, die er aber ruiniert, weil er mich dabei mit spitzbübischem Funkeln in den Augen anschaut.

Ich unterdrücke mein Lachen.

»Warst du ein guter Gast?«, frage ich stattdessen, und er nickt.

»Ich habe gestern geholfen, die Küche aufzuräumen,

und heute Morgen habe ich mein Bett gemacht und Percy beim Frühstückmachen geholfen.«

»Mr Caraway«, verbessert sein Vater, aber Benisch zuckt die Achseln.

»Er sagte, ich soll ihn Percy nennen, weil ihm das hilft, bescheiden zu bleiben.«

Als ob der Kerl das nötig hätte. Selbst als er noch Luzifer war, war er die am wenigsten von sich eingenommene Person, die ich je getroffen habe.

Und da sagen mir meine Sinne schon, dass er sich nähert. Ich drehe mich um und lächle ihn an.

»Guten Morgen«, sagt er aus einigen Metern Entfernung. »Willkommen.«

Vridel tritt mit ausgestreckter Hand auf ihn zu, um ihm auf die hier übliche Weise die Hand zu schütteln. »Ich danke Ihnen so sehr«, sagt er, während er Percys Hand mit seinen beiden Händen umfasst. »Ich stehe so tief in Ihrer Schuld, dass ich es niemals begleichen kann.«

Percy lächelt sein sanftes, beruhigendes Lächeln, und antwortet: »Wenn es um die Sicherheit von Kindern geht, gibt es keine Schuld zu begleichen. Ich bin froh, dass ich helfen konnte – und freue mich, Sie wiederzusehen.«

»Hey. Ich bin kein *Kind*«, beschwert Benisch sich und erntet ungläubige Blicke von uns dreien. Er verdreht die Augen und presst hervor: »Also gut. Was soll's.«

Vridel lässt Percys Hand los und tritt zurück, und ich stürme vor, setze mich über alle Förmlichkeit hinweg und schließe ihn fest in die Arme. Wenn man Seite an Seite ums Überleben der gesamten Existenz gekämpft hat und dann Zeuge war, wie er dem Feind die Kehle herausreißt, hat man das Recht, weniger förmlich zu sein.

Er hebt die Arme, um meine Umarmung zu erwidern. Das ist gut, denn so kann ich seinen schlanken, definierten

Körper noch etwas länger an meinem spüren. Ich wollte ihn, seit ich ihn das erste Mal gesehen habe, aber es gab immer so viel Wichtigeres – unmittelbar bevorstehendes Verderben zum Beispiel – und dann, als die Gefahr gebannt war, musste so vieles erledigt werden, wie zum Beispiel mein Volk dabei zu unterstützen, in dieser Dimension heimisch zu werden. Dann übergab Percy die Zügel des CSG an Sam, den neuen Luzifer, und … dann war er weg.

»Die umarmen sich ganz schön lange«, bemerkt Benisch. Percy versteift sich, leider nicht auf angenehme Weise, also lasse ich ihn widerwillig los.

»Wenn Freunde sich lange nicht gesehen haben, umarmen sie sich eben«, erläutert Vridel. Aber dann wirft er mir mit hoch gezogener Augenbraue einen Seitenblick zu, der mir deutlich sagt, dass er so naiv nicht ist.

Percy räuspert sich. »Wollt ihr nicht reinkommen?«, fragt er höflich. »Bestimmt habt ihr Durst und Hunger nach dem langen Flug. Benisch und ich haben einen Imbiss vorbereitet, damit ihr es bis zum Mittagessen aushaltet.

»Es gibt Scones«, informiert Benisch uns, während er zum Haus voraus läuft. »Und Würstchen im Schlafrock und noch ein paar andere Sachen. Wir haben die Scones gebacken, aber Percy sagt, die Würstchen im Schlafrock sind auch hausgemacht – sogar der Teig!«

»Kochst du gerne?«, frage ich fasziniert, aber Percy lacht.

»Nicht so gerne, dass ich selbst Blätterteig machen würde«, sagt er. »Meine Nachbarin in diese Richtung«, fährt er mit einer Geste nach Norden fort, »hat samstags einen Stand auf dem Markt in Broome. Sie bieten Delikatessen an, und wenn ich morgens, wenn sie vorbeifahren, hier mit Geld in der Hand warte, darf ich mir etwas von der Ware aussuchen. Shirleys Würstchen im Schlafrock sind die besten, die ich je gegessen habe, und ihre Marmeladen sind zum Niederknien. Und Jonno pökelt sein eigenes Fleisch.«

Ich kann mir das Prusten nicht verkneifen. Percy schaut mich einen Moment verblüfft an. »Wirklich? Das ist noch nicht mal witzig. Eher schmerzhaft, wenn man es sich bildlich vorstellt.« Er hält uns die Tür auf, und wir traben hinein. Ich zucke die Achseln.

»Es ist sehr wohl witzig. Und wer weiß? Vielleicht steht er auf Schmerzen.«

»Was redet ihr da?«, fragt Benisch, und Vridel und Percy funkeln mich beide an.

»Ich habe einen schlechten und unpassenden Witz gemacht«, erkläre ich, und er stöhnt.

»Warum machen Erwachsene das dauernd? Es ist einfach schräg. Witze sollen *sofort* lustig sein, wenn man sie hört.«

»Gut möglich«, sage ich zustimmend, insgeheim erleichtert, dass er nicht um eine Erklärung gebeten hat.

Im Haus zeigt uns Percy das Bad, und dann kommt Benisch, um uns in die Küche zu begleiten. »Percy wollte im Esszimmer decken, aber ich habe gesagt, dass das nicht nötig ist. Wir sind doch keine Gäste.«

Um Vridels Mundwinkel zuckt es, als er würdevoll sagt: »Brandt ist der Flügelführer aller Drachen, Ben. Glaubst du nicht, dass das ein Grund wäre, das Esszimmer zu benutzen?«

Benisch mustert mich von oben bis unten. »Kann sein. Aber wenn er wie ein Gast behandelt werden will, darf er auch keine unpassenden Witze erzählen. Das machen nur Freunde und Familie.«

Mein Herz wird weich, und ich nehme ihn in den Schwitzkasten. »Faaaaamiiiilieeee!«, rufe ich und rubbele seine Kopfhaut vorsichtig mit den Fingerknöcheln. Er quiekt und lacht und bettelt, losgelassen zu werden. Als ich gehorche, ist er außer Atem vor Lachen und Vridel und ich haben beide ein breites Lächeln im Gesicht.

»Ach, hier seid ihr«, sagt eine Stimme in trockenem Tonfall. »Benisch, du hattest ganz recht. Diese wilden Kerle sind besser in der Küche aufgehoben.«

Ich strecke ihm die Zunge heraus und wackele damit. Es ist völlig harmlos gemeint – *ich schwöre es*. Dass Percys Lächeln erstirbt und er krampfhaft schluckt und seine Augen ganz dunkel werden bedeutet noch lange nicht, dass das meine Absicht war. Es bedeutet nicht, dass ich will, dass er an all die anderen Dinge denken muss, die ich mit meiner langen, biegsamen Zunge anstellen kann.

Ehrlich nicht.

Vridel hustet, kneift ärgerlich die Augen zusammen und deutet mit dem Kopf auf seinen Sohn. Meine anzügliche Geste mit der Zunge war doch nicht so subtil wie ich dachte. Das ergibt Sinn. Ich bin nicht bekannt für meine Subtilität.

Kleinlaut – also nach außen hin – ziehe ich meine Zunge wieder ein und folge ihnen in die Küche, wo das Essen steht. Das unglaublich köstlich duftende Essen. Und große Karaffen mit Wasser, bei deren Anblick mir auffällt, wie durstig ich bin. Vridel und ich haben zwar bei jeder Orientierungspause etwas getrunken, aber der Flug war lang, und es war ganz schön heiß da draußen.

Wir setzen uns, und Percy reicht Vridel und mir mit einem kleinen Lächeln das Wasser an. »Trinkt ruhig aus.«

»Danke«, sagt Vridel, nimmt eines der großen Wassergläser und füllt es wohlerzogen. Ich werfe Benisch einen Seitenblick zu, der schuldbewusst die Tischplatte fixiert, dann Percy ansieht, der einen Blick auf die Karaffe in meiner Hand wirft und mir mit einer Geste bedeutet, sie an den Mund zu setzen.

Ah. Nun, mir liegt es fern, einen meiner Drachen bloßzustellen.

Ich hebe die Karaffe an die Lippen und trinke. Benischs erschrockenes Lachen ertönt, und als ich die Karaffe schließlich absetze, strahlt er. Vridel auch. Und Percy …

Er lächelt, hat aber einen weichen Ausdruck im Blick, bei dem ich mich zehn Meter groß fühle. Falls Sie sich das gefragt haben sollten: Das ist etwa doppelt so viel wie ich als Drache groß bin, und fast meine gesamte Länge.

»Ich hole euch noch mehr Wasser«, sagt Percy belustigt, aber ich winke ab und stehe auf.

»Das kann ich machen«, sage ich. Die Spüle ist schließlich nicht weit weg. Vridel füllt alle unsere Gläser nach, dann reicht er mir seine leere Karaffe, ich fülle sie beide und trete wieder an den Tisch.

»Bitte, greift zu.« Percy zeigt auf die Speisen. Das muss man keinem von uns zweimal sagen.

Es gibt die versprochenen Scones und Würstchen im Schlafrock, Sandwiches, und etwas, das aussieht und riecht wie Erdnussbutter-Proteinschnitten, und Obst. Zu den Scones gibt es eine Auswahl von Marmeladen, Cremes und Curds.

Manche Spezies würden das vielleicht eine komplette Mahlzeit nennen; für Gestaltwandler ist es der perfekte Vormittags-Imbiss.

Ich stöhne begeistert auf, den Mund voller Scone mit Lemon Curd, ein Stück Würstchen im Schlafrock in der Hand, drauf und dran, hinein zu beißen.

»Lecker, oder?«, fragt Percy zufrieden. »Shirley hat ein echtes Talent.« Er seufzt. »Ihr Essen wird mir fehlen, wenn ich weiterziehe.«

»Sie ziehen weiter?«, fragt Vridel höflich zwischen zwei Bissen, und Percy nickt.

»In fünf Wochen läuft mein Mietvertrag aus, und der Eigentümer kommt zurück.«

»Werden Sie sich hier ein neues Haus suchen, oder woanders hinziehen?«, fragt Benisch. Er isst nicht ganz so viel wie Vridel und ich, aber er ist auch viel kleiner und hat schon zwei komplette Mahlzeiten verdrückt seit seinem Flug quer über den Kontinent.

Percy lächelt ihn geduldig an und legt ihm noch etwas von der Proteinschnitte auf den Teller. »Ich ziehe woanders hin. Es gefällt mir hier, aber es gibt einige Orte, an denen ich noch nie war. Ich habe Freude daran, alle Teile der Welt kennenzulernen.«

»Waren Sie schon in Gympie? Da ist es schön. Sie könnten eine Weile bei uns wohnen.«

Mir bleibt ein nicht ganz zerkautes Stück Gebäck im Hals stecken – wahrscheinlich, weil ich so gerührt bin. Ich liebe meine Drachenjungen.

Percys Lächeln ist breit und offen. »Danke, das ist wirklich lieb. Gympie kenne ich schon. Ich würde gerne mal zu Besuch kommen, aber ich glaube, mein nächster Wohnort wird der Regenwald sein.«

»Es gibt auch Regenwälder in Queensland«, setzt Benisch nach. »Das ist nicht ganz in der Nähe, aber sie sind näher als das hier. Dann könnten Sie uns von dort aus besuchen.«

»Benisch«, setzt Vridel an, aber Percy lächelt immer noch.

»Den Daintree meinst du? Da ist es wirklich schön, aber ich dachte eher an einen Regenwald in einem Land, in dem ich noch nicht so oft war. Indonesien vielleicht.«

Benisch kneift die Augen zusammen. Es sieht so aus, als

ob er versucht, sich zu erinnern, ob er etwas über Indonesien weiß. Vielleicht versucht er auch, abzuschätzen, ob es zu weit ist, um hinzufliegen.

»Das ist zu weit zum Hinfliegen«, sage ich, im gleichen Moment, als Vridel sagt: »Da kannst du nicht alleine hinfliegen.«

Benisch verdreht die Augen. »Ich bin doch kein Baby«, murmelt er. »Ich bin auch alleine hierhergekommen, oder nicht? Ich bin sogar *gesprungen.*«

Vridel legt seine Erdbeere weg. »Musstest du mich unbedingt daran erinnern?«

»Die Scones sind *total lecker*, oder?«, fragt Benisch mit großen Kulleraugen, und Percy muss wieder lachen.

Ich genieße das Geräusch. Früher hat er nie gelacht – also nicht besonders oft. Wir hatten damals auch nicht viel zu lachen; Schurken hatten versucht, diese Welt zu unterwerfen, nachdem sie unsere zerstört hatten.

»Bitte fühle dich nicht verpflichtet zu antworten«, fängt er an. »Aber was ist das eigentlich, ›springen‹? Ich vermute mal, es ist nicht Seilhüpfen gemeint.«

Ich setze eine strenge, würdevolle Miene auf. »Du darfst niemals jemandem verraten, dass du diesen Begriff je gehört hast«, verkünde ich. »Niemals. Deine Sicherheit steht auf dem Spiel.«

Einen kurzen Moment ist er erschrocken, und der Schock ist ihm am Gesicht abzulesen, aber dann wird er so von Lachen überkommen, dass ich mir Sorgen um ihn mache. Benisch und Vridel stimmen ein.

»Beinahe hätte ich es dir abgenommen«, keucht er. »Fast hätte ich dir geglaubt.«

Grinsend nehme ich mir ein paar Trauben. Diese Kultur-Trauben sind ganz anders als die wilden, die ich bei meinem letzten Besuch auf der Erde gegessen habe, aber ich mag sie immer noch sehr. Besonders gut finde ich, dass es heute so viele verschiedene Sorten gibt. Und Wein! Was für wunderbare Ideen die Menschen doch manchmal haben. »Was hat mich verraten?«, frage ich, während ich eine der köstlichen Kugeln vom Stiel pflücke.

»Ich war die letzten fünfzig Jahre von Höllenhunden umgeben«, sagt er dann versonnen. »Man könnte sagen, ich habe einen sehr feinen Radar für Unfug.«

Er hat nicht unrecht. Höllenhund-Shifter sind irre – so irre, dass sie ihren Speziesnamen geändert haben, um ihre Feinde zu verwirren, und ihn dann über neuntausend Jahre behalten haben. Ich sehe ihn mit großen Augen bittend an. »Wenn jemand fragt, könntest du ihnen sagen, dass du darauf reingefallen bist und sofort um Leib und Leben gefürchtet hast?«

»Wenn jemand ... warum sollte das jemand fragen?« Er klingt entnervt, aber er lächelt immer noch. »Und lass das mal sein mit dem Welpenblick. Das zieht bei mir nicht.«

Welpen – ich setze mich empört auf, und die Traube kullert mir aus der Hand. »Entschuldigung, ich bin ein Drache und kein Welpe. Ein Hundebaby!«, rufe ich empört aus. Also nicht falsch verstehen, ich habe in den vergangenen Jahren viele Hundewelpen kennengelernt, und sie sind alle bezaubernd und süß. Funfact: die Kinder von Höllenhunden sollte man nicht Welpen nennen. Aus irgendwelchen Gründen mögen die ausgewachsenen Exemplare das ganz und gar nicht, und es löst nicht enden wollendes Gequengel aus. Sie Baby zu nennen ist aber völlig in Ordnung.

Höllenhunde sind wirklich albern. Nicht wie Drachen. Wir sind mächtige, furchteinflößende Bestien, die für ihre Weisheit und Klugheit berühmt sind.

Ich werfe mich in die Brust.

»Ich bitte um Verzeihung«, sagt Percy ernsthaft. Das amüsierte Lächeln umspielt immer noch seine Mundwinkel. Hat er eigentlich aufgehört zu lächeln, seit wir angekommen sind? Ich mag diese Seite an ihm. »Da muss ich wohl etwas durcheinanderbringen; ich meine mich zu erinnern, dass ein dutzend ausgewachsene Drachen Apportieren gespielt hat, als ich einmal eine Drachen-Siedlung besucht habe.«

Tja. Mist.

»Es war nicht Apportieren«, verkünde ich, aber in Wirklichkeit war es genau das. Das weiß ich, weil ich selbst einer der spielenden Drachen war. Heute bin ich vielleicht weise und reif, aber manchmal lasse ich gerne bisschen locker, wenn ich mit den jüngeren Drachen zusammen bin. Dann fällt es ihnen leichter, mit mir über ihre Probleme zu reden.

Außerdem macht Apportieren Spaß.

»Wir sind Drachen. Wir *fliegen*. Apportieren spielt man auf dem Boden«, erläutere ich, und Vridel stöhnt auf.

»Oh mächtiger Flügelführer aller Drachen, halte jetzt sofort die Klappe«, murmelt er.

Ich gebe mich beleidigt geschlagen, und Percy tätschelt meine Hand. »Na, na, na. Ich glaube trotzdem, dass du ein mächtiger Anführer bist. Iss noch ein paar Trauben.«

Unwillkürlich setze ich mich auf und werfe wieder die Brust heraus. Nur ein ganz kleines bisschen.

Benisch runzelt die Stirn und lässt den Blick zwischen mir und Percy hin und her wandern. »Papa, was machen die da?«

»Flirten«, sagt Vridel weise und *wieder* fällt mir meine Traube aus der Hand.

Percy fängt an zu stottern. »Also flirten in dem Sinne ... ist das ja nicht.«

Benisch sieht ihn erwartungsvoll an und wartet auf eine Erklärung, aber dann spricht wieder Vridel: »Was genau ist es denn dann?«

Percys Gesicht wird rosa, und ich trete unter dem Tisch nach Vridel, erwische aber das Tischbein. Das ganze Ding bewegt sich 15 cm und eines der Wassergläser kippt um. Zum Glück war es leer; Wasser überall wäre eine Ablenkung gewesen, und ich wüsste wirklich gerne, warum Percy der Meinung ist, dass das kein Flirten war. Was mich betrifft: Ich habe definitiv geflirtet.

»Sieh mal einer an«, sage ich, als mich alle anschauen. »Percy hat einen von diesen seltenen australischen Sprungtischen. Was sagtest du gerade, Percy? Irgend etwas darüber, dass wir flirten, was natürlich dazu führen würde, dass wir uns besser kennenlernen, und all solche wunderbaren Dinge?«

Er blinzelt. »Oh. Oh. Tja ... dann haben wir wahrscheinlich doch geflirtet, nehme ich an.«

*Yesssssss.*

»Okay, okay«, sagt Benisch. »Was genau ist das eigentlich, Flirten? Das mit dem Küssen und so weiß ich schon, aber was ist es genau?«

»Das zu beantworten überlasse ich deinem Vater«, teile ich ihm fröhlich mit und wende mich wieder Percy zu. »So ... du willst also bald weg hier? Könnte ich dich vielleicht überreden, mit mir in die Staaten zurückzukehren? Also zu Besuch«, füge ich schnell hinzu, denn ich will ja nicht wie ein besessener Stalker klingen, der schon plant, mit ihm zusammenzuziehen. »Deine Freunde würden sich bestimmt freuen, dich zu sehen. Und wir könnten uns auch sehen.«

Wieder huscht diese entzückende rosa Farbe über seine Wangen, und ich bewundere die durchscheinende Zartheit seiner Haut. Er hat fast gar keine Barthaare – kaum eine Spur von Stoppeln. Nur weiche, weiche Haut. Mir gefällt's.

»Das ... das klingt nett. Willst du schon bald zurück? Ich müsste noch ... Moment. Bist du nicht gestern erst angekommen?«

Ich nicke und werfe Benisch einen strengen Blick zu, der viel zu fasziniert davon ist, seinem Vater beim Stottern über Dating-Rituale zuzuhören. »Ja. Es wäre auch ein schöner Flug gewesen, wenn ich nicht so in Panik gewesen wäre, weil ein Jungdrache verschwunden war.«

Er hebt den Finger. »Warte einen Moment. Ich will nämlich gleich nochmal auf die ganze Flugzeit zu sprechen kommen – glaube ja nicht, dass du mich vorhin abgelenkt hast. Was ich meine ist: Wenn du hierher geflogen bist, wie sollte ich denn da *mit dir* zurückfliegen? Oder war das nur so ein Ausdruck?« Er beißt sich auf die Lippe, und ich sehe in seinen Augen – ist das Nervosität? Aufregung?

Könnte es sein, dass der ruhige, besonnene Ex-Luzifer Lust hat, sich in die Lüfte zu erheben?

Ich verkneife mir das fröhliche Händereiben. Noah, der süße kleine Schlingel, hat gesagt, dass es witzig ist, und dass ich gruselig aussehe, wenn ich das mache. Ich weiß wirklich nicht, wie Percy das früher ausgehalten hat mit den ganzen Befindlichkeiten in seiner Entourage, als er noch Luzifer war.

»Es kann alles sein, worauf du Lust hast«, sage ich und wackele mit den Augenbrauen, und er prustet.

»Ich weiß ja nicht, wie gut du dich mit feliden Shiftern auskennst, aber fliegen können wir nicht«, bemerkt er dann. »Außer im Flugzeug«, fügt er mit einem Schauder hinzu. Seinen Abscheu verstehe ich gut. Ich habe, um alles auszuprobieren, was die Erde so zu bieten hat, mal einen Flug in einem Menschen-Flugzeug unternommen.

Nie. Wieder.

Das hat nichts mit echtem Fliegen zu tun. Fliegen ist die Freude an Luftströmungen, ausgebreitete Schwingen und die herrliche Aussicht auf die Welt unter dir und um dich herum. Das, was Menschen machen ... puh. Es ist eng und überlriechend, und laut ist es auch. Nein danke.

Darum macht es mir besondere Freude, Percy mitzuteilen: »Oh, und ob du das kannst.« Ich zwinkere ihm zu. »Es ist nicht das Schlechteste, wenn einem ein Drache ... zu Diensten steht.«

»Brandt!«, ruft Vridel. »Mein Sohn sitzt *neben uns*.« Upps. Ich hatte die beiden ganz vergessen. »Wir sprechen vom Fliegen«, erkläre ich und tue so, als wäre meine letzte Bemerkung überhaupt nicht zweideutig gemeint gewesen. Nee. Also ich war ganz unschuldig. »Ich habe Percy angeboten, dass ich ihn mitnehmen kann, wenn er mit zurück in die Staaten möchte.«

»Das geht?«, fragt Percy atemlos mit weit aufgerissenen Augen. »Wie – wie würde das denn funktionieren? Es ist weit. Und ... ich würde wirklich ungerne sterben, weil die Geschwindigkeit den Pazifik wie eine feste Oberfläche reagieren lässt.«

»Wasser kann das machen?«, fragt Benisch fasziniert. »Ich dachte, das ist nur so, wenn es zu Eis gefriert.«

Vridel seufzt. »Das lernst du sicher in der Schule. Wenn du aufpasst.«

Benisch seufzt ebenfalls. Er sieht dabei seinem Vater so ähnlich, dass ich schmunzeln muss. Dann wende ich mich wieder Percy zu.

»Ich würde dich niemals fallenlassen«, sage ich entschieden. »Aber wir würden für alle Fälle ein Geschirr benutzen.« Ich schaue Vridel an. »Hast du ein Geschirr?«

Er schüttelt den Kopf. »Meins ist schon vor Jahrhunderten auseinandergefallen, und ich habe nie wieder ein neues gebraucht. Aber bestimmt wird jemand eines haben. Ich erkundige mich.«

»Das können wir auch ein andermal machen«, spricht Percy sehr diplomatisch dazwischen. »Brandt, ich bin sicher, du willst bald zurück, und ich muss hier auch noch einiges organisieren. Ich denke über einen Besuch nach und sage dir Bescheid.«

Ich runzele die Stirn. Das klingt, als ob aus dem Ja ein Nein geworden ist.

Bevor ich darauf bestehen kann, fährt er fort. »Also. Springen. Ich vermute, das war es, was euch erlaubt hat, so schnell nach Australien zu kommen? Und wie Benisch den Kontinent in nur wenigen Stunden überqueren konnte?«

Ich würde gerne wieder auf seinen Besuch zurückkommen – denn wenn er nicht kommt, kann ich meine Verpflichtungen auch so schieben, dass ich ein bisschen Zeit bei meinen Drachen hier in Australien verbringen kann. Aber ... er bleibt ja gar nicht hier. Habe ich nicht auch in Indonesien Drachen? Eine ganze Siedlung war es glaube ich nicht, aber bestimmt gibt es dort auch jemanden, nach dem ich sehen müsste.

Die Stille lässt mich wieder aufmerken. Alle drei schauen mich an. »Hab ich was verpasst?«

»Wir warten darauf, dass du Percy das Springen erklärst«, sagt Vridel betont geduldig, als hätte er es nicht ebenso gut auch selbst erläutern und mich meine äußerst wichtigen Überlegungen anstellen lassen können: Wie kann ich Percy verführen, wenn wir auf zwei verschiedenen Kontinenten sind?

»Springen ist die Fähigkeit von Drachen, mithilfe der Magie Entfernungen zu kompimieren«, erkläre ich. »Es ist so ähnlich, und dann auch wieder ganz anders als die von den Elfen benutzten Portale.«

»Ähnlich und dann wieder ganz anders«, wiederholt Percy. »Aha. Inwiefern ist es denn ähnlich?«

Vielleicht mit Telefonsex? Einer meiner Drachen hat das vor einiger Zeit entdeckt und war sehr enthusiastisch – aber wie ich ihm schon sagte, wenn ich wollte, dass mir jemand dabei zusieht, wie ich meinen Schwanz streichele, würde ich eines dieser Sex-Videos aufnehmen und es ins Internet stellen.

Interessanterweise hat es nicht mal einen Tag gedauert, bis Sam, der gegenwärtige Luzifer, eine sehr nervöse und detaillierte Nachricht versendet hat, in der stand, dass man sich sehr gut überlegen sollte, warum man Sex-Videos ins Internet stellt. »Sehr« war fett gedruckt, kursiv geschrieben und unterstrichen. Ich habe nicht alles gelesen, denn ich habe ebenso wenig Interesse daran, Sex-Videos zu veröffentlichen wie daran, jemandem zu zeigen, wie ich mich selbst befriedige. Ich ziehe es vor, die Hände einer anderen Person an mir zu spüren ... und meine an jemand anderem.

»Brandt?«, Percys Stimme unterbricht meinen Tagtraum, in dem ich mit den Händen über seine nackte Haut streiche. Ob sie auch so glatt ist wie sein Gesicht? Oder ob er köstlich pelzig ist ohne Kleider? »Inwiefern sind Portale und Sprünge ähnlich?«

Ich kann den Gedanken von Percy ohne Kleidung nicht ganz beiseite schieben, also sage ich mit lüsternem Blick: »Komm flieg mit mir, dann zeige ich dir *alles*.«

Vridel lacht spöttisch auf, dann übersetzt er: »Was Brandt sagen wollte, Ben: Wenn Percy mit ihm fliegen würde, könnte er ihm genau zeigen, wie es ist, zu springen.«

Benisch schaut ihn an, als hätte er den Verstand verloren. »Ja, Papa. Ich hab's gehört. Genau das hat er doch gerade gesagt.«

Wahrscheinlich sollte ich froh sein, dass er die Anspielung nicht verstanden hat. Und ich muss unbedingt aufhören, in Anwesenheit von Jungdrachen Anspielungen zu machen.

Mit einem Seitenblick zu Percy, der den Mund zu einer schmalen Linie zusammengekniffen hat – verdammt – schiebe ich alle Gedanken an Nacktsein und Sex beiseite und setze ein schuldbewusstes Schmollen auf.

»Es gibt nur zwei Ähnlichkeiten zwischen Portalen und Springen«, sage ich dann ernst, denn ich will nicht, dass Percy sauer auf mich ist: »Beides erlaubt dem Nutzer das Reisen über große Distanzen in kürzerer Zeit, und beides erfordert das Nutzen der Leere.«

Der verkniffene Ausdruck auf seinem hübschen Gesicht verschwindet. »Die Leere ... das ist der Raum, der die Existenz umgibt, richtig? Einfach das Nichts?«

Ich nicke. »Ja. Anders als die Elfen es mit den Portalen tun, reihen wir keine Ein- und Ausgänge ordentlich aneinander und reisen durch das Nichts. Stattdessen ...« Ich zögere. Es ist ziemlich esoterisch, und ich bin nicht sicher, wie Percy reagieren wird. »... ziehen wir die Energie der Leere in den Raum, durch den wir reisen wollen, wodurch sie auf Nicht-Raum reduziert wird, sodass wir sie überspringen können bis zum nächsten festen Ort.«

Ihm fällt die Kinnlade herunter.

»Darum können wir auch nicht direkt reisen wie die Elfen durch die Portale«, fahre ich fort. »Wir können nur das überspringen, was wir sehen können. Drachen haben ausgezeichnetes Sehvermögen, aber selbst wir können nicht weiter blicken als etwa 20 Meilen.«

Percy schließt den Mund, öffnet ihn und schließt ihn

wieder. Er nimmt sein Glas und leert es, dann setzt er es ab und fragt: »Wenn du »fester Boden« sagst, meinst du damit, dass ihr buchstäblich einen Teil der Erde entfestigt? Bringt ihr das Nichts, ein Stück leeren Raum, tatsächlich hierher auf diesen Planeten?«

Gegen Ende seiner Frage wird seine Stimme etwas schrill, und ich überlege kurz, wie ich das am besten beantworte.

»Ja und nein. Größtenteils ja, aber auch nein.«

Er nickt. »Könntest du das etwas deutlicher erklären bitte? Nein, Moment.« Er hebt die Hand. »Weiß das jemand beim CSG? Sam? Oder David? Oder wenigstens Alistair?«

»Natürlich. David hat es als erster erfahren und viele Fragen gestellt. Viele, viele Fragen. Er hatte ein Notizheft mit seitenweise Fragen, und er hat immer noch mehr hinzu gefügt, während ich es ihm erklärt habe. Er ist bisschen verkrampft, oder? Am Ende habe ich ihm empfohlen, nach Hause zu gehen und sich von Caolan gründlich ... äh ... massieren zu lassen.« Eigentlich wollte ich sagen »durchvögeln lassen«, aber Benisch würde bestimmt fragen, was das heißt. Was sehr schade ist, denn dieser Ausdruck ist wirklich äußerst griffig. Sexueller Slang hat sich seit meinem letzten Besuch auf der Erde sehr verändert, und all die neuen Ausdrücke machen mir große Freude. Außerdem hat »durchvögeln lassen« einfach einen schönen Rhythmus.

Percy entspannt sich sichtlich. »David weiß also Bescheid darüber?«

»Japp!« Ich strahle ihn an.

»Und er ist nicht besorgt deswegen?«

»Anfangs war er es. Aber nachdem ich seine Fragen beantwortet hatte, schien er beruhigt. Er hat seitdem nie wieder etwas dazu gesagt, und das ist schon ...« Ich muss kurz nachdenken. »... vielleicht neun Jahreszeiten her?« Ich gewöhne mich noch an die auf der Erde gebräuchlichen Zeiteinteilungen. Sie haben wirklich hübsche Uhren hier. Ich habe schon 19 Stück, manche glänzend, manche streng und schmal, einige mit Motiven aus Fernsehsendungen – aber diese Angewohnheit, Zeit in winzige Teile einzuteilen, ist einfach blöd. Und ich sollte es wissen. Schließlich bin ich älter als sie alle.

»Dann ist ja gut. Ich vertraue David.«

Ich schlage die Hand vor die Brust. »Und mir vertraust du nicht?« Wie kann er mir nicht vertrauen? War ich nicht an seiner Seite, als wir der größten Gefahr für die gesamte Existenz ins Auge sahen? Wir sind Brüder! Also nicht wirklich, denn sowas mache ich nicht. Also ohne jemanden in die Ecke stellen zu wollen wegen seiner Kinks – jedem das, was ihn antörnt – aber ich mochte meinen Bruder schon zu Lebzeiten nicht, und bei der Vorstellung, ihn zu vögeln, ist mein Schwanz kurz davor, abzufallen.

Moment ... wie bin ich jetzt darauf gekommen?

Percy. Genau. Nicht Brüder. Er traut mir nicht.

»... nicht, dass ich dir nicht vertraue«, sagt er ruhig. »Es ist nur so, dass das normal für dich ist, und dass ich es nicht verstehe. Wenn David schon alle Fragen dazu gestellt hat und sie zu seiner Zufriedenheit beantwortet wurden, musst du mir nicht nochmal das Gleiche erzählen.«

Ich ziehe die Nase hoch.

Er mustert mich misstrauisch. »Warst du schon immer so, oder hast du seit deinem Umzug zu viel Zeit in Gesellschaft von Höllenhunden verbracht?«

Ich denke nach. »Beides?«

Er fängt an zu lächeln. »Immerhin bist du ehrlich.«

»Papa?«, fragt Benisch, und ich liebe alle meine Drachen, die Jungdrachen ganz besonders, aber jetzt würde ich ihn am liebsten erwürgen. »Machen sie es schon wieder?«

Vridel starrt mich an. »Nein. Ich weiß nicht genau, was das soll.«

»Tja, und so funktioniert das mit dem Springen«, unterbreche ich. »Alle Drachen haben diese Fähigkeit, aber sie tritt nicht bei allen zur gleichen Zeit zutage. Benisch ist früh dran. Es ist eine instinktive Sache, aber wenn man die Fähigkeit nicht schnell trainiert und beherrschen lernt, kann es *richtig schief* gehen.« Ich werfe Benisch einen Seitenblick zu, und er schluckt heftig.

»Ich wusste gar nicht, dass ich es gemacht habe«, protestiert er. »Und ich trainiere auch. Ich mache alles so, wie du gesagt hast, dass es sein muss.«

»Wir fangen auf dem Heimweg an«, sagt Vridel. »Hast du in der Nacht gut geschlafen?«

Er nickt.

»Wirklich?«

»Wirklich! Ich schwöre!«

»Ich habe ein paarmal nach ihm gesehen – er war im Tiefschlaf«, wirft Percy ein. »Aber wenn ihr ihm lieber noch etwas Ruhe gönnen wollt, könnt ihr gern noch ein paar Tage bleiben.«

»Ja!«, rufe ich aus. »Das wäre großartig.«

»Nein«, sagt Vridel entnervt und schüttelt den Kopf. »Meine Partnerin wartet, und Brandt hat Verpflichtungen. Mehr Ruhe ist nicht notwendig. Er ist ausgeschlafen und hat offensichtlich reichlich zu essen und zu trinken bekommen.«

Ich funkele ihn an. Warum muss er mir einen Klotz zwischen die Beine werfen? Weiß er denn nicht, wie es ist, notgeiler Single zu sein?

»Ich brauche die Ruhe«, erkläre ich. »Ich bin gestern

Abend den ganzen Weg aus den Staaten geflogen, und heute Morgen einmal quer über Australien. Ich habe *Durchhaltevermögen*, aber ein Superheld bin auch ich nicht.« Ich widerstehe der Versuchung, Percy lüstern anzuschauen, als ich mein Durchhaltevermögen erwähne, aber ich werfe ihm einen verstohlenen Blick zu. Da ist das süße, belustigte Schmunzeln wieder.

»Ich mache euch ein gutes Mittagessen, bevor ihr aufbrecht«, sagt er beruhigend. »Möchtest du dich vielleicht ein bisschen hinlegen? Ich habe mir sagen lassen, dass Leute in deinem fortgeschrittenen Alter gerne Mittagsschlaf machen.«

Hat er mich gerade ...?

Hat er. Er hat mich aufgezogen!

Benisch lacht. Vridel grinst. Und ich beschließe, dass ich meine Bemühungen fortsetzen werde, auch wenn Percy nicht gleich mit in die Staaten zurück fliegt. Operation »Percy von seinen Klamotten befreien« läuft.

# KAPITEL 3

PERCY

ICH STEHE neben den Trümmern des Schuppens, dessen Reparatur Vridel schon veranlasst hat. Der Eigentümer muss ihm nur noch eine Liste der kaputtgegangenen Gegenstände schicken. Ich spüre den Luftzug, als die drei Drachen sich in die Lüfte erheben. Sehen kann ich sie natürlich nicht mehr – sie haben alle den Tarnschild aktiviert, bevor sie gestartet sind – aber ihr Anblick ist unvergesslich.

Also, genauer gesagt, *seiner*. Brandts. Benisch ist ein goldiger Jungdrache, und Vridel ebenso beeindruckend wie alle anderen Drachen, aber Brandt ... wow.

Einfach nur wow.

Ich nehme mal an, auch als Drache wird man keine 30.000 Jahre alt, ohne ein besonderes Exemplar seiner Spezies zu sein. Brandt ist wirklich atemberaubend. Herrliche dunkelblaue Schuppen, die im richtigen Licht einen Hauch von Lila schimmern, und ein Körper, der irgendwie massiv und trotzdem schlank ist ...

Der letzte Windstoß der startenden Drachen ebbt ab, und ich schüttele mich einmal, um wieder in die Wirklichkeit zurückzukehren. Genug mit den Tagträumen.

Ich gehe aus der Sonne und zurück ins Haus, auf der Suche nach meinem Handy, während ich den Zeitunterschied überschlage. Es müsste jetzt kurz nach Mitternacht sein. Wahrscheinlich wäre es besser, zu warten, bis David zur Arbeit geht.

Ich mache es mir in dem bequemen Sessel am nach vorne blickenden Fenster gemütlich und drücke auf Speed-Dial. Nummer 1 habe ich seit fast vier Jahren nicht mehr benutzt, aber ich bringe es nicht übers Herz, sie zu ändern.

Das Handy klingelt dreimal, dann sagt David mit schläfriger Stimme: »Alles okay?«

»Warum musst du das jedes Mal fragen?«, entgegne ich entnervt. Ich bin doch kein Kind – ich war jahrzehntelang das Oberhaupt unserer Völker, und davor habe ich es auch über Jahrhunderte geschafft, auf mich aufzupassen. Aber David macht sich Sorgen wie eine Henne um ihre Küken.

»Gewohnheit«, antwortet er. »Außerdem ist es mitten in der Nacht.«

»Hier nicht.«

»Du rufst also an, um mich zu wecken? Nein, schlaf weiter ... es ist nur Percy.« Der letzte Satz ist an Caolan gerichtet, den sexy Elf, der Davids Partner ist, den ich im Hintergrund etwas murmeln höre.

»Percy? Ich mag Percy.« Die Worte sind jetzt besser zu verstehen, und die Bettwäsche raschelt.

»Caolan, was – gib das her!«

»Hallo, Percy!«, sagt Caolan ins Handy, und jetzt höre ich David im Hintergrund etwas murmeln. »Wie ist das Outback so?«

»Heiß«, sage ich. »Und letzte Woche hatte ich eine Schlange in der Dusche.«

»Was war das für eine Schlange?«

Ich nehme das Handy vom Ohr und schaue es an. Meint er das ernst? Ich lege es wieder ans Ohr und frage: »Ist das wichtig? Es war eine Schlange. In meiner Dusche. Wo sie nichts verloren hatte. Und ich habe keine Ahnung, wie sie da hingekommen ist.«

»Was hast du gemacht? Sie ist doch nicht etwa immer noch da? Muss ich kommen und sie mit einem Zauberspruch hinausbefördern?«

Verdammt. Daran hätte ich letzte Woche denken sollen. Caolan hätte innerhalb von Sekunden durch ein Portal kommen können, und ein schneller elfischer Zauberspruch hätte die Schlange aus dem Haus geschafft, noch bevor das Teewasser gekocht hätte. Das wäre viel besser gewesen als das, was ich gemacht habe, nämlich sie in Katzengestalt anzufauchen, bis mir klar wurde, dass ich ihr den Ausgang versperre, so dass sie gar nicht rauskonnte, selbst wenn sie gewollt hätte. Also habe ich mich zurück verwandelt, nachgelesen, um was für eine Schlange es sich handelt – schwer zu sagen, da es so viele verschiedene gibt – beschlossen, dass es irgendeine braune Schlange ist, und meinen Nachbarn angerufen, der so nett war, mit einer Schaufel rüber zu kommen und sich um die Schlange zu kümmern.

Und seitdem habe ich nur noch das Bad im Flur benutzt.

»Nein, sie ist weg«, sage ich zu Caolan, ohne näher ins Detail zu gehen. Er würde die Geschichte lustig finden, aber er und David und die anderen würden sich auch Sorgen machen. »Der Nachbar hat sie getötet.«

Er gibt ein Geräusch von sich, das man als schnaubendes Lachen beschreiben könnte. »Ich habe persönlich gesehen, wie du unserem Feind die Kehle durchgebissen hast, aber der Nachbar musste dir zu Hilfe kommen, um eine Schlange zu töten?«

»Sie hat Tish etwas ähnlich gesehen«, sage ich scherzhaft, und er hat offenbar auf Lautsprecher umgestellt, denn ich höre die beiden lachen. Ich bin so froh, dass wir den Punkt erreicht haben, über die Dinge zu lachen, die fast eine die Welt verändernde Katastrophe gewesen wären.

»Was hast du sonst erlebt, abgesehen von der Schlange? Gefällt dir die Gegend?«, fragt David.

»Es ist großartig hier«, sage ich. »Ganz anders, als ich es gewöhnt bin. Ob ich immer hier leben könnte, weiß ich nicht genau – vor allem wegen der Schlangen – aber als Abwechslung war es wirklich gut. Ich hatte sogar Besuch.«

»Außer der Schlange, meinst du?«, fragt Caolan. »War es ein Känguru? Ich würde wirklich gerne ein Känguru sehen. Nächstes Mal machen wir in Australien Ferien, damit ich Kängurus sehen kann.«

»Ich habe dir doch gesagt, dass sie keine guten Haustiere abgeben«, setzt David entnervt an.

»Es war kein Känguru«, sage ich schnell dazwischen, denn die Diskussion kenne ich schon. Caolan tut immer so, als würde er nachgeben, aber dann findet David heraus, dass er recherchiert hat, was Kängurus fressen oder ob sie ein Nest zum Schlafen brauchen. »Es war Brandt, um genau zu sein.«

Das lenkt sie ab. »Brandt?«, fragt Caolan schließlich nach. »Unser Brandt?«

»Der Flügelführer aller Drachen, die mir das Leben zur Hölle machen?«, fügt David hinzu, und ich muss lachen.

»Was haben sie denn jetzt schon wieder angestellt?«

»Was haben sie nicht angestellt? Hast du von der Glitzerbombe bei den Olympischen Spielen gehört?«

Ich verziehe das Gesicht. »Die in der Schwimmhalle?« Es hatte plötzlich Glitzer von der Decke auf Tausende Zuschauer und das Becken in Olympia-Größe geregnet, noch bevor die Wettkämpfe überhaupt begonnen hatten. Es war eine einzige Katastrophe, die Turniere mussten verschoben werden, was den gesamten Zeitplan umgeworfen hatte, da das Schwimmbecken gereinigt werden musste.

»Das waren Drachen«, sagt David, der sich bemüht, wütend zu klingen, aber ich höre das unterdrückte Lachen in seiner Stimme. »Ich weiß, ich fluche immer über die Höllenhunde und das Chaos, das sie anrichten – aber wenigstens haben die nicht die Fähigkeit, sich unsichtbar zu machen.«

»Was glauben denn die Menschen, was passiert ist?«, frage ich leicht nervös, mit dem lebenslangen Bewusstsein, dass es das Schlimmste wäre, was man sich vorstellen kann, wenn die Menschen unsere Existenz entdecken würden; und das sage ich, obwohl mir klar ist, dass die gesamte Dimension der Elfen und Drachen zerstört wurde.

»Sam und ich haben es vertuscht«, sagt er. »Wir haben es gleichzeitig als Planungsfehler und Fehlkommunikation deklariert. Am Ende hat es aber so viel Publicity gebracht, dass es ihnen gar nicht so viel ausgemacht hat.« Er macht eine Pause. »Brandt hat dich also besucht? Ich meine – Brandt war *dort*? Gestern war er doch noch hier. Und morgen soll er wieder hier sein!«

Noch bevor er sich darüber aufregen kann, dass sein Terminplan durcheinander geraten könnte, unterbreche ich: »Er wird rechtzeitig wieder da sein. Er ist gekommen, weil er dachte, dass ein Jungdrache verschwunden war.«

»Was?«, sagen beide wie aus einem Mund.

»Alles gut, das war nicht der Fall. Also schon, aber er

hatte sich einfach davongeschlichen und alleine einen Nachtflug unternommen, und ist dann auf meinem Schuppen notgelandet.« Ich erzähle die ganze Geschichte und beende sie mit dem kürzlichen Aufbruch der Drachen. »Brandt hat versucht, mir das Konzept des Springens zu erklären, aber mich nur nervös gemacht. Ist es nicht gefährlich, das Nichts in unsere Dimension zu holen?«

»Das ist ja nicht wirklich der Fall«, setzte Caolan an, aber David prustet.

»Stopp. Deine Erklärung ist genau so miserabel wie die von Brandt. Es ist okay, Percy. Ich kann dir die Datei mit meinen Notizen schicken, wenn du willst, aber ich habe nachgerechnet, und es ist sicher.«

»Das reicht mir.« David nimmt es sehr genau mit solchen Details. Wenn er sagt, dass es sicher ist, dann ist es das auch.

»Soso, bei dir ist also ein Jungdrache eingefallen«, sagt Caolan betont. »Habt ihr den Wortwitz mitbekommen? Ja?«

»Haben wir«, sagt David trocken. »Ich dachte, ich hatte dir schon gesagt, dass Alistair nicht recht hat mit seiner Behauptung, dass Wortwitze immer lustig sind?«

Ich lache.

»Also ich fand es schon lustig«, sagt Caolan.

»Bei mir ist in der Tat ein Jungdrache eingefallen«, sage ich schnell, bevor sie anfangen, ihren Streit wie immer mit Küssen und Streicheln beizulegen. Ich möchte ungerne noch in der Leitung sein, wenn das passiert. »Er war sehr süß. Und Brandt wiederzusehen war wundervoll.« Ich verziehe das Gesicht. »Wundervoll« war vielleicht etwas übertrieben.

»Wundervoll?« Natürlich stürzt Caolan sich darauf. Ich schwöre, dafür, dass Elfen angeblich so ernsthafte Wesen sind, ist er mindestens so schlimm wie jeder Drache. »Brandt zu sehen war wundervoll? Wie wundervoll genau?«

David seufzt, aber anstatt sich wie erwartet auf meine Seite zu schlagen und Caolan zu sagen, dass er Ruhe geben soll, fragt er: »Hattest du etwas mit Brandt?«

Ich pruste.

»Ach du Scheiße, da ist tatsächlich etwas gelaufen!«

»Nein!«, rufe ich aus. »Natürlich nicht.« Die Umstände waren nicht passend. Das spreche ich aber nicht laut aus.

David wartet. Sogar Caolan schweigt.

»Wir haben ein bisschen geflirtet«, gebe ich schließlich zu. »Er hat gefragt, ob ich mit zurückkommen und ein bisschen Zeit mit ihm verbringen will, um ihn besser kennenzulernen.«

»Leg auf der Stelle das Handy weg, Caolan!«, herrscht David ihn an.

»Aber–«

»Nein! Du wirst das nicht Alistair schreiben.«

Ach du Schande. Ach du Schande! Das wäre schlimm. Sehr schlimm. Ich halte die Luft an und warte ab, ob David sich durchsetzen kann.«

»Aber was ist mit –«

»Und Andrew auch nicht.«

»Aber–«

»Nein!«

»Noch nicht mal–«

»Caolan! Das ist Percys Ding.«

Caolan lacht spöttisch. »Percys *Ding*, soso.«

Hat er gerade …?

»Noch unwitziger als vorhin«, teilt David ihm mit. »Her mit dem Handy.«

»Das verstehst du nicht«, erklärt Caolan. »Ich *muss*

Alistair und Andrew Bescheid sagen. Wenn sie rausbekommen, dass ich es wusste und nichts gesagt habe, werden sie mir nie verzeihen. Wir sind Bros.«

Wider Willen muss ich lachen, obwohl ich bete, dass David ihm das Handy wegnimmt. Ich habe Andrew und Alistair wirklich gern. Also wirklich sehr gern. Ich würde mein Leben in ihre Hände legen. Aber wenn sie auch nur im Ansatz Wind davon bekommen, dass etwas zwischen Brandt und mir läuft, werden sie sich kopfüber in ein Verkupplungs- und Zusammenbring-Komplott stürzen, das mir das Leben schwer machen wird.

»Ihr seid *Bros*?«, fragt David ungläubig. »Welchen beknackten Film habt ihr da angeschaut? Weißt du was? Egal. Lass es mich so formulieren: Gib das Handy her, oder du musst einen deiner Bros fragen, ob du den Rest der Nacht in seinem Gästezimmer verbringen darfst.«

Caolan schnappt nach Luft.

»Andererseits«, fährt David fort, »wenn du mir beweisen kannst, was du Percy für ein guter Freund sein kannst, können wir –«

»Muss ich das wirklich noch mit anhören?«, unterbreche ich. Ich werde ignoriert.

»Du meinst mit dem –«

»Genau«, bestätigt David. »Was ist also wichtiger: Ich nackt mit Fliegerjacke und Lichtschwert, oder deine *Bros*?«

Ich wollte wirklich, das hätte ich nicht gehört.

»Ich will Percy ja ein guter Freund sein«, sagt Caolan zögerlich. Ich schiebe die Star-Wars-Perversionen vor meinem inneren Auge beiseite und hole zum entscheidenen Schlag aus.

»Du musst ja nicht für immer Schweigen bewahren«, sage ich. »Wenn ich bereit bin, es die anderen wissen zu lassen, darfst du derjenige sein, der es ihnen verrät.«

»Wirklich?«, fragt er hoffnungsvoll.

»Absolut.«

»Also gut, das klingt machbar. Erzähl uns alles.«

Ich blinzele. Das ist nach hinten losgegangen. »Was soll ich denn erzählen?«

»Du und Brandt. Bist du ganz sicher, dass nichts gelaufen ist?«

»Ganz sicher«, bestätige ich. »Das würde ich nicht vergessen.« Ich versuche, nicht daran zu denken, wie lange es her ist, dass ich Sex mit einer anderen Person hatte. Ich hatte immer vor, etwas dagegen zu unternehmen, seit ich beim CSG ausgestiegen bin: ausgehen, neue Leute kennenlernen, zu Dates gehen.

Drei Jahre später habe ich es immer noch vor. Immerhin habe ich jetzt jemanden im Auge. Auch wenn er gerade zur anderen Seite des Kontinents fliegt und kurz davor ist, einen Ozean zwischen uns zu bringen.

»Was ist denn nun genau passiert?«, fragt er ungeduldig nach. Das ist nicht der ernste, verantwortungsbewusste Caolan, den ich am Anfang kennengelernt habe. Andrew und Alistair haben einen miserablen Einfluss auf ihn.

Ich zucke die Achseln, obwohl das niemand sehen kann. »Nichts. Wir haben nur ein bisschen geflirtet. Das war's.«

»Und er hat dich eingeladen, ihn zu besuchen«, ergänzt David. »Wirst du das machen? Wir würden dich gern sehen.«

Innerlich höre ich alle Atome »*Ja!*« rufen, stattdessen sage ich aber: »Vielleicht. Mein Mietvertrag läuft in ein paar Wochen aus, und ihr fehlt mir.«

»Das hättest du dir wohl nicht träumen lassen«, bemerkt David trocken.

»Ach, komm schon«, widerspreche ich. »Du weißt

doch, wie gern ich euch alle habe.« Er hat aber nicht ganz unrecht. Gern haben hin oder her – es gab durchaus Tage, an denen ich sie am liebsten alle einen Kopf kürzer gemacht hätte, sogar David – ihn vielleicht ganz besonders. Normalerweise hatte ich eine hohe Wertschätzung für seine To-do-Listen, aber ein, zwei Mal vielleicht hatte ich auch Phantasien davon, wie ich ihn damit ersticke.

»Das wissen wir. Und du fehlst uns allen auch. Caolan kann dich holen kommen, wann immer du willst.«

»Das mache ich«, sagt Caolan zustimmend. »Sofort, wenn du willst. Und du kannst gerne bei uns wohnen, auch wenn du sicher viele andere Angebote hast.«

»Einschließlich Brandt, so wie es sich anhört«, fügt David spitz hinzu. »Klingt nach der perfekten Möglichkeit, ihn besser kennenzulernen. Bei uns hat es jedenfalls gut funktioniert.«

Ich lache prustend, während ich daran zurückdenke, wie eigensinnig er beteuert hatte, dass Caolan und er nur »Freunde, die vögeln« waren, obwohl Caolan bei ihm wohnte und jedem, der es hören wollte, von seiner »ewigen Liebe« für ihn erzählte. David hatte nicht lange gebraucht, bis er zugab, falsch gelegen zu haben.

»Eine großartige Idee!«, erklärt Caolan. »Ich sage Brandt Bescheid.«

»Nein!«, schreien David und ich wie aus einem Mund.

»Überlass das Percy«, fährt David mit weniger Dezibel fort. »Sag Brandt gar nichts.«

»Bitte nicht«, füge ich hinzu. Andererseits … vielleicht ist die Idee gar nicht schlecht. Ich könnte einfach mit einem Koffer bei Brandt vor der Tür stehen und sagen, dass ich ihn besser kennenlernen will. Vielleicht mit einem Zwinkern, damit kein Zweifel daran besteht, was ich meine.

Aber bei meinem Glück hätte er dann schon jemand

anderen im Bett, oder würde vermuten, dass ich Vertrauensfall-Spiele machen will. Und das – nein. Niemals.

Nein, hier ist Umsicht geboten. *Falls* ich mich dazu entschließe, das weiter zu verfolgen, werde ich es auf vernünftige Weise tun.

Ich stöhne auf.

»Was ist denn?«, fragt David.

»Ich glaube, ich verwandle mich in meinen Vater.«

»Ich wusste nicht, dass das geht«, sagt Caolan bewundernd. »Ist das eine Shifter-typische Fähigkeit, oder können das alle Spezies auf der Erde? Passiert es allen, oder kann man sich dafür oder dagegen entscheiden?«

»Es geht nicht«, teilt David ihm mit. »Percy ist nur melodramatisch.« Dann wieder an mich gewandt: »Wieso denkst du, dass du dich in deinen Vater verwandelst? Das ist nicht der Fall. So erzkonservativ wie der könntest du nie im Leben werden.«

Ich muss schmunzeln, denn ich weiß genau, dass mein Vater schockiert wäre, wenn er das hören könnte. Trotzdem hoffe ich, dass er es auf irgendeiner Ebene spürt und eine Gänsehaut bekommt. »Ich dachte nur gerade, dass ich das mit Brandt vernünftig angehen sollte – wenn überhaupt – und dass das genau das Gleiche wäre, was er auch sagen würde.«

»Er klingt langweilig«, sagt Caolan. »Und du bist es nicht. Du warst der Luzifer.«

»Hätte ich nicht besser ausdrücken können«, verkündet David, noch bevor ich eine Antwort parat habe. »Dein Vater würde niemals auch nur über Sex mit Brandt nachdenken, oder jemand anderem, der nicht von passender Herkunft wäre und mit seinen eigenen Regeln und Zeitplänen konform gehen würde. Moment mal, reden wir eigentlich nur über Sex, oder dachtest du an etwas Längerfristiges?«

Ich zögere. Darüber hatte ich noch gar nicht nachgedacht. Wäre ich interessiert daran, mehr als nur Sex mit Brandt zu haben? Natürlich nur, wenn es sich so ergeben würde.

»Ich weiß nicht«, sage ich dann. »Ich dachte eigentlich an Sex, aber ...«

Ich höre jemanden in die Hände klatschen. »Ja!! Beziehungs-Pläne! Und dieses Mal kann ich mitmachen!«

»Wovon redest du?«, fragt David Caolan.

»Keine Pläne«, sage ich. »Es werden keine Pläne geschmiedet.« Ich weiß haargenau, wovon er redet.

»Nichts«, sagt Caolan. »Keine Pläne. Nichts.«

David seufzt. »Wir reden später darüber. Wenn du dir mit deinen Bros irgendein bescheuertes Komplott ausgedacht hast, mit dem du Percy überlisten willst, vergiss es.«

»Es wäre nicht *bescheuert*«, sagt Caolan gekränkt.

»Wenn Alistair beteiligt ist, bin ich ziemlich sicher, dass es das wäre. Percy, sieht so aus, als hättest du viel Stoff zum Nachdenken. Wenn du meine Meinung wissen willst ...?«

»Natürlich.« Darum hatte ich ja eigentlich angerufen.

»Komm zu Besuch. Probiere Sex mit Brandt aus. Und dann schau einfach, wo es hinführt.«

Ich schürze die Lippen. »Du glaubst wirklich, dass ich einfach ... mit ihm schlafen sollte? Einfach so?«

»Na ja. Ich würde dich nicht dazu zwingen, wenn du nicht wollest. Aber wenn du auch nur ansatzweise interessiert bist, ja, dann solltest du es machen. Er ist ein charmanter, intelligenter, interessanter Mann, und du bist scharf auf ihn, seit du ihn das erste Mal gesehen hast.«

Ich gebe ein Geräusch von mir, das sich wie ein Quieken anhört.

»Du dachtest wohl, ich hätte nichts davon gemerkt?« Er klingt selbstzufrieden. Unausstehliche Bestie.

»Es war viel los, und du warst mit Caolan beschäftigt«, erkläre ich. »Natürlich dachte ich, du hast nichts gemerkt.« Ich hatte es jedenfalls gehofft. Sehr. Immerhin hatte er nicht mit den anderen darüber gesprochen. Wenn Andrew oder Alistair oder Elinor das gewusst hätten ... nun, dann hätte es auf jeden Fall Beziehungs-Pläne gegeben, wie Caolan das nennt.

»Ich war zu beschäftigt, um etwas zu unternehmen, aber gemerkt habe ich es«, bestätigt er. »Wenn alles nicht so gekommen wäre wie es dann war, hätte ich dir schon vor drei Jahren zugeredet, ihn klarzumachen.«

Er meint, wenn meine Amtszeit als Luzifer nicht beendet gewesen wäre. Es gibt immer Aufruhr, wenn ein neues Oberhaupt an die Macht kommt, und dann habe ich mich abgeseilt, also hatte er keine Chance mehr, etwas zu unternehmen.

»Es ist also wahr?«, fragt Caolan höchst interessiert. »Du wolltest Brandt auch damals schon?«

»Mir war bewusst, wie attraktiv er ist«, korrigiere ich, dann verziehe ich das Gesicht. Jetzt habe ich mich wirklich genau wie mein Vater angehört. »Ja«, gebe ich widerstrebend zu und seufze. »Aber es war so viel los. Es schien einfach nicht der richtige Zeitpunkt, um auf ihn zuzugehen.«

»Das hättest du aber tun sollen. Es gibt einfach Dinge, die man nie aufschieben sollte. Was, wenn Tish und Éibhear gesiegt hätten? Du hättest sterben oder versklavt werden können, ohne Brandt jemals gevögelt zu haben.«

Ich nehme das Handy vom Ohr und starre es ungläubig an. Nach all den Jahren in der Gesellschaft exzentrischer Personen sollte ich nicht mehr zu überraschen sein, und doch passiert es immer wieder.

Selbst mit dem vom Ohr entfernten Handy höre ich

David erklären, warum Sex mit Brandt wahrscheinlich keine Priorität mehr gewesen wäre, wenn ich tot oder ein Sklave gewesen wäre. Ich höre belustigt zu, wie Caolan dagegen hält, dass David und er nie zusammen gekommen wären, wenn er sich von potenzieller Lebensgefahr und Versklavung hätte aufhalten lassen.

»Liebe hat Priorität vor allem anderen«, verkündet er erhaben.

»Ja, aber hier geht es nicht um Liebe, sondern um Vögeln«, widerspricht David.

»Das sollte ebenfalls Priorität haben.« Caolans Stimme wird tiefer, und ich nehme das Handy wieder ans Ohr, bevor die beiden wieder in ihr komisches Star-Wars-Rollenspiel einsteigen, während ich noch am Apparat bin.

»Jedenfalls«, sage ich laut, »ist das ja nun Geschichte. Es geht darum, was ich jetzt anfangen soll.«

»Etwas mit ihm anfangen«, sagt Caolan ohne zu zögern, und ich kann ein Prusten nicht unterdrücken.

»So charmant«, sage ich.

»Er hat aber recht«, sagt David zustimmend. »Wenn es das ist, was du willst, lass dir die Erinnerung an die Stimme deines Vaters nicht in die Quere kommen. Komm her, bleib eine Weile bei uns, habe Sex mit Brandt, und schau, wo das Leben dich hinführt.«

Ich bin etwas überrascht davon, wie entspannt David die Sache sieht. Normalerweise ist er nicht der Typ, der die Dinge ihren Lauf nehmen lässt. Normalerweise hätte er schon einen detaillierten Plan, mit mehreren Rückversicherungs- und Notfallplänen. Kann es sein, dass er milder geworden ist, seit er mit Caolan zusammen ist?

»Du hast einen Plan«, wird mir plötzlich klar. »Du hast geplant, dass ich eine Affäre mit Brandt haben soll.«

»Das habe ich nicht«, stottert er. »Wie kommst du darauf?«

»Ganz einfach: Ich kenne dich seit über 450 Jahren. Genau das war dein Plan.«

Schweigen.

»Hast du das wirklich?«, fragt Caolan. Er klingt ... verletzt? »David, wie konntest du das vor mir verheimlichen?«

»Es ist kein richtiger Plan«, rechtfertigt sich David. »Ich habe keine SMART-Ziele oder Zeitpläne definiert oder so. Es ist nur ... ein sehr grober Entwurf von Schritten, die ich unternehmen konnte, für den Fall, dass ihr beide euch endlich ein Herz fasst.«

»Und was sind das für Schritte?«, frage ich schwach, während ich versuche, mich daran zu erinnern, warum David eigentlich zu meinen liebsten Freunden zählt. Er war der erste, den ich angerufen habe, als ich Luzifer wurde, und ihn habe ich am meisten vermisst, seit ich diesen Posten verlassen habe. Aber jetzt würde ich ihn erwürgen, ohne mit der Wimper zu zucken.

»Nun. Der erste war, dich und Brandt wieder an den gleichen Ort zu bekommen«, sagt er zögernd. »Oder ein Treffen zu arrangieren.«

Das hätte er doch nicht wirklich ... »Wenn ich herausbekomme, dass du etwas damit zu tun hattest, dass Benisch ...«

»Das habe ich nicht. Ich schwöre. Das war wirklich nur ein seltsamer und glücklicher Zufall.«

Der einzige Grund, warum ich ihm glaube ist, dass David niemals ein Kind in Gefahr bringen würde. »Und der zweite?«

Er zögert. »Es ist mir wirklich unangenehm, darüber zu sprechen.«

»Längst nicht so unangenehm, wie deine Eingeweide von mir herausgerissen zu bekommen, wenn ich da wäre«, sage ich zuckersüß.

»Keine Eingeweide herausreißen«, sagt Caolan warnend. »Keine Sorge, Percy, darum kümmere ich mich schon. Ich kann nicht fassen, dass du mir nicht erlauben wolltest, meine Bros anzurufen, und mir verbieten wolltest, Beziehungs-Pläne zu schmieden, wenn du längst selbst einen hattest«, teilt er David mit. »Ich bin zutiefst verletzt.«

»Caolan, konzentriere dich bitte. Ich wollte den nächsten Schritt wissen«, insistiere ich. Ich bin gar nicht sicher, wieso. Soll ich lieber Davids Pläne umsetzen oder mich da alleine durchwursteln? Oder so tun, als wäre nichts davon passiert und wie geplant nach Indonesien umziehen?

»Ich will nicht darüber reden«, sagt David. »Es ist nicht wichtig. Du musst doch keine Pläne umsetzen, die ich entwickelt habe, weil ich Langeweile hatte und meine neue Planungs-Software ausprobieren wollte.«

Die Worte klingen authentisch, aber er hat wohl vergessen, wie gut ich ihn kenne.

»Wenn ich also einfach selber weiter wurstele–«

»Wird Brandt hoffentlich mitspielen«, wirft er ein.

»Und du wirst dich überhaupt nicht einmischen? Keine hilfreichen Vorschläge, die mich in eine bestimmte Richtung schicken? So wie die, die du vor gerade mal fünf Minuten gemacht hast?«

Er seufzt. »Tut mir leid, Percy. Es tut mir leid, dass ich das gemacht habe – auch wenn du nie hättest davon erfahren sollen. Und obwohl du nie Hemmungen hattest, dich vor drei Jahren in mein Liebesleben einzumischen. Aber ich verspreche dir, dass ich mich nicht einmischen

werde, wenn du beschließen solltest, mit Brandt anzu-
bändeln.«

Ich ignoriere den Satz über meine Einmischung in sein
Liebesleben. Das stimmt nämlich nur zum Teil – ich habe
nichts weiter getan als ein paar vorsichtige Vorschläge zu
äußern. Wenn ich so darüber nachdenke, kann es sein, dass
einer davon war »schlaf mit ihm und schau, wo es
hinführt«.

»Also gut. Ich denke darüber nach und lasse euch
wissen, ob ich einen Platz zum Übernachten brauche.
Caolan, könnte ich mich an dich wenden, wenn ich zu
meinem nächsten Reiseziel muss?«

»Jederzeit«, antwortet er sofort. »Du solltest aber
wissen, dass ich mich die ganze Zeit beschweren werde,
wenn das Ziel nicht hier sein sollte.«

Ich lächle. Es ist schön, erwünscht zu sein. »Das werde
ich bei meiner Planung berücksichtigen«, verspreche ich.
Wir plaudern noch ein paar Minuten, aber mir ist klar, wie
spät es ist und dass sie noch ein Rollenspiel vorhaben, also
komme ich bald zum Schluss, auch wenn es schön ist, ihre
Stimmen zu hören. Ich sollte mich öfter melden.

Oder wieder zurückkehren. Ein schöner, langer Besuch
würde mich von der Sehnsucht kurieren.

Ich lege mein Handy auf der Armlehne ab und starre
seufzend aus dem Fenster. Draußen herrscht flirrende
Hitze, es ist gleißend hell, aber trotzdem schön. Kein Ort für
die Ewigkeit, aber trotzdem sehr schön für den Moment.
Ich schiebe die Enttäuschung darüber beiseite, einen
weiteren Ort von meiner Liste streichen zu müssen. Die
Welt ist groß. Irgendwo muss es doch einen Ort geben, der
für mich perfekt ist. Und wenn ich den finde, finde ich dort
den perfekten Job oder die Aufgabe, um meinem Leben
einen Sinn zu geben. Ich muss nur weitersuchen.

Da klingelt mein Handy, mit einem vertrauten – und gefürchteten – Klingelton, und ich schließe die Augen. Ich will am liebsten den Anruf auf Voicemail laufen lassen, oder am besten den Anrufer ganz blockieren, aber das wird ihn nicht davon abhalten, eine Möglichkeit zu finden, sich bei mir zu melden. Ich bin ihm jetzt schon eine Weile aus dem Weg gegangen, also ist es wahrscheinlich das Beste, sich ihm zu stellen und mir die Beschwerden anzuhören, damit ich mich nicht allzu sehr wie ein schlechter Sohn fühle.

»Hallo, Vater.«

»Wo warst du?«, blafft er. »Ich versuche seit Tagen, dich zu erreichen, Percival!«

Ich spüre, wie es in meiner Wange zuckt, als ich ihn meinen vollen Namen sagen höre. Ein Grund dafür, dass ich Percy genannt werde, ist, dass er meinen Namen für mich ruiniert hat. Ich kann nicht verhindern, dass er mich an die Vorträge in meiner Kindheit erinnert: über angemessenes Verhalten und wie ich dem guten Namen der Familie am besten gerecht werde.

»Wir haben kein besonders gutes Netz hier draußen«, sage ich. Das ist größtenteils gelogen. Sicher ist das Netz näher an Broome besser, und es ist längst nicht so gut wie in den größeren Städten im Süden, aber ich habe meist ganz guten Empfang hier.

»Noch ein weiterer Grund dafür, dass du dahin zurückkehren solltest, wo du hingehörst, anstatt durch die Wildnis zu vagabundieren. Wo genau bist du eigentlich?«

Ich räuspere mich, um mein verächtliches Prusten zu übertönen. Keine Chance. Meinen Aufenthaltsort werde ich ihm ganz sicher nicht verraten – er würde jemanden schicken, um mich abzuholen. Das würden sie natürlich nicht schaffen, aber es ist eine Komplikation, die ich gerne vermeiden will. »Ich bin viel herumgereist«, sage ich also vage. »Brauchtest du etwas Bestimmtes, Vater? Wie geht es Mutter?«

»Es geht ihr gut, denke ich. Beschäftigt mit ihren gesellschaftlichen Verpflichtungen.« In seiner Stimme höre ich jetzt Anerkennung und eine distanzierte Zuneigung. Meine Eltern passen gut zusammen. Beide haben viel Respekt vor den Ambitionen des anderen. Wenn ich ähnliche Ambitionen hätte, hätten sie sicher den gleichen Respekt vor mir. Dass ich nicht den Drang verspüre, Investmentbanker oder Anwalt für Gesellschaftsrecht zu sein, ist eine große Enttäuschung für sie.

Und schon geht's los: »Ich habe da eine wundervolle Chance für dich, Percival«, fährt mein Vater fort. »Ein Mann, den ich vom Club kenne, hat in seiner Kanzlei eine Stelle frei–«

»Nein, Vater«, unterbreche ich entschieden. Es ist am besten, ihn gar nicht erst anfangen zu lassen. »Ich bin nicht interessiert.«

»Du weißt doch noch gar nichts über den Job!«

»Trotzdem: kein Interesse.« Es könnten alle möglichen Fachgebiete sein. Ich habe die vier Jahrhunderte, bevor die Magie mich zum Luzifer ernannt hat, damit verbracht, mir eine sehr vielfältige Bildung anzueignen, und dann jeweils einige Jahrzehnte in den betreffenden Fachbereichen zu arbeiten. Ich liebe es, zu lernen, und ich hatte an vielen dieser Jobs auch Freude. Trotzdem war keiner davon perfekt für mich.

»Du kannst doch nicht immer weiter ziellos durch die Gegend irren wie ein Schmetterling, der sich verflogen hat, Percival«, beginnt er. »Du hast eine Verantwortung deinem guten Namen gegenüber; es wird Zeit, dass du sesshaft wirst und den Stammbaum weiter führst.« Dazu sage ich nichts, und er seufzt und ändert seine Taktik. »Willst du denn wirklich für immer alleine bleiben? Wie ist es mit Kindern? Wie du weißt, haben die Kenworthys eine bezaubernde Tochter. Deine Mutter würde dir auch gerne einen charmanten Inkubus vorstellen, den Sohn einer ihrer Freundinnen im Garten-Club. Ein Börsenmakler mit sehr beeindruckendem Ruf.«

Ich weiß nicht genau, was meinem Vater mehr Freude macht ... der Gedanke an Enkel, die unser Geschlecht weiter bestehen lassen, oder ein wohlhabender Börsenmakler mit guten Verbindungen. So oder so: Ich werde mich nicht dafür hergeben.

»Danke nein«, bestätige ich. »Aber es könnte dich vielleicht interessieren zu hören, dass ich darüber nachdenke, wieder in die Staaten zurückzukehren und in beratender Funktion für das CSG zu arbeiten.« Und mich mit einem sexy Drachen einzulassen. Das braucht Vater aber definitiv nicht zu wissen.

»Consulting für die Regierung«, sagt er in einem Tonfall, den die meisten Leute für ›den Abfluss der Dusche vom Schlick befreien‹ reservieren würden. Nach einer langen Pause fügt er hinzu: »Das ist ja wenigstens eine produktive Beschäftigung. Du kannst dir überlegen, ob du den Börsenmakler nicht kennenlernen willst, wenn du sowieso dort bist. Ich kenne auch einen einflussreichen Bankier, den du vielleicht mögen wirst. Wenn du nicht direkt zum Erhalt der Familie beitragen kannst, Percival, könntest du wenigstens auf andere Weise deinen Verpflichtungen nachkommen.«

Ja, genau. Mein Vater möchte mich gerne zu Zuchtzwecken nutzen, damit das Geschlecht nicht ausstirbt. Dass ich jahrzehntelang das Oberhaupt unserer Community war, für diese Aufgabe auserkoren von der existenziellen Magie, die jede Faser unserer Existenz ausmacht, bedeutet ihm nichts.

Für den guten alten Dad ist das nicht weiter als ein Sprung-brett auf dem Weg, einen »wertvollen Beitrag« zur Reputa-tion unserer Familie zu leisten.

»Ich denke darüber nach«, lenke ich ein, damit das Gespräch schneller ein Ende hat.

Dass ich mich bereits entschieden habe, braucht er nicht zu wissen – und nicht nur das betreffend, sondern auch bezüglich anderer Dinge. Ich werde in die USA zurückkehren.

Brandt und ich haben noch etwas offen.

# KAPITEL 4

PERCY

Es ist furchtbar kalt. Dummerweise hatte ich vergessen, dass es in den Vereinigten Staaten auf den Winter zugeht. Die kurzen Hosen und das kurzärmelige Poloshirt, die ich immer noch trage, waren nur für einen Sommertag im Outback die richtige Kleidung. Wieso bin ich überhaupt im Freien? Caolan wollte mich doch eigentlich direkt in seine und Davids gemeinsame Wohnung bringen.

Er tritt durch das Portal und schließt es, während ich mich umsehe. Es dauert nur eine Sekunde, bis ich weiß, wo wir uns befinden. Es ist die Terrasse von Andrew und Noahs Penthouse.

»Hattest du etwas zu erwähnen vergessen?«, frage ich Caolan, der die Achseln zuckt.

»Alle wollten dich sofort sehen«, erklärt er. »So war es einfacher.«

»Das hättest du mir ruhig sagen können.« Ich laufe mit meinem Gepäck auf die Glastür zu, denn ich will unbedingt raus aus der Kälte. »Ich hätte mich sicher nicht quer gestellt.«

Ich habe kaum einen Moment Zeit, sein Schweigen zu registrieren, als die Türen geöffnet werden und die Massen nach draußen strömen.

Die lauten Massen.

Aus sehr anhänglichen Leuten.

Leuten, die ich liebe.

»Rein!«, schreie ich, denn das ist die einzige Möglichkeit, mir durch das Stimmengewirr Gehör zu verschaffen. »Mir ist kalt.«

Mehr braucht es nicht, um alle in die Wohnung zurück zu befördern. Sie ziehen mich mit, nehmen mir mein Gepäck ab und hüllen mich ein in ihre Wärme.

»Du hast uns gefehlt!«, ruft Sam, während er mich fest an sich drückt. »Es ist so schön, dich zu sehen!« Ich erwidere die Umarmung und spüre dabei die beruhigende Präsenz des Luzifers um mich. Seltsam ist es schon, da ich das so lange selbst war: Ich war derjenige, in dessen Anwesenheit andere sich sicher fühlten. Es ist schön, jetzt die umgekehrte Erfahrung zu machen, aber ich vermisse die ständige Begleitung der Magie.

Als ob sie meine Gedanken spüren würde, streift sie mich kurz. Ab und zu besucht sie mich noch, und in den ersten Wochen nach dem Machtwechsel war sie noch in meiner Nähe, aber es ist trotzdem kein Vergleich.

Schließlich zwinge ich mich, Sam wieder loszulassen. »Alles gut?«, frage ich, weil ich nicht anders kann. Er hätte sich gemeldet, wenn er Hilfe gebraucht hätte. Das weiß ich schon, aber selbst nach drei Jahren ertappe ich mich noch dabei, dass ich mir Sorgen mache. *Nicht mehr dein Job.*

Er lächelt mich beruhigend an, und ich spüre es wie ein

bekräftigendes Streicheln. »Alles gut. Hab dich nur vermisst. Bist du denn jetzt wieder im Lande?«

Mir bleibt die Antwort erspart – scheint so, als sei es David und Caolan gelungen, manche meiner Geheimnisse zu bewahren – denn ich werde von einem 1,95 großen Schrank von Höllenhund angesprungen.

»Jetzt bin ich dran! Jetzt bin ich dran! Peeeercyyyy!« Alistair packt mich und umarmt mich. »Wie konntest du uns nur so lange allein lassen? Wir waren einsam und verloren ohne dich!«

Ich muss prustend an seiner Brust auflachen, aber ich drücke ihn auch, während ich den vertrauten Duft der Höllenhund-Spezies einatme. Ich hatte mich zwar bewusst für entlegenere Gegenden entschieden auf meiner Odyssee, aber jetzt habe ich das Gefühl, dass das ein Fehler gewesen sein könnte. Dort gibt es nicht viele Mitglieder meiner Community. Mir war gar nicht klar, wie sehr mir so einfache Dinge wie der Geruch meiner Artgenossen gefehlt haben.

Dann drückt Alistair noch fester zu, und ich überdenke das mit der Sehnsucht nach ihm noch einmal.

»Kriege keine Luft«, keuche ich schließlich, und er lässt von mir ab.

Reihum begrüße ich auch die anderen, und werde von allen umarmt – sogar von Gideon. Von ihm hatte ich eher ein Rückenklopfen erwartet als eine Umarmung, also bin ich überrascht, als er mich an sich zieht. »Schön, dich zu sehen«, murmelt er rau. »Sam hat dich mächtig vermisst.«

Mein altes Team und ihre Partner sind alle gekommen – außer Elinors Verlobtem, der arbeiten muss. Ich hatte ihn schon zweimal getroffen, als die Beziehug noch frisch war, aber man hat mich genau auf dem Laufenden gehalten. Wir sind uns einig, dass wir ihn mögen, weil er Ellies Großartigkeit gebührlich bewundert.

»Bist du für immer wiedergekommen?«, will sie wissen, während sie meine Handgelenke umklammert hält. Sie mag kleiner sein als ihr Cousin Alistair, aber sie hat genau so viel Kraft wie er. »Was glaubst du denn, wo du im April sein wirst? Wenn du dann nicht hier sein kannst, müssen Javier und ich heiraten, bevor du wieder verschwindest.«

Es wird kollektiv nach Luft geschnappt. »Deine Mutter würde es nicht überleben, wenn du den Hochzeitstermin vorziehst«, prophezeit Alistair. »Und du wärst definitiv nicht mehr Omas Liebling. Also finde ich die Idee toll.«

»Selbst wenn ich nicht mehr ihr Liebling bin, heißt das noch lange nicht, dass du es wärst«, erwidert Elinor knapp, dann dreht sie sich zu mir um. »Percy?«

»Ich würde niemals deine Hochzeit versäumen«, verspreche ich. »Solange Caolan mich irgendwo abholen kann, werde ich zurückkommen, egal, wo ich bin. Du solltest dich nicht mit deiner Mutter überwerfen.« Ich kenne ihre Mutter recht gut und möchte definitiv nicht daran schuld sein, dass Hochzeitspläne über den Haufen geworfen werden.

»Du bist also nicht endgültig zurück?«, fragt Noah, und alle Anwesenden geben murmelnd ihrer Enttäuschung Ausdruck.

»Wahrscheinlich nicht.« Ich schüttele Elinors Klammergriff ab und setze mich auf die Couch, für deren Auswahl Andrew sechs Wochen gebraucht hat. Also, das Modell stand schon nach zehn Minuten fest. Dann musste aber der Bezugsstoff gewählt werden, und scheinbar gibt es auf der Welt nichts so Wählerisches wie 800 Jahre alte Vampire.

»Wahrscheinlich?«, fragt der besagte Vampir nach. »Was ist denn der entscheidende Faktor?«

Verdammt. Das hatte ich wohl nicht ganz durchdacht.

»Wie sehr du mich doch nervst, und wie schnell«, erwidere ich fröstelnd. Ich kann es nicht unterdrücken – selbst hier drin mit aufgedrehter Heizung bin ich für dieses Wetter nicht richtig angezogen.

Das fällt natürlich allen auf. Sie sind fast alle ausgebildete Ermittler. «Du solltest dich umziehen«, schlägt David vor. »Wir haben Essen bestellt, das gleich da sein muss. Du willst nicht mit den Zähnen klappern, während du zu essen versuchst.«

»Nette Sonnenbräune hast du übrigens«, fügt Alistair hinzu.

»Danke. Das ist ganz unfreiwillig passiert.« Ich habe bei der absurden Hitze nicht besonders viel Zeit beim Sonnenbaden in zweibeiniger Gestalt verbracht.

»Komm, du kannst das Gästezimmer benutzen«, sagt Noah, während er einen meiner Koffer nimmt. »Du kannst eine heiße Dusche nehmen, um dich aufzuwärmen, wenn du willst.«

Ich folge ihm dankbar und frage mich, warum ich jemals weg wollte. Ich meine, ich weiß schon, warum – ich wollte etwas Zeit für mich, ganz in Ruhe, um mich an die Veränderungen in meinem Leben zu gewöhnen, und vielleicht zu entdecken, was meine Berufung ist. Ich wollte meinem Vater und der unerwünschten Zukunft, die er für mich plant, aus dem Weg gehen. Außerdem, so gern ich sie alle habe – es wird nicht lange dauern, bis sie mich wieder irre machen. Aber jetzt, bevor sie Gelegenheit dazu haben, kann ich mir keinen Ort auf der Welt vorstellen, an dem ich lieber wäre.

Als ich zehn Minuten später wieder zu ihnen stoße,

passender gekleidet und bereit für das Essen, das in der Zwischenzeit geliefert wurde, empfängt mich Schweigen, und alle sehen mich an.

Oje.

Ich tue so, als würde ich es nicht merken, und greife nach einem Stück Pizza. Es ist offensichtlich, dass sie über mich gesprochen haben ... die Frage ist, ob es nur darum ging, mich zum Bleiben zu bewegen, oder ob David und Caolan den anderen Grund für mein Hiersein ausgeplaudert haben. Ich kaue schweigend. Einer von ihnen wird gleich einknicken. Ich würde auf –

»Ich freu mich so für dich!« -

Alistair wetten.

Aidan, sein Freund und das Oberhaupt der Shifter – mein Oberhaupt – gibt ihm einen festen Rippenstoß.

»Ich freu mich so, dass du da bist!«, verbessert sich Alistair mit schmollender Miene.

Ich sehe David tief ins Auge, der abwehrend die Hände hebt. »Ich war's nicht. Sie haben es erraten. Und dann musste Caolan seinen Bros alle Einzelheiten erzählen«, fügt er mit verdrehten Augen hinzu.

»Sie haben es *erraten*?« Wie in aller Welt ist ihnen das gelungen?

»Es war eigentlich weniger geraten, eher ein Verkupplungsplan«, setzt Noah an. »Andrew dachte, wenn du mit jemandem anbändelst, bleibst du vielleicht länger. Da fiel die Wahl logischerweise auf Brandt.«

Ich beiße die Zähne zusammen. Ich würde wirklich, wirklich gerne nachfragen, warum Brandt ihnen so logisch erscheint, aber das Wespennest kann gefährlich werden. Was, wenn David nicht der einzige war, dem meine ... äh, Faszination aufgefallen ist?

Aber das erweist sich als unnötig, denn Andrew fährt mit seiner Erklärung fort.

»Er ist reif – also was sein Alter betrifft, meine ich - was zum zweiten für ihn sprechenden Punkt führt, nämlich, dass er im Herzen jung geblieben ist. Du bist so ernsthaft, Percy, und du brauchst jemand Lustigen, der verhindert, dass du ein Langweiler wirst.«

»Danke auch.« Ich kann meine Grimasse nicht unterdrücken, allerdings nicht aus den Gründen, die sie wahrscheinlich vermuten. Lily hat mich immer einen Langweiler genannt. Und es fehlt mir sehr.

»Ihr beiden habt euch gut verstanden, er ist sehr attraktiv, außerdem – und das ist ein besonders wichtiger Punkt – ist er der Anführer seines Volkes.«

»Warum ist das ein besonders wichtiger Punkt?«, frage ich, während ich das Weinglas nehme, das Noah gerade wieder füllt. Wenn Andrew jetzt etwas sagt, das mich elitär erscheinen lässt, weiß ich, dass ich mich tatsächlich in meinen Vater verwandelt habe.

»Weil du Leute brauchst, um die du dich kümmern kannst.«

Ich zucke zusammen und verschütte dabei Wein über das Essen. »Mist!«

»Keine Sorge, alle wissen ja, dass Wein Essen verfeinert«, sagt Sam leichthin. »Es ist außerdem nur Menschenwein. Also quasi Zuckerwasser. Das war ja eine sehr interessante Reaktion, Percy.«

»War es gar nicht«, sage ich, während ich die Hand zum Mund führe, um den verschütteten Wein abzulecken. Dann nehme ich mein Weinglas und trinke es in einem Zug leer. Von Menschen gemachter Alkohol ist für den Stoffwechsel von Shiftern ähnlich stark wie Limonade; wenn man aber in kurzer Zeit genug davon trinkt, zeigt er trotzdem Wirkung.

»Doch, doch«, bekräftigt Andrew, der sich mit einem kleinen, gemeinen Grinsen im Gesicht vorbeugt. Ich hasse dieses Grinsen. »Ich habe da offensichtlich einen wunden Punkt getroffen.«

»Hast du gar–«

»Schon gut, Percy«, unterbricht Elinor. »Wir wissen alle, dass du im Grunde deines Herzens ein Fürsorger bist. Unter anderem deswegen warst du auch so ein großartiger Luzifer. Natürlich brauchst du Leute, um die du dich kümmern kannst. Brandt würde sehr gut zu dir passen, denn an ihm hängen 5000 bedürftige Drachen.«

Mir bleibt der Mund offen stehen. Das stimmt nicht. Tut es nicht. Habe ich nicht die letzten drei Jahre an den einsamsten Orten verbracht, um nicht von Leuten umgeben zu sein, die mich brauchen?

*Und du hast sie die ganze Zeit vermisst*, sagt eine schnippische Stimme in meinem Kopf.

Ich schiebe sie beiseite und sage: »Ich bin nicht auf der Suche nach einem Partner. Wenn etwas zwischen Brandt und mir laufen sollte, wird es ausschließlich um das Eine gehen. Ich will mich um niemanden kümmern. Ich will nichts außer Sex.«

Alistair macht ein Geräusch in die plötzliche Stille. Er ist die letzten paar Minuten verdächtig schweigsam gewesen – vielleicht, weil Aidan an seiner Seite sitzt, den spitzen Ellbogen einsatzbereit.

»Was denn?«, frage ich resigniert. Was da wohl gleich für ein Unsinn aus seinem Mund kommen wird? Aber dann überrascht er mich.

»Wenn es das ist, was du willst, solltest du es auch bekommen.«

Gideon hustet. »Hast du dir den Kopf gestoßen?«

Alistair ignoriert ihn und sieht mich unverwandt an.

»Keiner von uns glaubt dir, aber wenn du der Meinung bist, dass du nichts außer Sex willst, tja ...« Er zuckt die Achseln. »Dann solltest du Sex haben. Mit Brandt. Viel Spaß dabei.«

»Oh, danke für die Erlaubnis«, sage ich trocken. »Was meinst du damit, keiner glaubt mir? Warum denn nicht? Es ist die reine Wahrheit!« Oder etwa doch nicht? Ich will keine Beziehung mit einem zehntausende Jahre alten Drachen eingehen, der für das Wohlergehen aller Drachen verantwortlich ist, stimmt's? Ständig gestört werden – beim Essen, bei ruhigen Abenden zu Hause, beim Schlafen, im Grunde in jeder freien Minute – von anderen, die ihre Probleme bei uns abladen und um Hilfe bitten? An Zeremonien teilnehmen und zwischen Parteien vermitteln?

Nein. Natürlich nicht. Davon hatte ich genug, als ich noch Luzifer war.

*Lügner.*

Hier geht es um das Bedürfnis, mal wieder mit mehr als meiner Hand und einem Dildo Sex zu haben, und darum, dass Brandt ein humorvoller, charmanter, gutaussehender Mann ist, der meine Hormone weckt und zum Klingen bringt. Her geht es darum, etwas nur für mich zu tun, und nicht darum, wieder einen Weg zu finden, meine Zeit damit zu verbringen, etwas für andere zu tun.

*Lügner.*

Ich hasse diese kleine innere Stimme. Ist das mein Gewissen? Das muss sich definitiv setzen und die Klappe halten.

Sex. Hier geht's um Sex mit Brandt.

Und wenn es darüber hinaus gehen sollte—

*Ach Shit.*

Das Einzige, was ich noch mehr hasse als die Stimme meines Gewissens? Wenn sie recht hat.

Ich atme einmal tief durch. Dann ein zweites Mal.

Und ein drittes Mal. Soll ja Glück bringen.

Nicht, dass ich nervös wäre. Wieso sollte ich nervös sein? Es gibt keinen Grund, nervös zu sein. Ich tauche ständig unangemeldet bei Männern auf, die ich attraktiv finde, und bitte um Sex. Das ist ganz *normal*.

Und trotzdem sitze ich in meinem Mietwagen vor dem Tor.

Wäre es einfacher, wenn Brandt sich in seiner Stadtwohnung aufhalten würde? Hätte ich warten sollen, bis die Arbeitswoche beginnt, und ihn dort aufsuchen, anstatt mich völlig verrückt machen zu lassen von dem Gerede meiner Freunde, und am Samstagmorgen ein Auto zu mieten und zum Gelände der Drachen außerhalb der Stadt zu fahren?

Vermutlich. Dann hätte ich mehr Zeit gehabt, mein impulsives Verhalten zu überdenken.

Was soll ich überhaupt *sagen*? »Hey, hast du Lust zu vögeln?« Ich glaube nicht, dass ich das könnte – ich sterbe schon bei der Vorstellung. Ich hatte außerdem nicht bedacht, dass Brandt nicht alleine hier lebt. Die Drachen, die ihm am nächsten stehen und ihm bei seiner Rolle als Flügelführer zuarbeiten, haben auch Räume in diesem Haus, das David als »Anwesen hoch drei« bezeichnet. Außerdem gehen hier viele Drachen ein und aus. Also ... im Grunde würde ich da reinlaufen und vor allen Drachen verkünden, dass ich mit ihrem Flügelführer in die Kiste hüpfen will.

Ich lasse den Kopf gegen das Lenkrad fallen.

Was habe ich für Optionen? Ich kann umkehren und zweieinhalb Stunden zu David und Caolan zurück fahren.

David würde Caolan wahrscheinlich davon abhalten, zu fragen, wieso ich schon zurück bin, aber beide würden *wissen*, dass etwas passiert ist – oder eben nicht, je nach dem. Sie würden sich fragen, ob ich gekniffen habe, oder ob Brandt *nein, danke* gesagt hat –

Oh verdammt. Daran hatte ich ja noch gar nicht gedacht. Was, wenn ich ihn angrabe und er kein Interesse hat?

Nein. Nein, das würde nicht passieren. Er hat in Australien kein Hehl daraus gemacht, dass er gerne hätte, dass etwas zwischen uns läuft. Er hat mich eingeladen, ihn besuchen zu kommen, um ihn »besser kennenzulernen«. Das würde niemand so interpretieren, dass Kaffee und ein Fragespiel gemeint sind, oder?

Also ... Optionen. Zurück in die Stadt fahren, bis Montag warten, ihn dann in seiner Wohnung besuchen. Oder zurück in die Stadt fahren, so tun, als wäre das hier nie passiert, meine Freunde besuchen, dann nach Indonesien verschwinden.

Oder einfach klingeln, Brandt aufsuchen und ihm sagen, was ich will.

Ich will es ja. Sogar sehr. Ich bin nur nicht gewohnt, einfach nach Sex zu fragen. Vielleicht muss ich das üben?

»Hey, hast du Lust zu vögeln?«, sage ich laut und verziehe das Gesicht, während ich die Worte ausspreche. Nein. Nein. Kommt nicht infrage. Niemals könnte ich das zu jemand anderem sagen. Vielleicht, wenn ich es anders formuliere ... es umschreibe ... »Ich bin gekommen, um dich besser kennenzulernen.«

Das ist schon einfacher auszusprechen, aber es ist so ... allgemein. Und was, wenn er tatsächlich denkt, dass ich Kaffee und ein Fragespiel meine? Nein, ich muss einen Mittelweg finden. Etwas, das sexy und eindeutig ist, ohne ...

vulgär zu sein. Ich brauche eine gehobene Art und Weise, Brandt zu fragen, ob er Sex mit mir haben will. Was ist denn eine gehobene Umschreibung für Sex? Ich denke zurück ... in meiner Jugend nannte man es ›Drachen auf St. Georg reiten‹, aber da es sich hier um einen leibhaftigen Drachen handelt, könnte das verwirrend sein.

Oh, da fällt mir etwas ein: »Ich will einen nackten Drachenausritt unternehmen.«

»So etwas bieten wir hier nicht an, tut mir leid«, höre ich eine strenge Stimme sagen, und schrecke mit einem Aufschrei hoch, wobei ich mir schmerzhaft den Kopf an der Decke des Wagens stoße. Wie konnte ich nur so zerstreut sein, dass ich gar nicht gerochen oder gehört habe, dass jemand sich dem Auto nähert?

Moment ... ich drehe den Kopf – meinen armen, geprellten Kopf – zum Fenster, und rieche immer noch nichts. Ich sehe den Mann, der sich vorgebeugt hat, um ins Auto zu spähen, aber ich rieche ihn nicht. Überhaupt nicht.

Adrenalin explodiert in meinem Inneren, und ich zwinge mich, tief durchzuatmen. Dann lasse ich das Fenster ein paar Zentimeter herunter. »Haben Sie einen Tarnzauber aktiviert?«

Der für mich sichtbare Teil seines Gesichts sieht erschrocken aus, dann erklärt er empört: »Ich glaube, dass gerade eher ich das Recht habe, Fragen zu stellen. Wer sind Sie, und was haben Sie hier zu suchen?«

Ich bin relativ sicher, dass es ein Drache ist. Es ist schwer zu sagen, ohne ihn riechen zu können, da Shifter andere Spezies vorwiegend am Geruch bestimmen, aber ihn umgibt auch eine für Drachen und Elfen typische Aura der Fremdheit, und die Augen von Drachen unterscheiden sich auch deutlich von denen der Elfen. Tatsache ist, dass ich schon eine ganze Weile hier vor dem Tor geparkt habe, und es ist plausibel, dass es jemandem aufgefallen ist, der nach dem Rechten sehen will.

»Mein Name ist Percy Caraway, und ich bin hier, um Brandt zu besuchen«, sage ich, dann fällt mir (leider zu spät) wieder ein, dass dieser Mann die Bemerkung mit dem nackten Drachenausritt gehört hat. Ich spüre die Hitze in meinem Gesicht. Tja, das war's dann wohl mit dem Geheimhalten.

Der Drache beugt sich weiter herunter, um mein Gesicht besser zu erkennen, dann sagt er: »Oh, wow, Sie sind es tatsächlich! Tut mir leid, ich habe Sie im Auto gar nicht erkannt.«

Na sowas. Heißt das, dass ich unerkannt Verbrechen bekämpfen könnte, wenn ich mein Auto nicht verlasse?

Er hat inzwischen weiter gesprochen, jetzt in wesentlich freundlicherem Ton.

»Sorry, dass ich mich angeschlichen habe. Es war keine Absicht. Beim Flug über das Gelände habe ich Ihr Auto da stehen sehen; da bin ich schnell runter geflogen. Mein Distorsionsschild hat sich wohl noch nicht ganz aufgelöst.«

Dass dieser Schild auch Geruch und Geräusche überdeckt, wusste ich bisher noch nicht. Das muss ich mir merken. «Äh, ist schon gut. Ich hätte besser aufpassen sollen.« *Nein, du Idiot! Erinnere ihn bloß nicht daran, dass du über Sex mit Brandt nachgedacht hast!*

»Erwartet Brandt Sie heute? Ich bin sicher, dass er hoch erfreut sein wird, aber Ihr Name stand nicht auf der Besucherliste.«

Verdammt. Und jetzt?

»Nicht direkt am heutigen Tag«, sage ich ausweichend. »Wir sind uns vor ein paar Wochen in Australien über den Weg gelaufen und haben ausgemacht, dass ich zu Besuch kommen werde.«

»Okay, kein Problem. Lassen Sie mich kurz im Haus anrufen und das Tor öffnen lassen. Von hier kann ich es leider nicht machen.«

»Das ist in Ordnung. Vielen Dank«, presse ich hervor, während er ein Handy aus der Tasche zieht. Er gibt sich keine Mühe, leise zu sprechen, und mit meinen scharfen Shifterohren kann ich mühelos beide Gesprächspartner verstehen.

»Wie kannst du telefonieren, wenn du zur Luftüberwachung eingeteilt bist? Ich hoffe für dich, dass du dich nicht vor dem Dienst drückst!«

»Ich bin am Haupttor. Percy Caraway ist hier, um Brandt zu sehen«, sagt mein Begleiter.

»Percy Caraway? Der Name kommt mir ... ach, meinst du den ehemaligen Luzifer?«

»Ja, der ehemalige Luzifer.«

»Was macht der denn hier? Steht er auf der Liste? Ich kann mich nicht erinnern, seinen Namen gesehen zu haben.«

»Nein, er ist nicht auf der Liste-«

»Bist du sicher, dass er es wirklich ist und kein Betrüger, der sich für ihn ausgibt?«

»Natürlich bin ich sicher. Du musst wirklich aufhören, diese Verschwörungs-Thriller zu gucken; die machen dich ganz paranoid.«

»Es ist keine Paranoia, wenn jemand sich wirklich gegen dich verschwört. Wir haben eine Verpflichtung, Brandt und das gesamte Drachenvolk zu beschützen. Es ist eine Berufung, für die –«

»Ist ja gut, ist ja gut. Machst du jetzt bitte das Tor auf?«

Ich höre jemanden die Nase hochziehen. »Wenn er nicht auf der Liste steht, wissen wir nicht, ob Brandt ihn überhaupt sehen will.«

»Dann *frag ihn* doch einfach. Aber ich bin ziemlich sicher, er wird ihn sehen wollen.« Der letzte Satz klingt nur ganz leicht anzüglich, und ich widerstehe der Versuchung, meinen Kopf wieder aufs Lenkrad fallen zu lassen. Stattdessen schreibe ich David eine Nachricht, während der Drache – ach Mist, ich hatte gar nicht nach seinem Namen gefragt – weiter mit ... dem anderen Drachen diskutiert. Dem paranoiden Allesrichtigmacher.

> Wenn ein Gerücht aufkommen sollte, dass ich einen nackten Drachenausritt machen wollte, versuche es bitte zu unterdrücken.

Es dauert nur wenige Sekunden, bis eine Antwort kommt.

DAVID:

> Okay.

> Stimmt es denn?

> Will ich überhaupt wissen, was da los ist?

> Gut möglich, aber leider ist nichts davon interessant. Bin am Tor. Habe mich vor einem der Wachhabenden blamiert. Habe Brandt noch gar nicht gesehen.

> Ich wünschte wirklich, ich wäre da und könnte es mit erleben.

> Ich muss glaube ich unsere Freundschaft infrage stellen

Ich warte noch auf seine Antwort, als der Wachhabende neben mir den Anruf beendet. Ich lege das Handy auf der Mittelkonsole ab und richte meine Aufmerksamkeit auf ihn.

»Sie öffnen jetzt gleich das – ah, da ist es schon. Fahren

Sie zum Haus hoch, dann zeigt Ihnen jemand, wo Sie den Wagen abstellen können.«

»Dankeschön«, sage ich, im Versuch, dankbar zu klingen und nicht einfach panisch, einen großen Fehler begangen zu haben. »Tut mir leid. Ich hatte Ihren Namen nicht mitbekommen.«

»Ich bin Wil, Mr Caraway. Wilhelm.«

»Freut mich, Sie kennenzulernen, Wil. Bitte nennen Sie mich Percy.« Ich bin seit 50 Jahren nicht mehr Mr Caraway genannt worden, und schon damals mochte ich es nicht. Ich habe mir sagen lassen, dass es ganz üblich ist, gegen Eltern zu rebellieren; wo andere sich auf die schiefe Bahn begeben, ist meine Rebellion mangelnde Förmlichkeit. *Nimm dies, Dad.*

Wil nickt und lächelt, dann tritt er vom Wagen zurück, ich starte den Motor und lege den Gang ein. Jetzt ist es zu spät für einen Rückzieher.

Ich folge der Zufahrt durch waldiges Gelände. Es ist fantastisch, und die Katze in mir schnurrt zufrieden bei dem Gedanken, hier draußen zu spielen. Dann öffnet sich eine Lichtung, auf der, genau wie David gesagt hat, ein Haus hoch drei thront. Es ist gigantisch, und mir bleibt der Mund offen stehen. Ich hatte ja ein Anwesen erwartet, aber das hier ist ... wow.

Als ich mich nähere, tritt ein Mann aus einer Seitentür und winkt. Dann macht er mir Zeichen, ihm zu folgen. Ich lenke den Wagen in diese Richtung. Es sind keine weiteren Autos zu sehen; da Drachen fliegen können, brauchen sie wahrscheinlich nicht viele. Die Auffahrt führt jedenfalls darauf zu. Und da ist auch schon eine Garage, in der mindestens vier Autos Platz haben, den Toren nach zu schließen, an der Seite des Hauses, mit einem großen, gepflasterten Parkplatz davor. Am Waldrand stehen zwei

Autos, und die Handzeichen meines Lotsen befolgend stelle ich meinen Wagen ebenfalls dort ab.

Und bleibe sitzen. Denn ich bin nicht sicher, dass ich es schaffen werde, auszusteigen.

Leider wird mir keine lange Pause gegönnt. Ich höre, wie sich leichte Schritte nähern, atme tief durch, nehme mein Handy zur Hand und tue so, als sei ich darauf konzentriert. Eine ungelesene Nachricht von David öffne ich gar nicht. Es ist sowieso zu spät, denn der Lotse hat mich erreicht.

Er klopft leicht ans Fenster. Dieses Mal zucke ich zum Glück nicht zusammen. Für heute habe ich mich vor diesen Drachen schon genügend bloßgestellt. Also öffne ich die Autotür, er tritt zurück, ich steige aus und lasse das Handy in die Tasche gleiten.

»Hallo«, sage ich, bemüht, informell und normal zu klingen, während ich ihm die Hand reiche. »Percy.«

Der Drache, der gleichzeitig unglaublich attraktiv und mordlustig aussieht, kneift misstrauisch die Augen zusammen, dann schüttelt er schnell meine Hand. Anders als bei Wil, der sich mit dem Tarnzauber viel Mühe gemacht hatte, um wie ein Mensch auszusehen, ist der fremde Knochenbau dieses Drachens deutlich zu erkennen. Die schwere Stirn und die Augenhöhlen, die messerscharfen Wangenknochen und das spitze Kinn sind unverwechselbar nichtmenschlich, obwohl seine Haare die Ohren bedecken. Dem bösen Blick nach zu schließen, mit dem er mich mustert, habe ich wohl den paranoiden Verschwörungstheoretiker vor mir, mit dem Wil telefoniert hatte. Als er den Mund aufmacht, erkenne ich die Stimme wieder.

»Mein Name ist … John. John Smith.«

Ach ja.

Keine Ahnung, warum er mir einen falschen Namen

nennt – hat er am Ende Angst, ich könnte seine Identität stehlen wollen? – aber ich lächle nur. »Freut mich, John. Und tut mir leid, dass ich so überraschend komme. Ist Brandt zu Hause?«

Sein Blick wird noch misstrauischer. »Können Sie sich ausweisen?«

Ich verbeiße mir das Lachen und greife nach meiner Brieftasche. Er macht hastig ein paar Schritte weg von mir. »Vorsicht!«

Ich halte inne. »Ich muss meinen Ausweis aus der Tasche holen«, erkläre ich geduldig. »Außerdem wissen Sie sicher, dass ich Shifter bin, oder? Ich brauche keine versteckten Waffen.«

Wenn überhaupt macht es das nur schlimmer.

»Soll das eine Drohung sein?«, will er wissen.

»Ganz, ganz sicher nicht«, beteuere ich. »Würde es Sie beruhigen, wenn Sie selbst meinen Ausweis herausnehmen würden? Er steckt in meiner Brieftasche in der Gesäßtasche.«

Er mustert mich, als wäre ich eine Zeitbombe, dann sagt er: »Hände da, wo ich sie sehen kann – und denken Sie noch nicht mal daran, sich zu verwandeln.« Dann tritt er hinter mich. Ich bleibe unbeweglich stehen, unendlich dankbar dafür, dass weder David noch meine anderen Freunde das miterleben können. Ob jemals jemand so etwas auf sich genommen hat nur wegen Sex, und das, ohne überhaupt sicher zu sein, dass er sich trauen würde, darum zu bitten?

Ich spüre, wie meine Brieftasche aus der Gesäßtasche gezogen wird, dann tritt John ein paar Schritte zurück und öffnet sie. Er studiert den Ausweis (es ist ein ganz normaler, von Menschen ausgestellter Führerschein) gründlich. Dann schaut er mehrere lange Minuten zwischen dem Dokument und mir hin und her, grunzt, klappt die Brieftasche wieder zu und wirft sie mir zu. Ich fange sie auf und verstaue sie.

»Also gut. Sie können rein. Aber nichts anfassen.«

Glaubt er etwa, ich habe es auf das Silber abgesehen? Oder dass ich etwas kaputt machen will? Innerlich belustigt folge ich ihm gehorsam ins Haus. Wir treten durch die Seitentür in einen geräumigen Wirtschaftsraum, dann geht es weiter einen Flur entlang. Er sagt kein Wort, wirft mir aber weiterhin misstrauische Blicke zu. Einmal bleibt er abrupt stehen und wirbelt herum, als wollte er mich bei … keine Ahnung, wobei … ertappen. Es fällt mir immer schwerer, nicht zu lachen. Schließlich erreichen wir einen hübschen kleinen Wintergarten. Die Außenwand besteht aus Glas und der ganze Raum ist warm und lichtdurchflutet.

»Sie warten hier«, befiehlt er. »Wenn Sie den Raum verlassen, werde ich es merken.«

Ich lächle gelassen und nehme auf einem hübschen Sessel Platz, der mit weichem, edlem Samt gepolstert ist. »Wenn Sie zu lange brauchen, werde ich noch hier einschlafen«, warne ich ihn, und er zieht die Nase hoch und geht rückwärts aus der Tür, die er hinter sich zu zieht.

Ich wusste gar nicht, dass es solchen Spaß macht, Drachen zu ärgern.

Unglücklicherweise muss ich jetzt, da ich nicht mehr von John Smiths Spielchen abgelenkt bin, wieder daran denken, warum ich eigentlich hier bin. Ich bin in Brandts Haus. Wahrscheinlich kommt er gleich durch diese Tür – immer vorausgesetzt, John Smith teilt ihm überhaupt mit, dass ich hier bin. Was soll ich dann sagen? Soll ich kneifen und eine Ausrede erfinden? Ich könnte David oder Sam schreiben, und sie könnten einen Grund finden, warum ich hier sein muss … aber das würden sie mir dann ewig unter die Nase reiben. Oder soll ich einfach sagen, dass ich zu Besuch in den Staaten bin und gerne das neue Hauptquartier der Drachen besichtigen wollte?

Oder ich könnte mich einfach zusammenreißen und ihm sagen, dass ich einen nackten Drachenausritt unternehmen will. Etwas anders ausgedrückt.

Irgendwo im Haus ist ein lautes Scheppern zu hören, dann folgen mehrere dumpfe Aufschläge und das Geräusch rennender Schritte. Beunruhigt stehe ich auf und versuche, auszumachen, was da los ist. Eine allgemeine Panik scheint es aber nicht zu sein. Nur eine Einzelperson, die rennt ... die Treppe hinunter vielleicht? Und einen Flur entlang. Die Schritte nähern sich, sind jetzt kurz vor der –

Die Tür springt auf. Brandt fällt fast über die eigenen Füße und sucht mit wildem Blick den meinen.

»Du bist gekommen!« Er stürzt nach vorne, dann bleibt er abrupt stehen, als wäre er von einem Fallstrick aufgehalten worden. Fast bin ich versucht, danach zu suchen. »Ich meine ... toll, dich zu sehen. Willkommen auf Draighaimaz.«

Ich denke über das letzte Wort nach. Mein Elfisch ist immer noch miserabel, aber ich glaube, es bedeutet so etwas wie »Drachenort« oder »Drachenheim«, was wunderschön ist. »Danke«, sage ich höflich. »Das Anwesen ist wirklich schön – das, was ich bisher davon gesehen habe, besonders der Wirtschaftsraum. Und dieser Raum ist einfach bezaubernd.«

»Der Wirtschaftsraum? Bist du nicht vorne reingekommen?«

Ich schüttele den Kopf. »Nein, wir haben den Seiteneingang genommen. Der ist auch sehr schön und außerdem gleich neben dem Parkplatz.« Keine Ahnung, warum ich den Wirtschaftsraum erwähnt habe. Bestimmt weil ich so nervös bin. Ich will sicher niemanden in Schwierigkeiten bringen. Außerdem war dieser Wirtschaftsraum schöner als viele Schlafzimmer, die ich schon gesehen habe. Wenn ich mich mal an einem Ort niederlasse und ein festes Zuhause habe, klaue ich das Innendesign.

»Verstehe«, sagt Brandt einlenkend. »Aber hat Steffen nicht angeboten, dich herumzuführen?«

»Steffen?«, frage ich unschuldig, weil ich es mir nicht verkneifen kann. »Den habe ich noch nicht kennengelernt. Nur Wil an der Pforte, und John Smith.«

Einen kurzen Moment lang sieht Brandt verwirrt aus, dann fällt der Groschen, und er fängt kopfschüttelnd an zu lachen. »Ich muss unbedingt diese ganzen Streamingplatt-formen mit den Krimis kündigen«, murmelt er. »Und viel-leicht eine Art Firewall für Kinder auf seinem Computer einrichten. War er sehr unhöflich?« Die entnervte Zunei-gung in seiner Stimme lässt mich vermuten, dass John – Steffen – so etwas nicht zum ersten Mal abzieht.

»Nein. Überhaupt nicht. Vielleicht etwas übervorsich-tig. Und Leute mit kürzerem Geduldsfaden als ich wären vielleicht versucht gewesen, ihm eine reinzuhauen«, gebe ich dann zu, und Brandt prustet.

»Jeder ist früher oder später versucht, Steffen eine rein-zuhauen. Es ist sein besonderes Talent.« Auf seinem Gesicht breitet sich langsam ein warmes Lächeln aus, das so aussieht, als käme es von Herzen. »Ich freue mich so sehr, dass du hier bist.«

Und damit ist all meine Nervosität und Anspannung wie weggeblasen. Wie dumm von mir, dass ich mir Sorgen gemacht habe über … darüber, dass er mich vielleicht doch nicht wollen könnte. »Ich auch. Ich –«

Ich werde unterbrochen von donnernden Schritten, die den Flur entlang stürmen, während jemand brüllt: »Ist es wirklich waaaaaaahr?« Eine Augenblick später ist ein bekanntes Gesicht im Türrahmen zu sehen. Der Neuankömmling ist so auf Brandt konzentriert, dass er mich gar nicht wahrnimmt, obwohl ich wenige Schritte neben ihm stehe. »Großvater – stimmt das, dass Percy gekommen ist, um einen nackten Drachenausritt zu unternehmen?«

Tötet mich. Jetzt.

Wie ... *wie* hat sich das nur so schnell herumgesprochen? Sollte Wil nicht schon wieder Luftüberwachung machen, anstatt Tratsch zu verbreiten? Und warum kann das Universum mir nicht einmal gnädig sein und ihn alles vergessen lassen?

Brandt deutet mit weit aufgerissenen Augen in meine Richtung. Dustin erblickt mich, dann fängt er an zu strahlen. »Percy! Du bist hier!« Er saust auf mich zu und umarmt mich ganz fest. »Ist das schön, dich wiederzusehen!«

Etwas überrascht erwidere ich die Umarmung. Wir standen uns eigentlich bisher nicht so nahe, dass es zu Umarmungen gekommen wäre. Tatsache ist, dass ich ihn eigentlich nicht besonders gut kenne – obwohl uns das gemeinsam Erlebte zweifellos verbindet. Aber ich mag ihn sehr gern.

»Ich freue mich auch«, sage ich, dann lasse ich ihn los. »Was hast du so gemacht?« Bei unserem letzten Treffen war er Verbindungsmann zwischen den Zivilisten der Elfen und Drachen-Community und der CSG – ein unbedrohlicher Kontakt für Leute, die Fragen hatten, während sie sich in der Gesellschaft auf der Erde zurechtfinden mussten. David hatte mir vor ein paar Monaten erzählt, dass der Job langsam seinem Ende entgegen ging, da sich alle in ihrem neuen Umfeld eingelebt hatten, und Elfen und Drachen eine Regierung etabliert hatten.

Er zuckt die Achseln und sieht dabei total niedlich aus.

Ich bin sicher, dass er mehrere tausend Jahre alt ist, was bei uns Anfang Zwanzig bedeutet, und er scheint den Kleidungsstil von College-Studenten zu mögen. »Ich habe mir eine Weile frei genommen und denke über meine Optionen nach«, sagt er. »Es ist mein erstes Jahr am College, aber ich weiß noch nicht ... könnte sein, dass ich das nächste Semester aussetze.«

»Wie bitte?«, fragt Brandt, und Dustin wird ganz rosa im Gesicht. »Wann hast du das denn beschlossen?«

»Ich bin noch nicht ganz sicher«, sagt Dustin ausweichend. «Ich denke nur darüber nach.«

Brandts zusammengekniffener Mund erinnert mich daran, dass Dustin den Ruf hat, eher flatterhaft zu sein ... und das will im Zusammenhang mit Drachen wirklich etwas heißen. Sie sind alle nicht sonderlich gesetzt. Noch bevor Brandt mehr dazu sagen kann, lässt Dustin mich auflaufen.

»Stimmt es? Habt ihr beiden ein Verhältnis? Und ist ›nackter Drachenausritt‹ eine Umschreibung, oder habt ihr wirklich vor, das zu machen? Wie soll das funktionieren? Ich meine, genau genommen sind wir in Drachengestalt immer nackt ... und wir sind sehr viel größer. Die Logistik wäre nicht ideal.«

Tja. Er hat es also ausgesprochen. Jede Chance, dass Brandt es beim ersten Mal überhört haben könnte, sind damit zunichte gemacht.

»Nackter Drachenausritt? Natürlich ist das eine Umschreibung«, sagt Brandt souverän. »Immer in zweibeiniger Gestalt natürlich.« Er grinst mich an und hebt eine Augenbraue, als wollte er sagen: »Es sei denn, du hast da andere Ideen.« Ich schüttele heftig den Kopf. Sex mit ihm in Drachengestalt würde mich zerreißen, da bin ich ziemlich sicher. Bei der Größe? Ein halbwüchsiger

Jugendlicher *hat meinen Schuppen demoliert*. Die ganz Ausgewachsenen ... nun ja, Passagierflugzeuge sind kleiner.

Ich runzele die Stirn. Wenn ich so darüber nachdenke, habe ich noch nie einen Drachen-Penis gesehen. Zugegeben, ich habe bisher nicht allzu viele Drachen in Drachengestalt gesehen, aber wenn sie proportional gebaut sind, hätte man es deutlich sehen müssen.

»Dann stimmt es also?«, fragt Dustin nach, und Brandt sieht mich achselzuckend an.

»Fragst du mich gerade allen Ernstes, ob ich hier bin, um mit deinem Großvater zu schlafen?«, frage ich, um der Frage aus dem Weg zu gehen. »Findest du das nicht etwas übergriffig?« Ich werde ganz sicher nicht Dustin bestätigen, dass ich in der Tat wegen Sex gekommen bin, noch bevor ich Gelegenheit hatte, das mit Brandt zu besprechen. Allerdings ist damit die Idee gestorben, eine Ausrede zu erfinden und mich zu drücken.

Dustin wirkt verwirrt. »Übergriffig?«

»Geh woanders hin«, sagt Brandt zu ihm. »Percy und ich müssen uns unterhalten.«

Dustins Miene hellt sich auf. »Ohhh ... *unterhalten*. Ja, klar. Ich werde einfach ... gehen ... und ... äh ...« er geht rückwärts durch die Tür. »Dafür sorgen, dass euch keiner stört.«

Ich habe den schleichenden Verdacht, dass er vorhat, an der Tür zu lauschen. Und das ist ... gruselig.

»Das ist nicht nötig. Geh weit weg. Oder wir reden weiter über das College«, droht Brandt, und Dustin beschleunigt seine Schritte.

»Sorry, ich muss dann! Byee!« Er eilt den Flur hinunter. Brandt dreht sich wieder zu mir um und öffnet den Mund, um zu sprechen, aber dann fällt uns ein leises Stimmengewirr auf. Sie sprechen nicht laut, und sind auch etwas weiter weg – aber Shifterohren sind scharf.

»… machen sie denn?«, fragt eine Stimme, die ich nicht kenne. Steffen vielleicht?

»Sie … reden«, sagt Dustin, dann kichert er. »Bleibt … falls … sauer wird.«

»… nackter … ritt?«

Ich bin flammend rot geworden. Nicht zu fassen, dass ich so ein Pech habe. Das einzige Mal in meinem Leben, dass ich laut etwas vor mich hin sage, muss mich jemand hören. Und nein, es konnte nicht etwas so Allgemeines sein wie »Du schaffst das«, oder »du Weichei« – nein, es musste »Ich will einen nackten Drachenausritt machen« sein.

Lily hätte sich kaputt gelacht, wenn sie hier wäre. Aber sie wäre so stolz gewesen – sie hat immer gesagt, ich müsste spontaner werden.

Ich vermisse Lily.

Ich werde aus meinen Gedanken gerissen, als Brandt die Tür schließt. Er lehnt sich dagegen und mustert mich. »Wenn wir leise sprechen, gelingt es uns vielleicht, unbelauscht zu bleiben«, sagt er, und ich nicke.

»Danke. Ich bin … äh, ein bisschen verlegen«, gebe ich zu, und er schmunzelt.

»Das merke ich. Es ist bezaubernd.«

*Bezaubernd?* Ich bin *nicht* bezaubernd. Ich bin ein würdevoller, mächtiger Mann!

»Und jetzt bist du beleidigt … wie ein bezauberndes kleines Kätzchen.« Er klingt begeistert, und ich denke ernsthaft darüber nach, ihm eine reinzuhauen. Hat er vergessen, dass ich das Oberhaupt aller Mitglieder der Community of Species war? Dass ich dem Feind die Kehle herausgerissen und die Welt gerettet habe? Ich bin *nicht* bezaubernd. Ich bin ein … ein … ein verdammter Haudegen!

Nur, dass ich schon während ich es denke, zusammen-zucke. Es ist eine so *großspurige* Behauptung. Vielleicht wäre es besser, wenn ich mich als kompetente und fähige Person bezeichnen würde.

Ich räuspere mich. »Nun, wie dem auch sei – tut mir leid, wenn meine Ankunft hier dir Umstände bereitet.« Ist das die Stimme meines Vaters, die ich da reden höre? Na sowas, es hat ganz den Anschein. Was habe ich nur für ein *Problem*? Ich bin dafür bekannt, ein großer Diplomat zu sein. Wieso kann ich nicht die richtigen Worte finden?

»Ich will Sex haben«, platze ich heraus. »Mit dir. Ist ja klar. Darum bin ich hier. Damit wir … du weißt schon. Und die Bemerkung mit dem nackten Drachenausritt tut mir wirklich leid. Es war nicht meine Absicht, dass das jemand … jedenfalls. Und natürlich war es eine Umschreibung. Also nur zweibeiniger Sex. Bitte. Wenn das okay wäre.« Ich gebe auf und mache einen Schritt auf die Tür zu, fest entschlos-sen, von hier zu fliehen und diesen Ort weit hinter mir zu lassen. Meine eigene Würde zunichte machen? Erledigt!

Das einzige Problem bei der Sache ist, dass Brandt immer noch an die Tür gelehnt ist. Nein, stimmt gar nicht. Jetzt bewegt er sich in meine Richtung, mit einem kleinen, spöttischen Schmunzeln im gut aussehenden Gesicht.

»Ob mir jemand glauben würde, wenn ich ihm erzählen würde, wie verlegen du gerade vor dich hin stotterst?«, murmelt er und bleibt dicht vor mir stehen. Wenn ich tief genaug einatme, würden sich unsere Oberkörper berühren. Der Gedanke lässt mich erschauern.

»Wahrscheinlich nicht«, gebe ich zu. »Ich gelte sonst als weltgewandter Staatsmann.«

»Diesen Percy mag ich lieber«, flüstert er und beugt sich zu mir. »Aber nur für mich. Mein persönlicher Percy –«

Ich stelle mich auf die Zehenspitzen und küsse ihn.

Teils, damit er nicht weiter spricht. Aber hauptsächlich, weil ich es will. So sehr. Und es war definitiv die richtige Entscheidung.

Erst ist es ein bisschen ungeschickt, weil Brandt immer noch redet, aber dann ist er endlich still und konzentriert sich ganz auf den Kuss. Haben Sie je einen dreißigtausend Jahre alten Drachen geküsst? Nein? Das müssen Sie unbedingt ausprobieren. Seine Lippen sind weich, aber der Durck fest, und er übernimmt souverän die Kontrolle, zieht mich an sich und biegt mich nach hinten über seinen Arm. Ich verliere die Balance, und ich muss mich darauf verlassen, dass er mich am Fallen hindert, und mir war noch nie in meinem Leben klar, wie sehr ich das Bedürfnis hatte, die Kontrolle aufzugeben. Bis jetzt, da Brandt sie übernimmt und ich mit der Gewissheit zurückbleibe, dass er mich aufrecht halten und alle meine Bedürfnisse stillen wird.

Und das tut er.

Wir hören erst auf, uns zu küssen, als ich von meinen Hormonen überwältigt laut aufstöhne und mich an ihn dränge, im Versuch, meinem Penis etwas Reibung zu gönnen. Er stellt mich wieder gerade hin, dann beugt er sich herunter und drückt seine Wange an meine. Er ist warm, und groß, und wir schweigen beide, leise keuchend, um wieder zu Atem zu kommen.

»Du bist also ...«, sage ich, um das Schweigen zu brechen. Meine Stimme ist heiser, also ziehe ich mich zurück und räuspere mich. »... interessiert?«

Er lacht tonlos auf. »Sehr interessiert. Ich würde dich am liebsten sofort nach oben in mein Schlafzimmer schleppen, aber –«

»Sie gehen zu Brandt aufs Zimmer! Bewegt euch!«, zischt jemand im Flur.

»–aber es ist unwahrscheinlich, dass wir viel Privatsphäre hätten«, fährt er fort und schüttelt dabei den Kopf, während ich leise lache. Er erhebt seine Stimme. »Wir hören euch. Wenn ihr euch nicht benehmt, wird Percy wieder abreisen!«

Ich lausche mit schief gelegtem Kopf dem Füßetrappeln. Mindestens drei Lauscher entfernen sich eilig. »Ich hätte gar nicht gedacht, dass das zieht«, sage ich nachdenklich. »Ich meine ... wäre das wirklich eine Strafe für *sie*, wenn du keinen Sex bekommst?« Und wenn ja, sind Drachen noch merkwürdiger als ich dachte.

»Sie mögen dich«, sagt er. »Und sie wollen nicht, dass ich einsam bin. Sie versuchen schon seit mehreren Jahreszeiten mehr oder weniger halbherzig, mich zu verkuppeln.«

Ah. Ich schlucke. »Was das betrifft ...«

Er legt den Kopf schief und lächelt fragend. »Was was betrifft? Das Verkuppeln? Keine Sorge, sie haben niemand Passenden für mich gefunden, und ich werde ihnen sagen, dass sie jetzt damit aufhören können.«

»Haha. Nein. Also, ja, aber ... äh.« Das hatte ich nicht erwartet. Ich war so damit beschäftigt, wie ich auf Brandt zugehen soll, dass ich gar nicht darüber nachgedacht hatte, wie ich ihm sage, dass ich nicht an einer Beziehung interessiert bin.

Aber glaubt er eigentlich, dass ich das bin? Und selbst wenn, na ja, es ist unwahrscheinlich, dass es gutgehen würde, oder? Er ist ein Tausende Jahre alter Drache, der für die Sicherheit und das Wohlergehen seines nicht mehr sehr großen Volkes verantwortlich ist, und ich bin ein Shifter, so gut wie in meiner Lebensmitte, der versucht, sich selbst zu finden und sich allen Pflichten zu entziehen. Dabei fällt mir ein, dass ich David unbedingt sagen muss, dass sie keine Ahnung haben, wo ich bin, falls mein Vater sich meldet.

Ich schüttele leicht den Kopf und versuche, mich aufs

Wesentliche zu konzentrieren. Brandt runzelt die Stirn. »Soll ich ihnen nicht sagen, dass sie aufhören sollen? Also sicher, wir könnten ... aber ich hätte nicht gedacht, dass du an einer polygamen Beziehung interessiert bist. Oder dachtest du an eine Dreierbeziehung–«

»Nein!« Nein, das ist definitiv nichts für mich. Ich bringe es ja kaum über mich, einen Mann zu fragen, ob er mit mir schlafen will – wie sollte ich dann mit zweien klar kommen? Außerdem passt meiner besitzergreifenden Seite, von der ich gar nicht wusste, dass ich sie habe, die Vorstellung überhaupt nicht, dass Brandt aus meinem Bett in das einer anderen Person steigt. Poly kommt also nicht infrage. »Nein, das habe ich nicht gemeint. Sorry. Ich habe nur an etwas anderes gedacht und versucht, mich zu konzentrieren. Bitte sag ihnen unbedingt, dass sie mit dem Verkuppeln aufhören sollen.«

Er lächelt und beugt sich zu mir herunter, um mich erneut zu küssen. Ich schmelze dahin wie Butter in der Mikrowelle.

Was habe ich gerade getan? Habe ich ... etwa zugestimmt, eine monogame Beziehung mit Brandt einzugehen?

Wie ist das nur passiert?

Brandt entzieht sich mir. »Du denkst nach.«

Ich blinzele. »Na ja ... stimmt.«

»Das solltest du nicht tun, wenn wir uns küssen.« Er schmollt. »Ich mache ganz offensichtlich etwas falsch.«

Ich kann nicht widerstehen. Ich beiße sanft in seine volle Unterlippe. »Tut mir leid«, murmele ich, während ich staune, wie geborgen und gleichzeitig erregt ich mich in seinen Armen fühle. »Du machst gar nichts falsch. Ich bin nur abgelenkt von denen« – ich mache eine vage Handbewegung Richtung Tür – »und außerdem muss ich darüber nachdenken, wie viele Dreier- und Poly-Beziehungen du schon hattest.«

Er zuckt die Achseln. »Es waren so einige. Es gibt nicht viel, das ich nicht ausprobiert habe. Aber ich hatte auch viele, viele monogame Beziehungen. Kommt immer auf die Person und die Umstände an.«

Ich lehne die Stirn an seine Schulter. »Vielleicht kannst du mir ein paar neue Tricks beibringen«, murmele ich. Mein Sexleben war noch nie besonders wild oder abenteurlich. Ich glaube nicht, dass ich bereit bin für besonders kinky Praktiken, aber etwas mehr als Vanille wäre vielleicht ganz gut. Vielleicht Zimt oder Ingwer.

Aber keine Pfeffersorte. Das wäre mir wohl zu viel. Also im Bett, meine ich. Gegen scharfes Essen habe ich dagegen überhaupt nichts.

Ein Glück, dass niemand (Brandt) meine Gedanken mitbekommt. Das wäre eine Peinlichkeit, von der ich mich nie erholen würde.

»Du bist so warm«, sage ich, als ich den Kopf hebe und seine Körperwärme registriere.

Er nickt, sichtlich belustigt, weil ich Schwierigkeiten habe, bei der Sache zu bleiben. Aber ich fühle mich nicht schlecht dabei. Stattdessen habe ich das Gefühl, dass es … ihn glücklich macht? War ich das? Ich finde es schön.

»Ja. In zweibeiniger Gestalt regulieren wir selbst unsere Körpertemperatur, erinnerst du dich noch? Und ich mag's gerne warm.«

Das habe ich vermutlich schon mal erfahren, aber ich bin zu beschäftigt damit, zu verarbeiten, was es für mich und mein Leben bedeuten wird, um mich zu erinnern, wer es mir wann gesagt hat. »Oh mein Gott. Du wirst ein super Bettgenosse sein!« Besonders jetzt, wenn es Winter wird. Oh, vielleicht kann ich ihn überreden, mit mir zu den Nordlichtern zu reisen. Ich war erst einmal dort, vor Jahrhunderten, und es war so verdammt kalt, dass ich kaum etwas davon mitbekommen habe, bevor ich mich unter einem Stapel Decken in die Hütte verzogen habe, wo ich den Rest der Reise verbracht habe. Ich würde sie wirklich gerne richtig erleben, und mit Brandt an meiner Seite als mein persönlicher Ofen wäre das möglich.

»Das klingt gut«, sagt er. »Wir werden also viel Zeit im Bett verbringen und kuscheln.«

Ich glaube, ich habe mich gerade zum Übernachten eingeladen. Das habe ich wirklich nicht so gut drauf, diese Sache mit dem unverbindlichen Sex – und dabei hatten wir noch gar keinen.

Aber ich mag Kuscheln.

Ich räuspere mich und schiebe den Gedanken an Kuscheln mit dem großen, warmen, nackten Brandt mit dem harten Körper beiseite. Puh, es wird langsam heiß hier drin. »Äh, wenn die–« wieder winke ich Richtung Tür– »uns keine Privatsphäre gestatten, wie ...?«

Er zuckt die Achseln. »Sie sind wie Babys. Sie lassen sich leicht von schillernden Dingen ablenken«, sagt er ernsthaft. »Wenn wir jetzt, mitten am Tag, nach oben verschwinden, werden sie alle die Ohren spitzen und lauschen. Aber wenn es Schlafenszeit ist? Das ist normal. Wahrscheinlich vergessen sie, dass wir überhaupt da sind.«

Das ist sowas von merkwürdig, aber ich werde ihm nicht zu nahe treten und darauf hinweisen.

»Wenn ich jetzt den Privatsphären-Zauber aktiviere, bekommen es alle mit, und warten nur darauf, dass ich ihn wieder löse, um uns damit zu ärgern«, fügt er hinzu. »Aber nachts sind Privatsphärenzauber ganz normal. Sie werden ihn gar nicht bemerken.«

Okay, dabei fühle ich mich besser. Ich war wirklich

nicht scharf darauf, von wer weiß wie vielen Drachen dabei belauscht zu werden, wie ich Sex mit ihrem Oberhaupt habe. Stichwort Versagensängste.

»Dann warten wir am besten bis heute Abend. Ich würde deine Leute gerne besser kennenlernen, bevor sie mir Fragen zu meinen Lieblingsstellungen und meinem sexuellen Durchhaltevermögen stellen«, sage ich im Scherz, und er lacht.

»Darf ich dir das Haus und das Gelände zeigen?«, bietet er dann an. »Dann können wir gleich auch deine Tasche reinholen und danach zu Mittag essen. Für heute Nachmittag ist ein Programm geplant.«

»Was für ein Programm?«, frage ich neugierig, dann wird mir klar: »Ich habe keine Tasche mit.« Oh nein. Ich habe gar nichts mitgebracht. So sehr war ich darauf konzentriert, meinen Freunden zu zeigen, dass sie sich in mir täuschen, und hierher zu kommen, um Brandt ein Sex-Date vorzuschlagen, dass ich nichts zum Übernachten eingepackt habe.

Und außerdem sieht es ganz danach aus, als hätten meine Freunde recht behalten, und dass ich mich auf mehr als einen One-night-Stand mit Brandt eingelassen habe. Das werden sie mich niemals vergessen lassen. Nie mehr. So lange ich lebe.

Ich stöhne auf. Am Ende klingt es wie ein Schluchzen.

»Das ist okay«, versucht Brandt mich schnell zu beruhigen. Er klingt ganz besorgt. »Wir haben alles doppelt hier. Bestimmt finden wir ein paar Toilettenartikel und ein sauberes Hemd und Unterwäsche für dich.«

Wenn es das nur wäre. »Nein, das ist es nicht. Ich meine, danke. Das ist wirklich nett. Ich muss es so eilig gehabt haben, hierher zu kommen, dass ich nicht alles durchdacht habe.« Da ist das Lächeln wieder. Jetzt sieht es ein bisschen selbstzufrieden aus. Da ich gerade zugegeben habe, dass ich hierher gerast bin, um ihn zu vernaschen, ohne über die praktischen Aspekte nachzudenken, ist es wohl gerechtfertigt. »Es ist nur so: wenn meine Freunde hören, wie ... unvorbereitet ich war, wird das eine lange, lange, sehr lange Zeit ihr liebstes Thema werden. Höllenhunde wissen einfach nicht, wann ein Witz aufhört, witzig zu sein.«

»Also ich werde es ihnen nicht erzählen, wenn du es nicht tust«, sagt er mit einem Augenzwinkern. Ich fand bisher Zwinkern immer entweder albern oder gruselig, aber bei Brandt sieht es sexy aus. Ich spüre meine Höschen enger werden. Wie er sie wohl finden wird?

Ach du lieber Himmel, er wird meine Dessous sehen. Ach du Scheiße. Ach du Scheiße! Das hatte ich wirklich nicht bedacht. Ansonsten hätte ich heute Morgen ganz normale Boxer-Briefs angezogen. Aber ich wollte mein Selbstvertrauen stärken, und dem zufolge trage ich ein hübsches Paar rote Höschen mit weicher Spitzenkante. Ich hatte gar nicht daran gedacht, dass die Sache, für die ich das Selbstvertrauen brauchte, bedeutet, dass ich mich ausziehen werde.

»Percy?« Jetzt sieht er wieder besorgt aus, und das ist auch kein Wunder. Ich bin ein Nervenbündel, seit ich hier angekommen bin, gar nicht ich selbst.

»Alles gut«, sage ich besänftigend. »Du hast recht. Sie brauchen es nie zu erfahren. Danke.« Ich werde einfach irgendwann ins Bad verschwinden und das Höschen ausziehen. Keine Unterhosen zu tragen ist absolut okay. Das habe ich schon gemacht ... glaube ich jedenfalls. Das muss ich sicher schon mal gemacht haben, oder? Mir fällt nur gerade nicht mehr ein, wann.

Das ist jetzt auch ganz egal. Es ist Zeit, Brandt zu

zeigen, dass ich die Zeit und Mühe wert bin, sonst macht er noch einen Rückzieher, und diese ganze Reise und das ganze Kopfzerbrechen waren umsonst. Davon nicht zu reden, dass ich mich schon gefreut hatte – auf den nackten Drachenausritt.

# KAPITEL 5

BRANDT

Ich beobachte, wie Percy sich zu sammeln versucht. Was ihn so beschäftigt, seit er hier angekommen ist, ist mir nicht ganz klar; er wird es mir hoffentlich erzählen, wenn er sich etwas eingewöhnt und entspannt hat. Ich will alle seine Probleme für ihn lösen, und ihn kuscheln, und füttern, und ihn dumm und dämlich vögeln. Und mich dann von ihm dumm und dämlich vögeln lassen. Ob er darauf steht? Hoffentlich.

»Rundgang?«, wiederhole ich. Saubere Klamotten für morgen können wir ihm später noch suchen. Er wird keinen Pyjama brauchen oder so … obwohl, wenn ich so darüber nachdenke: Ihn in einem meiner Hemden und sonst nichts zu sehen, wäre nicht übel. Mein Schwanz rührt sich bei der Vorstellung.

»Das wäre toll«, sagt er mit einem strahlenden Lächeln. »Und du hattest etwas von Unterhaltungsprogramm gesagt?«

Das hatte ich, aber ich bereue es jetzt schon. Ich will ihn

schließlich hier behalten und nicht vergraulen. Nicht viele Leute verstehen, was Drachen unter Unterhaltungsprogramm verstehen. Ich hätte wirklich gern wenigstens eine Nacht mit ihm, bevor er um sein Leben rennt.

»Ja, aber das kommt später. Lass mich dir erst das Haus zeigen.« Ich bugsiere ihn zur Tür und dann in den Flur hinaus, während ich mit erhobener Stimme rufe: »Ich höre euch atmen!« Das stimmt zwar nicht, aber trotzdem sind Zischen und Schritte zu hören, als sich meine geliebten Mitbewohner aus ihren Verstecken verziehen. Percy lacht leise.

»Ihr Drachen seid genau wie Höllenhunde – nur größer, mit der Fähigkeit, Feuer zu spucken und zu fliegen.« Sein Lächeln wird etwas boshaft. »Die können wahrscheinlich kaum noch an sich halten.«

Ich glaube, ich mag diese boshafte Seite an ihm. »Höllenhunde?«, frage ich, und er nickt. »Tja, die waren anfangs etwas eingeschnappt. Aber dann waren sie so damit beschäftigt, uns all die Herrlichkeiten der Erde zu zeigen, dass sie inzwischen einfach glücklich sind, Spielkameraden zu haben. Besonders welche, die fliegen und Feuer spucken können. Aidan musste einige Dinge untersagen«, gebe ich zu.

»Das ist ganz normal«, sagt er abwinkend. »Jedes Mal, wenn eine neue Technologie auftaucht, müssen wir den Höllenhunden verbieten, sie auf eine ganz merkwürdige Weise zu benutzen, auf die der Erfinder nie im Leben gekommen war. Mikrowellen zum Beispiel.« Er schaudert. »Wir haben dann ein Gesetz erlassen, das besagt, dass Produkte ausschließlich auf die vom Hersteller in der Bedienungsanleitung beschriebene Weise benutzt werden dürfen. Das hat geholfen – aber es gibt ja nicht für alles eine Bedienungsanleitung.«

»Für Drachen zum Beispiel. Jemand – und niemand will verraten, wer – hat sich ein Spiel ausgedacht, das Feuertauchen genannt wird.«

Er bleibt mitten im Flur stehen und dreht sich zu mir um. »Ich weiß nicht, was das ist, aber ich vermute, es hat etwas mit dem Tauchen durch Feuer zu tun?«

Ich schnaube. »Ja, genau. Scheint so, als hätten sie ihre ganze Kreativität in das Spiel gesteckt und keine mehr für den Namen übrig behalten. Es funktioniert genau so, wie es klingt – ein Höllenhund reitet auf einem Drachen« – aus irgendwelchen Gründen wird Percy knallrot – »und mitten im Flug spuckt der Drache Feuer, und der Höllenhund muss mittendurch tauchen.«

Die hektische Röte verblasst abrupt. »Im Flug? Aber Höllenhunde können nicht fliegen!«

»Genau. Die Herausforderung besteht darin, dass der Höllenhund unbeschadet durch die Flammen tauchen und dann vom Drachen wieder aufgefangen werden muss, der dafür wendet und zurück fliegt. So wie ich es verstanden habe, muss der Höllenhund mit den Klauen gefangen werden und soll nicht einfach wieder auf dem Rücken des Drachen landen.« Ich erlaube mir einen ganz kurzen Augenblick der Wehmut ... was hätte es für einen Spaß gemacht, das auszuprobieren! Diese Art von Präzisionsfliegen war immer eine meiner Lieblingsbeschäftigungen. Aber ich trage jetzt Verantwortung, und es gab keine andere Möglichkeit, als das Spiel zu verbieten. Angesichts der zahlreichen Knochenbrüche.

»Gab es ernsthafte Verletzungen?«, fragt Percy, und ich schüttele den Kopf. Seinem entgeisterten Gesicht nach zu schließen findet er nicht, dass es episch gewesen wäre, es auszuprobieren.

»Oh nein. Es ist nie jemand abgestürzt, aber es gab

einige Prellungen, blaue Flecken, Knochenbrüche und Verbrennungen. Es ist schwierig, mitten im Flug so exakt zu manövrieren, besonders wenn Bäume oder Gebäude im Spiel sind. Aber sag bitte nichts zu Sam und König Raðulfr. Aidan und ich haben es bisher vor ihnen verheimlichen können.«

Ein halb resignierter, halb erleichterter Ausdruck huscht über sein Gesicht. »Jetzt ist es ja erledigt«, sagt er abschließend. »Und es klingt so, als wäre es eine Erfahrung gewesen, die Drachen und Höllenhunde verbunden hat.«

Ich muss lachen, als wir den Flur hinter uns lassen und die Eingangshalle betreten. Ich liebe diesen Raum, der keiner ist. Er ist vier Stockwerke hoch, hat ein unglaubliches Oberlicht im schrägen Dach, und die beiden oberen Stockwerke haben Geländer, von denen aus man herunter schauen kann. Abgeschlossen ist nur der Dachboden.

»Wow«, sagt Percy, während er nach oben blickt. »Wirklich, wow. Das ist ja unglaublich.«

Ich strahle voller Stolz. Ehrlich gesagt hatte ich im Augenblick entschieden, dass dies das richtige Objekt für uns ist, als ich diesen Raum sah. Dass der Rest des Hauses und das Außengelände auch passend waren, war reines Glück.

Ein riesiger Kamin, der Sims etwa in Percys Augenhöhe, dominiert die eine Wand. Es brennt ein Feuer, aber hauptsächlich wegen der Atmosphäre. Da wir unsere Temperatur selbst regulieren können, spielt das Wetter für Drachen keine wirkliche Rolle.

»Ist dir kalt?«, frage ich Percy leicht verspätet, als mir klar wird, dass *er* seine Körpertemperatur *nicht* anpassen kann. »Komm ans Feuer. Wir haben auch Zentralheizung hier – ich muss nur jemanden finden, der weiß, wie sie funktioniert.« Dustin vielleicht. Steffen weiß es ganz bestimmt – er hat es sich zur Aufgabe gemacht, alles zu wissen – aber es scheint, als wäre er noch nicht ganz überzeugt von Percy. Ich würde ihm zutrauen, dass er sie zu heiß macht oder eisige Luft hereinströmen lässt, oder mir weismacht, dass sie kaputt ist.

»Mir ist nicht kalt«, beruhigt er mich. »Aber das Feuer ist wunderschön. Wir Shifter haben eine höhere Körpertemperatur, also fühlt es sich hier gerade genau richtig an.«

Ich nehme mir vor, dafür zu sorgen, dass die Heizung angestellt wird, bevor es richtig Winter wird. Wenn ich möchte, dass Percy hier ist – am liebsten oft – kann ich nicht zulassen, dass ihm den ganzen Tag kalt ist.

Um die Nächte mache ich mir weniger Sorgen. Dann kann er so viel von meiner Körperwärme haben, wie er will.

Wir stehen vor dem alten Steinkamin, genießen die Wärme des Feuers und unterhalten uns über die Geschichte des Hauses.

Ich lege die Hand auf die Ummantelung. »Diese Steine hier stammen von dem Kamin und den Grundmauern des Häuschens, das ursprünglich hier stand.«

Er betrachtet die Steine, sie sich nach oben in Balken und Wand verjüngen, dann schaut er mich an. »Ich nehme an, das Haus war wesentlich kleiner als dieses.«

»Gar nicht so viel kleiner. So wie ich es gehört habe, steht dieses Haus seit –« ich halte inne. Ich will es richtig sagen. Die hier auf der Erde üblichen Zeiteinheiten sind mir noch nicht ganz geläufig. »–dem späten 18. Jahrhundert.« Ich mustere verstohlen seine Miene, falls ich es falsch ausgedrückt haben sollte, aber es scheint plausibel zu klingen. »Der ursprüngliche Besitzer war ein reicher Mann, der sich ein Ferienhaus im Wald wünschte. Das Haus war zwar klein verglichen mit dem hier, aber sehr komfortabel – und groß, habe ich mir sagen lassen – für damalige Verhältnisse.

Es ist in der Familie weiter vererbt worden, mehrfach renoviert worden, es wurde fließend Wasser und Strom installiert, und dann hat es ein … Moment, wie hat der Makler ihn beschrieben?« Dieses Mal ist meine Pause reine Effekthascherei. »›Planloser Stadt-Idiot, der nicht an einer Hand bis fünf zählen konnte‹ erworben. Er hat noch mehr gesagt, aber das wiederhole ich nicht so gern, *wenn Leute zuhören.*«

Statt des Weghuschens von vorhin ruft jemand – klingt nach Kethe–: »Wenn du nicht willst, dass man dir zuhört, hör auf zu quatschen!«

Percy beißt sich grinsend auf die Lippe und ich verdrehe die Augen. »Dann komm raus und lass dich Percy vorstellen.«

Jetzt kommen von allen Seiten Schritte auf uns zu. Auch die, die sich vorhin nicht im Flur zusammen geknäult hatten, umringen uns.

Fünf Drachen stehen erwartungsvoll um uns herum und mustern Percy eingehend.

Das war keine gute Idee. Jetzt wird er sicher das Weite suchen.

Percy scheint aber ganz entspannt zu sein – anders als vorhin, als wir im Wintergarten allein waren. Er lächelt freundlich und strahlt dabei diese Ruhe aus, an die ich mich noch von unserer ersten Begegnung erinnere. Als alles um uns herum ins Chaos stürzte und wir unsere Heimat verloren, war es eine Wohltat, sich in seiner Nähe aufzuhalten. Man hatte das Gefühl, dass vielleicht alles okay werden würde. Und wenn nicht, würde es schon in Ordnung gehen, denn Percy hatte alles im Griff.

»Hallo«, sagt er. »Wie nett, euch alle kennenzulernen.«

»Das sagst du wahrscheinlich, weil du sie noch nicht kennst«, kommentiere ich trocken. »Glaube mir, das nette Gefühl geht vorbei.«

Kethe buht. Eine unangenehme Angewohnheit, die sie sich seit unserem Umzug hierher angewöhnt hat. »Wir sind immer nett«, protestiert sie.

»Und mich kennt Percy schon«, fügt Dustin hinzu. »Der nette Eindruck bleibt also ganz klar erhalten!«

»Meine Lieben«, setze ich an, ohne auf sie einzugehen, »das hier ist Percy Caraway, mein Gast.« Es wird ein bisschen gekichert, einer murmelt »Genau, *Gast*«, und es sind Kussgeräusche zu hören.

Bevor es richtig losgehen kann mit den Frotzeleien und ich meine geliebten Mitgewohner umbringe, tritt Percy vor.

»Und John kenne ich natürlich auch schon«, sagt er unschuldig und winkt Steffen zu, der große Augen macht. »Hi, John.«

Alle drehen die Köpfe zu Steffen.

»John?«, fragt Kethe.

»John Smith«, fügt Percy hilfsbereit hinzu.

»John Smith«, wiederholt Fabian. »Gibt es nicht einen Film, der so heißt?«

Wir starren ihn verständnislos an.

»Ihr wisst schon. Der mordlustige Mann mit dem Hund.«

»Das war *John Wick*«, verbessert ihn Dustin.

»Es gibt einen Film über einen mordlustigen Hund?«, fragt Kethe. »Ist er ein Shifter?«

»Nein, ein ganz normaler Hund«, erklärt Fabian.

»Und nicht der Hund war mordlustig«, fügt Steffen hinzu, »sondern der Mann. Weil er den Hund geliebt hat.«

»Die Liebe zu dem Hund hat ihn mordlustig gemacht?« Kethe schüttelt den Kopf. »Ich dachte, Haustiere sollen eine beruhigende Wirkung haben. Ich sollte mal bei euren Filmabenden mitmachen.«

»Wenn ihr einen Film über einen mordlustigen Hund

sehen wollte, versuch es doch mal mit *Cujo* oder *Der Tod kommt auf vier Pfoten*«, schlägt Percy vor, immer noch in dem hilfsbereiten Ton, der mich äußerst misstrauisch macht. Dustin fischt sein Handy heraus, um sich eine Notiz zu machen.

»Was mich interessieren würde«, wirft Fabian ein, »ist wieso Steffen sich als mordlustige Figur aus einem Film ausgegeben hat. Müssen wir uns Sorgen machen?«

Wieder schauen alle Steffen an. Ich verschränke die Arme, denn ich freue mich darauf, was jetzt kommt.

»Ich habe mich nicht als mordlustige Filmfigur ausgegeben«, sagt er empört.

»Du hast Percy gesagt, dass du John Wick heißt«, widerspricht Kethe.

»Ich habe John Smith gesagt!«

»Wer ist denn John Smith?«, fragt Fabian in die Runde. »Wenn du dich schon als jemand anderer ausgeben willst, sollte es jemand sein, den wir kennen. Was soll das sonst bringen?«

»Es geht darum, anonym zu bleiben, damit der Große Bruder nicht meine persönlichen Daten hacken und meine Identität löschen kann, weil ich seine Erwartungen nicht erfüllt habe!«, ruft Steffen aus.

»Ich glaube, da hast du verschiedene Verschwörungstheorien durcheinander gebracht«, belehrt ihn Percy. »Da stecken gleich mehrere unterschiedliche Handlungsstränge drin.«

Steffen schaut ihn mit zusammen gekniffenen Augen an. »Das ist dein Werk. Du hast meine eigenen Freunde gegen mich aufgebracht, mich isoliert, und jetzt willst du mich umbringen.«

»Wir sind nicht gegen dich«, protestiert Sophie, die zum ersten Mal den Mund aufmacht. »Wieso sollten wir gegen dich sein? Und wieso sollte Percy dir nach dem Leben trachten? Ich dachte, er ist hier, um Sex mit Brandt zu haben.«

»Hey!«, ruft Kethe.

Sophie schaut in die Runde. »Was denn? Das ist es doch, was ›nackter Drachenausritt‹ bedeutet, oder? Dustin sagte, dass es das bedeutet.« Sie wendet sich an Percy. »Ich bin jedenfalls sehr froh, dass du hier bist. Ich hatte schon befürchtet, dass Brandt da unten Spinnweben ansetzt.«

Jetzt bin ich empört. Das Gespräch hat eine Wendung genommen, die mir gar nicht recht ist. »Keine Spinnweben! Wie kommt ihr darauf?«

»Du hattest nichts laufen, seit wir hierher gekommen sind«, sagt sie. »Das ist eine lange Zeit. Spinnen können innerhalb einer Stunde ein komplettes Kugelnetz spinnen.«

Mir bleibt der Mund offen stehen. »In einer Stunde? Bist du sicher?« Ich bin bei meinem letzten Besuch auf der Erde vor dem Reiseverbot mal in ein Kugelnetz gelaufen, und diese Dinger sind wirklich filigran. Wie kann eine einzelne Spinne das ganze Ding in einer Stunde herstellen?

Sophie nickt. »Ich habe es online gelesen, und es schien mir zu wenig Zeit, also bin ich in den Wald gegangen, um Spinnen zu beobachten, und habe mit dem Handy die Zeit gestoppt.«

»Das hast du also gemacht, als du drei Tage lang verschwunden warst«, sagt Kethe. »Ich hatte mich schon gefragt, warum du so ausgesehen hast, als wärst du einge-graben worden, als du wieder kamst.«

»Das war ja auch so«, teilt Sophie ihr mit. »Ich musste unauffällig sein, damit die Spinnen sich ganz normal verhalten, also habe ich mich unter Laub und Erde vergraben.«

Percy öffnet den Mund, dann schließt er ihn wieder, dann öffnet er ihn nochmal und fragt: »Drei Tage lang?«

Sie nickt. »So lange hat es gedauert.«

»Du bist eine gründliche Beobachterin«, sagt er dann, und sie strahlt.

»Dankeschön.«

»Seht ihr!«, ruft Steffen aus. »Sehr ihr? Genau das! Er zieht euch arglistig auf seine Seite!«

Dustin streckt die Hand aus und gibt Steffen einen Klaps auf den Hinterkopf. »Stef, ich kenne Percy. Großvater kennt Percy. Er ist nicht hier, um dich umzubringen; er ist hier, um mit einem nackten Drachenausritt die Spinnweben loszuwerden.«

Percy seufzt. »Das werde ich wohl nie mehr loswerden. Ich Glückspilz«, murmelt er.

»Es gibt keine Spinnweben«, sage ich laut. »Ich habe ein sehr gut funktionierendes Paar Hände und eine Sammlung Toys. Glaubt es mir: keine Spinnweben.«

Dustin verzieht das Gesicht. »Das hätte ich jetzt nicht unbedingt hören müssen.«

Ich werfe die Hände hoch. »Aber zu wissen, warum Percy hier ist, ist okay für dich?« Wer hätte gedacht, wie prüde junge Leute heutzutage sind!

Steffen beäugt Percy misstrauisch. »Du bist wirklich nicht gekommen, um uns zu unterwandern?«

»Was sollte er denn unterwandern?«, fragt Kethe Sophie, die die Achseln zuckt.

»Ist das auch eine Umschreibung?«, fragt Fabian. »*Unterwandern* ...«, sagt er dann anzüglich.

Kethe sieht ihn an. »Stell dich da drüben neben Steffen«, befiehlt sie dann mit einer Geste. Er öffnet schon den Mund, um zu protestieren, aber sie hebt eine Augenbraue, und er schließt ihn wieder und gehorcht. Niemand will es sich mit Kethe verscherzen. Sie ist hier die eigentliche Chefin.

»Ich bin nicht hier, um euch zu unterwandern«, versichert Percy. Dass er noch nicht schreiend davongelaufen ist, werte ich mal als gutes Zeichen. Die meisten Leute versuchen zumindestens, einen Grund zu finden, zu gehen, wenn es soweit gekommen ist. Außer den Höllenhunden, die natürlich sehr gut hierher passen. »Ich will wirklich nur Brandt sehen.«

Steffen starrt ihn noch ein bisschen an, dann verfliegt der misstrauische Ausdruck. »Steffen«, sagt er und streckt die Hand aus. »Mein Name ist Steffen.«

Percy schüttelt seine Hand. »Passt so viel besser zu dir als John«, sagt er, dann dreht er sich lächelnd zu den anderen. »Und Dustin kenne ich natürlich.«

Kethe tritt vor, wie ich es schon erwartet hatte. »Ich bin Kethe. Ich organisiere das Haus und bereite Mahlzeiten zu. Hast du Lebensmittelallergien oder Vorlieben, von denen ich wissen sollte?«

Percy schüttelt den Kopf. »Nein, danke. Schön, dich kennenzulernen, Kethe. Ich kann mir denken, dass du hier alle Hände voll zu tun hast.« Seine Geste bezieht die gewaltige Eingangshalle mit ein, und plötzlich frage ich mich, wie Kethe es eigentlich schafft, hier sauber zu halten. Sie hat noch nie nach einer Leiter oder etwas in der Art gefragt, aber es sind keine Spinnweben – ha! – weit und breit zu sehen.

Kethe lächelt wohlwollend. »Ich komme zurecht. Lass mich wissen, wenn du etwas brauchst, wenn du hier bist. In der Küche gibt es immer einen kleinen Imbiss.« Sie mustert ihn von Kopf bis Fuß, dann schürzt sie die Lippen. »Ihr Shifter seid ja kleiner als wir, aber isst du auch genug?«

»Kethe«, sage ich resigniniert. Aus dem Sex mit Percy

wird nie etwas werden. Es ist noch nicht mal Mittagszeit, und er wurde schon verdächtigt, uns unterwandern zu wollen, mit niederträchtigen, möglicherweise mörderischen Absichten, sein Privatleben war Gegenstand obszöner Spekulationen, und jetzt wird er auch noch als zu mickrig bezeichnet. Was der Nachmittag wohl sonst noch alles bringen wird?

»Lass mich bloß in Ruhe mit deinem ›Kethe‹. Es ist mein Job, mich um jedes einzelne Wesen unter diesem Dach zu kümmern, dein Schäferstündchen eingeschlossen, und mir kann keiner nachsagen, dass ich meiner Verpflichtung nicht nachkomme.«

»Schäferstündchen?«, fragt Fabian. »Ist das so etwas wie Schäfchen zählen?«

»Nein«, sagen wir alle gleichzeitig. Fabian sieht aus, als fühlte er sich ausgeschlossen, weil er der einzige ist, der den Ausdruck nicht kennt.

»Was ist es denn dann?«, will er wissen.

Percy macht ein ersticktes Geräusch. »Ihr habt ja die Umgangssprache recht schnell gelernt«, sagt er dann schwach.

Sophie zuckt die Achseln. »Es sind drei Jahre vergangen. Und wir messen die Zeit jetzt auch in Jahren. Ich vergesse es nur noch selten.«

»Ich vergesse es ständig«, fügt Fabian hinzu. »Was ist ein Schäferstündchen?«

»Sex«, sagt Dustin. »Während einer Dienstpause, ist doch klar.« Mein Enkel verdreht die Augen. »Vielleicht sollten wir uns um dein Sexleben Sorgen machen, Fabian.«

»Gut möglich«, sagt Fabian zustimmend. »In letzter Zeit tut sich nicht so viel. Ich hatte letzte Woche nur sechsmal Sex.«

Schweigend starren ihn alle an.

»*Sechs*«, stottert Steffen. »Sechs Mal? Mit wem? Du bist Single!«

Fabian zuckt die Achseln, offensichtlich ohne sich bewusst zu sein, was für eine Bombe er gerade hat platzen lassen. »Ich weiß. Ich glaube, das ist ein Grund dafür, dass gerade wenig läuft. Es ist sowas von anstrengend, auszugehen und jemanden zu finden, wisst ihr? Ich habe es auch mit einer dieser Apps versucht, aber es ist schwer festzustellen, ob ich jemanden attraktiv finde, wenn ich meine Zauberkräfte nicht nutzen kann, um ein Gefühl für sie zu bekommen.«

Darauf hat keiner eine Antwort.

Doch, ich.

»Ist doch toll, Fabian! Wir sollten in dieser Gegend einen Singles-Gruppentreff organisieren. Damit wird es einfacher, Leute kennenzulernen.«

»Äh«, sagt Percy.

»Echt? Das wäre ja super. Sex fehlt mir irgendwie.«

Der sollte mal versuchen, ein paar Zyklen – äh, Jahre – lang nur mit der Hand und ein paar Toys zurecht zu kommen. Dann würde er schon sehen, wie sehr ihm Sex dann fehlt. Ich hätte gute Lust, ihm einen Klaps zu geben.

»Wir könnten es hier veranstalten«, sagt Kethe nachdenklich. »Nicht immer, aber manchmal. Wir haben reichlich Platz, wenn jemand übernachten will.«

»Ähm«, sagt Percy.

»Vielleicht gegen eine kleine Gebühr«, schlägt Dustin vor. »Damit die Veranstalter nicht drauflegen müssen.«

»Tolle Idee«, erklärt Fabian.

»Keine tolle Idee«, platzt Percy heraus, und alle starren ihn an. »Sexpartys sind eine Sache, aber sobald man Geld dafür nimmt, dass Leute sich treffen können, um Sex zu haben, macht man sich zum Zuhälter. Und das ist hier nicht legal. Dass euch die Menschenpolizei auf die Pelle rückt ist das Letzte, was ihr brauchen könnt.«

Hmmm. Ich denke über Vor- und Nachteile nach. »Wäre es auch so, wenn keiner der Beteiligten bezahlt wird?«

Percy starrt mich an. »Willst du wirklich darüber diskutieren, wie man Zuhälter definiert? Das könntest du gerne vor einem Menschengericht machen. Nachdem die Menschenpolizei einen Durchsuchungsbefehl erwirkt und dieses Anwesen auf den Kopf stellt. Natürlich ist es möglich, dass es nicht zu einer Verhandlung kommt. Je nach dem, was sie finden, könnte stattdessen einer der menschlichen Sicherheitsdienste oder das Militär vor der Tür stehen. Und nur mit viel Glück könnte das CSG einschreiten, bevor ihr alle in ein geheimes Labor gebracht werdet.«

»Was für ein geheimes Labor?«, fragt Steffen sofort. Er wendet sich an mich. »Hast du gewust, dass diese Sexgruppe uns an Tische fesseln und Experimente an uns durchführen würde?« Bevor ich antworten kann, wirbelt er zu Fabian herum. »Bist du mit dem Feind im Bunde?«

»Nein!«, ruft Fabian aus, dann fügt er hinzu: »Also ich glaube nicht. Wer ist denn dieser Feind?«

»Niemand ist mit dem Feind im Bunde«, sagt Percy beruhigend. »Das war nur ein Beispiel, Steffen. Tut mir leid. Ich wollte dich nicht beunruhigen. Solange ihr alle vorsichtig seid und keine Aufmerksamkeit auf euch zieht – was sicher der Fall wäre, wenn ihr Geld für Sex nehmen würdet – haben die Menschen keinen Grund zu argwöhnen, dass ihr anders seid als sie.« Er hält inne. »Jedenfalls nicht viele Gründe«, berichtigt er.

»Und wir haben keine Feinde«, versichere ich Fabian. Ich bin jedenfalls ziemlich sicher, dass wir keine haben.

»Heißt das also, kein Sexclub?«, fragt Kethe. »Das ist ja schade. Ich hatte mich schon gefreut.«

Ich schaue Percy an. Wenn es nach mir ginge, wäre ich total für den Sexclub, aber er weiß besser, was hier auf der Erde angebracht ist. Die Community of Species hat sich neuntausend Jahre lang vor den Menschen verborgen gehalten – es wäre also echt dreist von uns, sie nach nur drei Jahren hier zu outen. Davon, dass es nicht gut für unsere eigene Sicherheit wäre, ganz zu schweigen. Es ist schön, jemanden hier zu haben, der gleich darauf hinweisen kann, wenn es Probleme mit aufregenden Ideen gibt. Ich bin zwar mit dem Alter besser geworden, was das Finden von Schwachstellen angeht, aber wie viele Drachen lasse ich mich leicht von spannenden Ideen begeistern. Meist verlasse ich mich darauf, dass Raðulfr das abwägt – er ist schon lange König, und Elfen sind allgemein nicht so vergnügungsorientiert wie Drachen. Er weist also immer auf Probleme hin.

Vielleicht muss ich den Elfenkönig nicht so oft zurate ziehen, wenn Percy in der Nähe bleibt.

»Ein Treffpunkt für Singles – und zwar nicht nur mit dem Ziel, Sex zu haben – ist in Ordnung, solange ihr kein Geld nehmt. Das kann dann inoffiziell durchaus zu einem Sexclub werden. Aber man sollte es vielleicht nicht gleich als solchen verkaufen. Diese Gegend ist recht liberal, aber es könnte trotzdem streng Konservative geben, die euch liebend gerne Schwierigkeiten machen würden.«

»Oh, oh, da fällt mir eine Frage ein!« Dustin winkt. Ich kneife die Augen zusammen. Eine Weile war er unglaublich verantwortungsbewusst, kurz nach unserem Umzug. Ich dachte wirklich, dass er reifer werden würde und war so stolz auf alles, was er erreicht hat. Aber nach dem sich alles etwas eingespielt hatte und er als ziviler Verbindungsbeauftragter nicht mehr gebraucht wurde, wurde er wieder unzuverlässig, selbst für Drachenverhältnisse.

»Du musst dich nicht extra melden, wenn du eine Frage hast, Dustin«, sagt Percy. Das kleine Schmunzeln ist zurück.

Dustin lässt den Arm fallen. »Es geht um Sex«, verkündet er, und Percy sieht mich mit großen Augen an. Ich zucke die Achseln. Dustin und ich hatten vor langer Zeit schon das Gespräch über Sex. Lange bevor Percy auf der Welt war. Ich bin mir bewusst, dass er sexuell aktiv ist, und er hatte noch nie Scheu, darüber zu sprechen.

Jetzt auch nicht, denn schon kommt die Frage.

»Ich frage mich das schon seeeehr lange, wollte aber niemanden beleidigen, wenn ich es anspreche«, sagt er. »Ist es wahr, dass Menschen ›Heureka!‹ rufen, wenn sie Sex haben?«

Oh, das ist in der Tat eine gute Frage. Ich habe mich das auch schon gefragt, aber bisher ist mir noch kein Mensch begegnet, mit dem ich gerne geschlafen hätte.

Percy nickt langsam. »Habt ihr das von einem Höllenhund gehört?«, fragt er, und wir schütteln alle die Köpfe.

»Wir haben es in einem YouTube-Video gesehen«, erklärt Dustin. »Also nicht den Sex selbst. Es war eine Sex-Szene aus einer Fernsehserie, glaube ich. Und diese Typen sprachen darüber, dass sie ›Heureka!‹ rufen, wenn sie Sex haben.

»Aha. Nun, ich bin sicher, dass es Menschen gibt, die das tun, allerdings keiner der Menschen, mit denen ich geschlafen habe«, antwortet Percy diplomatisch.

»Waren es viele?«, fragt Fabian. »Und wie lange ist es her? Vielleicht ist das eine moderne Sache.«

»Ich ...« Percy schließt den Mund. »Ein berechtigter Einwand. Habt ihr Noah gefragt?«

Mich überläuft ein Schauer und Fabian tritt entsetzt einen Schritt zurück. »Noah, der Mensch beim CSG? Vor dem hab ich Angst.«

»Das brauchst du nun wirklich nicht«, versichert ihm Percy. »Aber ich kann die Hemmschwelle verstehen. Wir werden uns eine andere Methode ausdenken, das zu recherchieren.«

»Ich könnte mit ein paar Menschen Sex haben«, schlägt Fabian vor. »Ich bin ihnen bisher aus dem Weg gegangen, weil sie so viel zerbrechlicher wirken als wir, und ich nicht versehentlich jemanden kaputt machen wollte. Aber ich könnte natürlich vorsichtig sein.«

»Super Idee!«, ruft Sophie. »Das mache ich auch, und dann können wir uns austauschen.«

Percy beugt sich zu mir hinüber und flüstert: »Wie heißt sie?«

Upps. Was für ein miserabler Gastgeber ich doch bin. Ich verziehe entschuldigend das Gesicht.

»Bevor wir wieder abgelenkt werden«, unterbreche ich Sophie und Fabians Pläne, der nächst gelegenen Stadt einen Besuch abzustatten, und sage: »Lasst mich euch alle mit Percy bekannt machen.«

»Ich bin Steffen«, sagt Steffen, und ich frage mich, ob ich nicht besser ein ganz kleines Häuschen mit nur einem Schlafzimmer irgendwo am Rand des Geländes hätte bauen sollen. Das wäre dann alles nicht passiert.

»Das weiß er«, erinnert ihn Dustin. »Schon vergessen? Wir hatten doch geklärt, dass du nicht John Smith bist.«

»Jedenfalls«, sage ich laut, denn Fabian hat schon wieder so einen Gesichtsausdruck, als würde gleich eine absurde Frage kommen, und ich will wirklich nicht nochmal hören: »Wer ist John Smith?« »Percy, das sind Sophie und Fabian.«

»Wusstest du meinen Namen gar nicht?«, fragt Sophie. »Ist ja komisch. Ich habe das Gefühl, dass wir alte Freunde sind. Ich spreche normalerweise nicht mit Leuten über Sex, die meinen Namen nicht kennen.«

»Das ist eine ausgezeichnete Regel«, sagt Percy ernst. »Wie viele von euch wohnen hier?«

»Zehn ständig, einschließlich Brandt«, sagt Kethe. »Aber es kommen und gehen auch die ganze Zeit welche.«

»Und ich bin unter der Woche nicht immer hier«, füge ich hinzu. »Ich muss auch in der Stadt sein und mich um Verwaltungsangelegenheiten und diplomatische Aufgaben kümmern.«

»Ich erinnere mich«, murmelt er. »Immerhin hast du diesen Ort, an den du dich zurückziehen kannst.«

Fabian lächelt. »Ich mag dich. Du bist nett. Ich bin für unsere Geschichte zuständig. Wenn du je etwas über Drachen wissen willst, kannst du mich gerne ansprechen.«

»Danke. Ich habe eine Menge Fragen – ich weiß nämlich peinlich wenig über Drachen«, sagt Percy. »Kann also gut sein, dass ich darauf zurückkomme.«

Fabian plustert sich ein bisschen auf und strahlt. Er liebt Geschichte und Fakten und das Ansammeln von Informationen, und es begeistert ihn immer, wenn jemand Interesse zeigt. Ich habe in meinem Kalender eine Erinnerung eingerichtet, weil ich ihn mindestens einmal pro Woche etwas fragen will, um ihm eine Freude zu machen.

»Und ihr?«, fragt Percy mit Blick auf Sophie und Steffen. »Womit verbringt ihr eure Zeit?«

»Ich bin für Brandts Sicherheit zuständig«, sagt Steffen, und ich muss es Percy hoch anrechnen, dass er darauf nur mit einem höflichen Ausdruck der Überraschung reagiert. Die meisten Leute kriegen eine Krise, wenn sie erfahren, dass ein Verschwörungstheoretiker für die Security verantwortlich ist. Als Percys früheres Team Steffen zum ersten Mal begegnet ist, wurden ernste Bedenken geäußert. Aber trotz seiner Tendenz, überall Katastrophen und versteckte Komplotte zu wittern, macht er seine Sache sehr gut.

Außerdem ist er ein guter Typ, der einen Lebensinhalt brauchte.

»Und ich bin Gesundheitsministerin«, verkündet Sophie mit Grandezza. Ich hebe die Augenbrauen.

»Neuer Titel?«

Sie zuckt die Achseln. »Ich spiele noch damit herum. Ich finde, es passt besser zu mir als einfach nur Heilerin.«

»Was immer dir lieber ist.« Ich drehe mich zu Percy um. »Sophie ist für die Gesundheit aller Drachen zuständig. Alle ungewöhnlichen Erkrankungen oder Krankheitsausbrüche werden an sie berichtet. Sie kümmert sich auch um die frisch geschlüpften Küken, die Drachenjungen und Jungdrachen.«

»Dann hast du bestimmt viel zu tun«, sagt Percy mit einem Grinsen. »Ich habe erst ein Küken und einen Jungdrachen kennengelernt, aber beide waren nicht ohne.«

Sophie lacht. »Ja, Brandt hat uns von deiner Begegnung mit Benisch erzählt. Ich war gleich anschließend dort, um nach ihm zu sehen, und er konnte nicht mehr aufhören, von dir zu reden.«

»Er war ein netter Besucher. Geht es ihm gut?«

Sophie sagt nickend: »Ja, und er hat schon wieder Ärger. Er hat seine Freunde angestiftet, und es gibt in letzter Zeit eine Menge versuchter Mitternachtsflüge.«

Steffen schnieft. »Ich wollte, du hättest das mir überlassen.«

»Nein«, sage ich entschlossen, und nicht zum ersten Mal. »Ich werde nicht zulassen, dass du Jungdrachen in ihrem eigenen Zuhause mit Zauberbannen belegst. Was, wenn es einen Notfall gibt?«

»Es würde einen Schlüssel geben!«, protestiert er, aber ich kenne sein Argument, ich will mich nicht nochmal darum streiten.

»Nein. Sie sind Jungdrachen – es ist davon auszugehen, dass sie Unfug machen. Das verwächst sich schon.«

Ich werfe Dustin einen Seitenblick zu, der verdächtig still ist. Er ist kein Jungdrache mehr, die Phase ist schon lange vorbei, und trotzdem hat er bis vor Kurzem genau so viel Unsinn angestellt wie ein Jungdrache. Ich dachte, er hätte sich jetzt endgültig ausgetobt, aber jetzt will er nicht mehr zum College? Nachdem er gebettelt hatte, dort hinzudürfen?«

Da stimmt was nicht.

Bevor ich anfangen kann, Pläne für das Ausfragen meines Enkels zu machen, unterbricht mich Kethe. »So. Jetzt hatten wir alle Gelegenheit, Percy kennenzulernen. Wollt ihr vielleicht den Rundgang fortsetzen? Und vergiss nicht den Nachmittag.«

»Genau. Du hattest ja gesagt, dass es ein Unterhaltungs-Programm geben soll«, sagt Percy. »Was habt ihr denn vor?« Er klingt interessiert und begeistert, und ich glaube ehrlich nicht, dass ich jemals eine Person lieber mögen könnte als ihn in diesem Moment.

»Es wird eine Nachstellung geben!«, erklärt Dustin, bester Laune, da wir über eines seiner Lieblingsthemen sprechen.

Percy lächelt. »Eine Nachstellung? Eines historischen Augenblicks? Das klingt ja wunderbar – ich kann kaum erwarten, das zu sehen.«

»Nein«, verbessert Fabian. »Kein historischer Augenblick.« Er dreht sich zu Dustin um, sein Ausdruck halb anklagend, halb entsetzt. »Das ist es doch nicht, oder? Wenn doch, hättet ihr mich konsultieren müssen! Was, wenn ihr alles ganz falsch macht?«

Dustin verdreht die Augen. »Nein, ist es nicht. Niemand würde kommen, wenn wir etwas aus unserer Geschichte nachspielen.« Er grinst Percy an. »Es ist *Grease*!«

Percy blinzelt, dann scheint er zu verstehen. »*Grease*, der Filmklassiker?«

Dustin nickt.

»Ohh. Das klingt ja toll! Tut mir leid, ich war nur verwirrt, weil du Nachstellung gesagt hast.«

Dustin und Sophie schauen sich an. »Ist das nicht richtig ausgedrückt? Wir haben allen gesagt, dass es eine Nachstellung ist. Wir haben doch seit dem Frühjahr jede Woche eine veranstaltet!«, jammert Sophie.

»Tja ...« Percy zögert. »Es ist nicht unbedingt falsch, es so zu nennen. Normalerweise bezieht sich der Begriff allerdings auf bestimmte Personen und Ereignisse, während eine Aufführung eines Theaterstücks oder einer Filmszene eher eine ... Aufführung ist.«

Sophie hört auf, die Hände zu ringen, und Dustin seufzt erleichtert auf. »Dann ist ja gut«, sagt er. »Es wird definitiv eine Nachstellung. Wir spielen ja nicht die Filmfiguren. Wir spielen die Schauspieler, die die Figuren darstellen.«

Percys perplexem Gesichtausdruck nach zu schließen ist das ungewöhnlich.

»Ihr werdet also John Travolta als Danny und Olivia Newton-John als Sandy sein?«, fragt er. »Nicht einfach Danny und Sandy, die Figuren?«

»Genau«, sagt Sophie. »Wir sind sehr beliebt. Die Leute kommen sogar aus der Stadt, um unsere Nachstellungen zu sehen.«

»Das glaube ich«, murmelt Percy. »Ich freue mich

schon darauf.« Er klingt sogar so, als würde er das auch so meinen.

Man muss es Dustin, Sophie und ihren Freunden lassen – sie sind wirklich toll. Normalerweise läuft der Film auf einer Leinwand hinter ihnen, und manchmal kann man kaum einen Unterschied zwischen den Originaldarstellern und den Nachstellenden sehen. Und es kommen tatsächlich viele Leute aus der Stadt und den umliegenden Ortschaften, um es sich anzusehen – natürlich keine Menschen, es sei denn, sie gehören zur Community. Ich würde niemals nichtsahnenden Menschen Zutritt zum Gelände erlauben.

Steffen zieht die Nase hoch, sagt aber nichts. Wir wissen alle, wie er es findet, wenn nicht von ihm persönlich geprüfte Nicht-Drachen auf das Gelände kommen. Bei dem Streit musste er sich aber schon vor sechs Monaten geschlagen geben, als Dustin darum gebeten hatte, dass Freunde von ihm kommen und zuschauen durften.

»Rundgang«, erinnert uns Kethe. »Sonst seid ihr nicht rechtzeitig zum Mittagessen zurück.«

»Sie hat recht«, sage ich, nehme Percys Hand und genieße den kleinen Schauer, der ihn bei der Berührung überläuft. »Es gibt viel zu sehen.« Ganz oben auf der Liste: Meine Gemächer. Der Rest hat Zeit.

# KAPITEL 6

PERCY

Ich mustere mich im Badezimmerspiegel und chante dabei tonlos ermutigende Worte vor mich hin. Ich würde es ja laut tun, aber Shifter haben ein ausgezeichnetes Gehör – und offensichtlich gilt das auch für Drachenshifter. Und Brandt ist gleich nebenan. Das Letzte, was ich will ist, dass er mir dabei zuhört, wie ich vor mich hin sage: »Ich bin sexy, und er will mich«.

Also, es scheint schon so, dass er mich begehrt – das hat er den ganzen Tag über sehr deutlich gemacht – und doch wäre alles sehr viel einfacher, wenn wir geich nach meiner Ankunft ins Bett gefallen wären. Sicher, das Warten hat die Erwartung gesteigert; andererseits hat *das Warten die Erwartung gesteigert*. Was, wenn sich herausstellt, dass wir nicht harmonieren? Die heimlichen Küsse den ganzen Tag über waren phänomenal, zugegeben, und ich werde schon hart, wenn ich nur an ihn denke – das heißt aber noch lange nicht, dass wir sexuell kompatibel sind. Was, wenn der Sex schlecht ist? Oder wenn es zwar gut ist, aber eine Runde schon reicht? Dann stehe ich vor dem peinlichen Dilemma, entweder trotzdem bei Brandt zu übernachten, oder mir irgend eine Entschuldigung ausdenken zu müssen, um mitten in der Nacht verschwinden zu können, dann die zweieinhalb Stunden bis zur Stadt zurückzufahren und mich in David und Caolans Wohnung zu schleichen. Was nicht funktionieren wird, denn David hat Warnzauber eingerichtet, die ihm mitteilen, wenn jemand das Haus betritt, auch wenn es Personen sind, die Zutritt haben. Dann würde er sofort aufwachen und sich Sorgen machen, weil ich mitten in der Nacht zurückkomme, und ich müsste ihm erklären, dass es am schlechten Sex liegt. Caolan würde das natürlich hören und würde nicht widerstehen können, es seinen »Bros« weiter zu erzählen, und ... nun ja. Es wäre eine einzige Katastrophe.

Der Druck ist immens.

Brandt klopft. »Percy? Alles in Ordnung bei dir?«

Ich atme tief ein. »Ja. Ich komme.« Ich setze versuchsweise ein verführerisches Lächeln auf, aber das sieht eher aus, als hätte ich Blähungen. Also kein Lächeln. Ich werde ihn auf andere Weise verführen müssen.

Ich reiße mir die Pyjamahose vom Leib, die er für mich aus dem Wäscheschrank gefischt hat. Er hat mit den Augenbrauen gewackelt, als er sie mir gereicht hat, also gehe ich davon aus, dass er nicht wirklich erwartet, dass ich sie tragen werde. Aber nackt rumzulaufen wäre mir peinlich. Außerdem kann ich so die Spitzenhöschen verstecken – die Ausrede »ich ziehe mich um« hat mir einen Grund gegeben, ins Bad zu schlüpfen und die Höschen in einer Schublade verschwinden zu lassen, bis ich ein besseres Versteck finde. Jetzt muss ich aber alle Register ziehen, die ich habe, in diesem Kampf der Verführung. Er muss so scharf auf mich sein, dass es ihm gar nicht auffällt, wenn der Sex schlecht ist.

Ruhe, innere Stimme. *Natürlich* ergibt das Sinn ... wenn man nicht allzu lange darüber nachdenkt.

Nach einem weiteren tiefen Durchatmen, das meine Nervosität absolut nicht reduziert, drehe ich mich zur Tür.

Und erstarre.

Ich will es. Wirklich. Aber es ist vier Jahre her, dass ich mit jemandem Sex hatte, und davor war es jahrzehntelang die gleiche Person, meine beste Freundin. Dabei gab es keine Nervosität. Lily und ich wussten, dass nichts zwischen uns je peinlich oder seltsam sein könnte. Wenn man über 400 Jahre befreundet ist, wenn man sich so in- und auswendig kennt, und all die großen und kleinen Momente zusammen erlebt hat, gibt es nicht viel, das die Freundschaft erschüttern könnte. Sex sicherlich nicht. Und davor ... nun, ich hatte nie viel übrig für unverbindlichen Sex. Ich bin einfach ein Beziehungs-Typ. Bevor ich mit meinen früheren Lovern geschlafen habe, waren wir immer schon eine Weile zusammen und waren uns auch auf andere Weise vertraut. Ich hatte noch nie in meinem Leben Sex mit jemandem, den ich nur oberflächlich kannte.

Brandt klopft nochmal. »Percy? Bitte komm raus und rede mit mir. Wir müssen auch gar keinen Sex haben.«

Ich stöhne – ich mache hier gerade alles falsch.

»Percy?«, fragt er wieder.

Ich greife nach der Pyjamahose, ziehe sie wieder über – wobei ich mich fast verletze – und mache die Tür auf. Brandt steht mit nacktem Oberkörper vor mir und sieht erhitzt und besorgt aus. Innerlich mache ich mir Vorwürfe, weil ich nicht in der Lage bin, mich einfach auf ihn zu stürzen und zu genießen, was die Stunde bietet.

»Hi«, sagt er leise.

»Es tut mir leid.« Ich habe ihm so viel zu sagen und zu erklären, aber das ist das Einzige, was ich über die Lippen bringe.

Er schüttelt den Kopf. »Dir muss gar nichts leid tun. Mir tut es leid, dass du das Gefühl hast, du müsstest. Ich hatte nie die Absicht, dich so unter Druck–«

Ich lache – also, es soll ein Lachen sein. Es kommt eher wie ein Schluchzen rüber. «Das hast du gar nicht. Der Druck kommt einzig und allein von mir. Ich will es. Ich will es wirklich. Also wirklich, *wirklich*. Du bist ... also, ich will es wirklich. Dich.« Sage ich zu oft »wirklich«? Ich zwinge mich, langsam zu machen und überlege jedes Wort.

Brandt bemerkt mein Zögern und tritt zurück. »Komm, setz dich«, sagt er und deutet auf das bequem aussehende Sofa vor dem Fenster. Tagsüber hat es eine herrliche Aussicht auf den Garten und den Wald, aber jetzt ist es einfach stockfinster draußen. Ich folge ihm und setze mich, während er die Vorhänge schließt. Dann setzt er sich zu mir, nicht zu nah, dreht sich seitlich zu mir um und schaut mich an. Seine Rücksicht und Freundlichkeit machen ihn nur begehrenswerter, und ich fühle mich wie ein Loser.

»Du musst nichts sagen«, setzt er an. »Wir können einfach Freunde sein. Oder wir können es langsam angehen lassen. Es gibt kein Richtig oder Falsch.«

Ich lächle. Er ist so wunderbar, und ich bin so froh, dass wir diese Gelegenheit haben. »Ich will nicht, dass wir Freunde sind. Ich meine«, korrigiere ich mich, »ich will, dass wir Freunde sind, aber nicht nur Freunde. Ich will dich – sogar sehr. Wirklich.« Genug jetzt mit dem »*wirklich*«! »Ich denke wohl zu viel nach. Es ist schon eine Weile her bei mir, und ich hatte noch nie in meinem Leben unverbindlichen Sex.«

Er zuckt zusammen. Mist, was habe ich jetzt schon

wieder gesagt?

»Unverbindlichen Sex?«

Fragt er mich gerade, was das ist? Nach dem Gespräch mit den anderen vorhin hatte ich angenommen, dass er das weiß. »Äh ... ja. Wenn man Sex hat, ohne in einer romantischen Beziehung zu sein. Ich meine, wir hatten ja beide gesagt, dass wir monogam sein wollten, aber das bedeutet nicht unbedingt eine feste Beziehung. Unverbindlicher Sex also.«

»Ich weiß, was das ist.« Er winkt ab. »Mir war nicht klar, dass es das ist, was du willst.«

Ich öffne den Mund, bringe aber kein Wort über die Lippen. Was soll ich denn jetzt sagen?

»Ich glaube, das ist auch nicht so«, antworte ich zu meiner eigenen Überraschung. »Ich dachte, es wäre so, aber nach unserem Gespräch vom Vormittag bin ich ins Zweifeln gekommen, und mein kleiner Nervenzusammenbruch im Bad beweist, dass es nicht so ist. Ich ... hatte noch nie Sex mit jemandem, mit dem ich nicht zusammen war. Außer mit Lily, und das war etwas anderes.« Ich sehe seinen fragenden Blick und spreche schnell weiter. Jetzt ist nicht die Zeit, um von Lily und ihrem Tod zu sprechen. »Ich kannte all meine ... Partner sehr gut, bevor es zu Sex kam. Ich dachte, unverbindlicher Sex wäre in Ordnung für mich, aber wie sich herausstellt, ist es das nicht. Aber ich will trotzdem Sex mit dir haben. Nur nicht ... unverbindlich.«

Brandt schweigt einen Moment. »Ich will, dass wir Freunde sind«, setzt er schließlich an. »Was auch passiert – ich mag dich sehr. Ich respektiere dich als Staatsmann, und ich finde dich als Mann sehr beeindruckend. Es tat mir leid, dass du weggegangen bist, und das nicht nur, weil du die attraktivste Person bist, die ich seit langem getroffen habe.«

Er hält inne und ich nicke, vorwiegend, weil er es zu

erwarten scheint. Ich weiß nicht genau, worauf er hinaus will. Hat er seine Meinung geändert? Will er nicht mehr vögeln?

»Mit dir unverbindlichen Sex zu haben ist mir kein einziges Mal in den Sinn gekommen.«

Jetzt zucke ich zusammen.

»Auch als wir uns kennengelernt haben, und es nur um Chaos und Politik ging, dachte ich, dass ich vielleicht später Gelegenheit haben würde, um dich zu ...« Er sucht nach dem richtigen Wort. »werben ... eine Beziehung mit dir einzugehen.«

Ich weiß nicht, was ich sagen soll.

»Wenn du einfach nur Sex haben willst, werde ich dich nicht abweisen. Ich bin ja kein Dummkopf. Aber es ist nicht das, worauf ich gehofft hatte«, sagt er abschließend.

Meine Freunde hatten ganz recht. Ich bin so ein Idiot.

»Nicht?«, quieke ich.

Er schüttelt den Kopf. »Ich hatte gehofft, dass du Lust hättest, dich auf eine Beziehung einzulassen. Ich bin schon ziemlich lange auf der Welt, Percy. Ich hatte unverbindlichen Sex, und nicht zu wenig. Und ich hatte eine Menge Beziehungen. Darüber hatten wir schon gesprochen – es gibt nicht viel, was ich nicht schon ausprobiert hätte. Aber ich bin über den Punkt in meinem Leben hinaus, an dem ich mir bedeutungslose Abenteuer wünsche. Ich will einen Partner, der für mich da ist. Keine Panik«, fügt er hinzu. »Ich weiß, dass das nicht unbedingt du sein wirst. Aber ich würde doch gerne sehen, ob du es sein könntest. Wenn du dir das nicht vorstellen kannst, sag es bitte jetzt, dann passe ich meine Erwartungen an.«

Etwas in meinem Inneren kommt zur Ruhe. Ich habe mir wirklich in die Tasche gelogen mit dieser »nur-ein-Fick«-Idee, denn Brandts Worte zu hören ist Balsam für meine Seele. Und ja, vielleicht bedeutet sein Partner zu sein ständige Unterbrechungen durch Drachen, die seine Aufmerksamkeit einfordern, unzählige Zeremonien und Events, und wenig Zeit für uns. Aber wenn ich ehrlich bin, habe ich diese Dinge auch vermisst.

Die Magie streift mich und umhüllt mich mit Zustimmung. Ich genieße das Gefühl – sie kommt mich nicht mehr oft besuchen, und auch das habe ich vermisst.

»Du musst deine Erwartungen nicht anpassen«, sage ich und sehe ihm in die Augen, und er beginnt, übers ganze Gesicht zu strahlen, und greift nach meiner Hand.

»Wir können es langsam angehen lassen«, verspricht er. »Wir reden einfach, und ich zeige dir ein Gästezimmer. Wir haben eines mit einem tollen Bl-«

Ich stürze mich auf ihn und küsse ihn, genau wie heute Vormittag. Das könnte sich in kurzer Zeit zu meiner Lieblingsmethode entwickeln, ihn zum Schweigen zu bringen.

»Das war schön«, murmelt er als wir uns schließlich voneinander lösen. Sein Blick ist warm, auf eine Art, bei der mir ganz heiß wird.

»Ich will es nicht langsam angehen lassen«, sage ich dann. »Wirklich nicht. Ich will nicht woanders schlafen.« Ich halte inne.

»Aber?«, fragt er, und ich seufze.

»Ich kenne dich nicht besonders gut. Ich habe Sorge, alles falsch zu machen.«

»Wie soll das möglich sein?« Ich hatte erwartet, dass er überheblich klingt, aber in seiner Stimme höre ich eine Ermutigung.

»Na ja ... wie stehst du denn beispielsweise zu Zehen?«

»Was meinst du?« Jetzt hört er sich verwirrt und neugierig an.

»Wie findest du sie? Abstoßend? Oder hast du einen

Fußfetisch? Oder sind dir Zehen einfach egal?«

Er lacht leise und beugt sich vor, um mir einen Kuss auf den Mund zu drücken. »Ich verstehe langsam, warum unverbindlicher Sex nichts für dich ist ... und was du gemeint hast, als du sagtest, dass du zu viel nachdenkst.«

Ich lasse mich auf das Sofa zurücksinken und starre an die Decke. »Es tut mir leid. Es geht gleich vorbei. Ich muss einfach mehr über dich erfahren, damit ich mir nicht so Sorgen darum mache, ob du Spaß hast oder nicht. Vielleicht, wenn ich dir schnell ein paar Fragen stelle ...« Na super, Percy. Nichts ist schärfer als vor dem Sex einen Fragebogen auszufüllen.

»Wie wäre es, wenn du mir zwei Fragen beantwortest?«, schlägt er vor. Ich drehe den Kopf, um ihn anzuschauen. Er lächelt wieder dieses tolle, sexy Lächeln.

»Okay?«

»Bist du ganz sicher, dass du bereit bist, jetzt Sex zu haben?«

»Ja«, sage ich entschlossen. »Ich will es. Ich habe nur Sorge, dass ich es schlecht machen werde.«

»Du könntest es niemals schlecht machen«, beruhigt er mich. »Aber ich will auch, dass du Spaß hast. Was mich zu meiner zweiten Frage bringt ... Vertraust du mir?«

Ich setze mich auf. »In welcher Hinsicht? Ich meine, ich vertraue darauf, dass du mir nicht weh tun wirst oder so, aber ich habe genug über euch Drachen gehört, um euch niemals ohne Aufsicht die Planung einer Geburtstagsparty zu überlassen.«

Er zieht die Nase hoch und wirkt etwas beleidigt. »Lass mich dir versichern, dass meine Partys episch sind. Beim letzten Mal gab es einen Streichelzoo *und* einen Zauberer *und* einen Clown, *und* alle Gäste waren als Früchte verkleidet.«

Ich blinzele, etwas aus dem Konzept gebracht. »Als ... was?«

»Früchte«, wiederholt er geduldig. »Ich war eine Banane.«

Aha. Das untermauert nur meine Überzeugung: Drachen sollte man keinesfalls ohne Aufsicht Partys planen lassen.

»Aber ich meine, ob du mir sexuell vertraust«, fährt er fort. »Wenn ich dir sage, dass du dich aufs Bett legen und auf mich konzentrieren sollst, auf die körperlichen Empfindungen zwischen uns, und an nichts denken sollst ... könntest du das tun?«

In meinem Bauch stieben Schmetterlinge los und flattern wild umher. Ich fühle, wie mir an der Wirbelsäule der Schweiß ausbricht.

Und wie ich steinhart werde.

Brandt lächelt. Meine Reaktion ist nicht zu übersehen – und der Geruchssinn von Drachen ist zwar nicht ganz so fein wie der von feliden Shiftern, aber so aus der Nähe ist der Duft der Erregung sehr deutlich. Und diese weiche Pyjamahose tut rein gar nichts, um meine Erektion zu kaschieren.

Aber er sagt nichts und wartet geduldig meine Enstcheidung ab. Selbst wenn ich gerade nicht so erregt wäre wie lange nicht – schon die Tatsache, dass er so um meine Gefühle besorgt ist, würde mich dazu bewegen, Ja zu sagen. Es macht mich so scharf, wenn jemand sich um mich kümmert.

Ich ignoriere die kleine innere Stimme, die mir erklärt, dass das ein Relikt aus meiner einsamen Kindheit ist und sehe Brandt in die Augen. »Sollte ich erst meine Hose ausziehen?«

In seinem Lächeln lodern Flammen. »Oh, bitte, lass

mich das machen.« Er steht auf und streckt mir die Hand entgegen. Ich nehme sie und lasse mich hochziehen, dann ... stehe ich einfach da, während er seinen Blick über meinen Körper wandern lässt. Dass ich nichts tun *muss*, ist für mich außerordentlich lustvoll. Meine Aufgabe ist es, Brandt die Kontrolle zu überlassen, und der nasse Fleck vorne an der Pyjamahose macht sehr deutlich, dass ich darauf anspringe.

Über 400 Jahre Sexleben, und kein einziges Mal bin ich darauf gekommen, dass ich passiv sein könnte.

Brandt hebt die Hand und legt sie mir mitten auf die Brust, und ich erschauere. Er ist so warm, und seine Handfläche scheint eine feurige Spur an mir zu hinterlassen, als er damit meinen Bauch hinunter bis zum Hosenbund streicht. Er schiebt die Finger unter das Gummi. Die Hosen rutschen etwas nach unten. Mir stockt der Atem.

Jetzt nimmt er die zweite Hand dazu und hebt vorsichtig das Gummi über meinen Schwanz, darauf bedacht, ihn nicht anzufassen. Ich kann mein Wimmern nicht unterdrücken. Ich hatte so gehofft, dass er mich berühren würde.

Die Hose fällt zu Boden und liegt an meinen Knöcheln.

Brandt nimmt meine Hände. »Steig aus der Hose.«

Das mache ich und schiebe sie beiseite, dann stehe ich splitternackt vor ihm. Hier drin ist es kühl, da die Drachen ja keine Zentralheizung brauchen, und ich spüre den Luftzug an meinem bloßen Rücken. Der Gegensatz zu der Hitze, die Brandt ausstrahlt, und dem Feuer, das in meinem Inneren aufflammt, ist ... erregend.

Brandt hält immer noch meine Hände, dann zieht er mich nach hinten ... zum Bett, wenn meine Orientierung mich nicht trügt. Dann berühren meine Unterschenkel das

Bett, aber anstatt mich darauf fallen zu lassen, zieht er mich an sich.

Er hat das Sagen. Er ist noch halb angezogen. Ich bin nackt und ihm auf Gedeih und Verderb ausgeliefert.

Ich fühle mein Herz schneller schlagen, auf eine gute Weise.

Brandt taxiert meinen Gesichtsausdruck, dann beugt er den Kopf herunter, um mich wieder zu küssen. Ich hebe die Arme, um sie um seinen Nacken zu legen, aber er entzieht sich kopfschüttelnd. »Habe ich gesagt, dass du mich berühren kannst?«

Fast wäre ich gekommen.

»Sorry«, quetsche ich hervor und lasse die Arme sinken. Brandt belohnt mich mit einem Kuss, dann tritt er zurück.

»Aufs Bett. Leg dich auf den Rücken, mit dem Kopf aufs Kopkissen.«

Ich beeile mich, zu gehorchen. Das ist alles, was ich heute tun muss. Einfach gehorchen. Kein Nachdenken erforderlich.

Brandt zieht seine Hose aus und kniet sich neben mich aufs Bett. Er betrachtet mich, und ich nutze die Gelegenheit, um mich an ihm sattzusehen. Sein Körper ist unglaublich, nicht übermäßig muskulös, aber fest, mit langen Gliedern und leichter, dichter Behaarung. Sein Schwanz steht steif von seinem Unterleib ab, mit Rillen, die ihn ganz klar als nicht von dieser Welt ausweisen. Als ich zum ersten Mal hörte, dass Elfen- und Drachenpenisse Rillen haben, hatte ich angenommen, dass sie gewellt aussehen würden. Wie man sich täuschen kann. Das hier gleicht eher einem altmodischen Waschbrett oder Wellblech. Ich spüre, wie sich mein Schließmuskel zusammenzieht bei der Vorstellung, das Ding in mich hinein und heraus gleiten zu spüren.

Ich kann es kaum erwarten.

»Du scheinst irgendwie fasziniert zu sein«, stellt Brandt fest, und ich hebe den Blick, um ihn anzuschauen.

»Oh, das bin ich. Ich dachte gerade, wie gern ich deinen Schwanz in mir drin haben will.«

Er lächelt, aber seine Augen werden dunkel vor Lust. »Dazu kommen wir auf jeden Fall noch. Erst möchte ich dich ein bisschen erkunden. Du bist so schön.« Er streicht mit den Fingerspitzen meinen Oberkörper herunter von der Schulter bis zur Hüfte, bleibt dabei an einer Brustwarze hängen, und ich erschauere und spüre eine Gänsehaut am ganzen Körper. Aber als ich nach seiner Hand greife, weil ich gerne fester berührt werden will, schnalzt er mit der Zunge.

»Habe ich gesagt, dass du dich bewegen darfst?«

Ehrlich gesagt hätte ich nicht für möglich gehalten, dass ich noch härter werden könnte, und doch ist es so, und ich höre mich wimmern. Ich brauche *mehr*.

Brandts Blicke bleiben an meinem um Aufmerksamkeit bettelnden Schwanz hängen. Er lässt die Hand von meiner Hüfte zur Mitte wandern und umschließt ihn fest. Ich stöhne auf, vor Erregung und Erleichterung gleichzeitig, dann atme ich tief durch.

»So gut«, murmele ich.

Sein Lächeln wird auf einmal boshaft und er beugt sich vor und nimmt meinen linken Nippel in den Mund. Die feuchte Hitze und die Reibung von seiner Zunge – etwas rauer als ich erwartet hatte – machen mich verrückt, und als er anfängt, mich langsam im gleichen Tempo mit seiner streichelnden Zunge zu wichsen, legt sich ein Nebel der Lust über mein Gehirn.

*Ja ... ja... Brandt ... ja ... gleich ... ja ...*

Und dann hört er auf.

Ich blinzele, dann öffne ich jammernd die Augen, von

denen mir gar nicht klar war, dass ich sie geschlossen hatte. Brandt kniet zwischen meinen Beinen und betrachtet vorgebeugt meinen Penis.

»Was ist denn das?«, fragt er, und ich versuche, genügend Gehirnzellen zusammen zu kratzen, um ihm folgen zu können. »Oh, jetzt verschwinden sie wieder«, fügt er hinzu, und es macht Klick.

»Die Stacheln? Äh ... die treten immer aus, wenn ich kurz vor dem Erguss bin.« Ich atme durch. »Was jetzt nicht mehr der Fall ist.«

»Geduld«, murmelt er und streicht mit den Fingern sanft über meine Hoden. Es ist fast ein bisschen kitzelig, aber auf eine sexy Art. Mir stockt der Atem, und er wirft mir einen belustigten Blick zu. »Nicht genug, um dich zum Kommen zu bringen? Wie ist es damit ...«

Er beugt sich etwas weiter nach unten und nimmt meine Eichel in seinen heißen Mund. Beim Anblick seiner Lippen, die sich um mich schließen, verdrehen sich meine Augen wie von selbst.

Das muss ausgereicht haben, denn plötzlich spüre ich eine leichte Berührung an meinen Stacheln und komme auf der Stelle.

Als ich wieder geradeaus gucken kann, sehe ich Brandt vor mir auf den Fersen hocken und sich die Lippen lecken.

»Sorry«, murmele ich. »Kam nicht mehr dazu, dich zu warnen.«

Er grinst. «Das braucht dir nicht leid zu tun. Die Stacheln sind also empfindlich?«

Ich kann nicht fassen, dass er sich jetzt über Anatomie unterhalten möchte, wo doch ein Teil seiner eigenen Anatomie sehr deutlich nach Beachtung verlangt.

»Ja. Sehr empfindlich.« Ich mustere seinen Schwanz. Ob ich ihn immer noch nicht anfassen darf?«

»Ich dachte, sie würden sich spitz anfühlen, aber das war gar nicht der Fall.«

»Es sind Knorpel. Nicht dazu da, zu verletzen, nur, um ... an Ort und Stelle zu halten, könnte man sagen. Müssen wir das wirklich jetzt besprechen?«

Er streichelt meinen Schwanz, der sofort wieder zum Leben erwacht. Ein Vorteil am Shiftersein: Wir brauchen quasi Null Erholungsphase. »Wir könnten natürlich auch andere Dinge machen.«

*Yes.* Ich will mich aufsetzen und ihn anfassen, aber er schüttelt den Kopf, und ich lasse mich zurück sinken. Innerhalb von Sekunden hat er das Gleitgel vom Nachttisch genommen, dann spüre ich seinen nassen Finger an meinem Eingang. Instinktiv spannt sich der Schließmuskel, dann lockert er sich wieder, und ich schaudere.

Das wird super. Es ist so lange her, dass ich einen echten Schwanz in mir drin hatte.

Obwohl wir beide keuchen und bereit sind, nimmt er sich Zeit, mich zu dehnen, bis ich ihn darum anflehe, endlich loszulegen. Dass ich ihn nicht berühren darf, macht mich so scharf – ich will mich am liebsten einfach um ihn winden und mich an seinem Körper reiben.

Endlich bringt er seinen Schwanz mit leichtem Druck an meinem Po in Position – zu schwach, um einzudringen, aber genug, um mir Lustimpulse durch den ganzen Körper zu schicken.

Dann schiebt er sich mit einer einzigen, langen Stoßbewegung hinein.

Ich hatte recht – diese Rillen fühlen sich großartig an. Jede einzelne dehnt mich wieder aufs Neue.

Brandt stützt sich mit den Unterarmen rechts und links von mir auf der Matratze ab, beugt den Kopf, um mir einen langen, nassen, *himmlischen* Kuss zu geben, dann macht er sich an die Arbeit und stößt in mich hinein, als sei er auf einer Mission.

Und ich brauche gar nichts zu tun, außer es geschehen zu lassen.

Es zu spüren.

Die Rillen bleiben eine nach der anderen an meinem Muskelring hängen und werden fest hinein gedrückt. Es stimuliert alle Nervenenden, und ich spüre Welle um Welle der Sinnlichkeit.

Ich betrachte sein Gesicht, und wie es sich verzieht aufgrund der Lust, die ich ihm schenke.

Dann überrollt mich der Orgasmus in einer heftigen, langen Welle, und das Letzte, was ich noch merke, bevor alle zusammenhängenden Gedanken eingestellt werden, ist Brandts Aufschrei, während ich mich um ihn verenge.

BRANDT und ich haben im Laufe der Nacht noch drei weitere Male Sex. Das erste Mal erwache ich, weil ich spüre, wie er seinen Unterleib langsam rhythmisch an meinem Hintern reibt. Sobald ich ein Geräusch von mir gebe, sagt er: »Gut, du bist wach!«, schiebt mir zwei mit Gleitgel befeuchtete Finger rein und wenige Momente später seinen gigantischen Schwanz. Ich stöhne auf, weil es brennt, mein Schließmuskel protestiert, weil ich nicht genügend gedehnt wurde, aber dann ändert er den Winkel so, dass er gegen meine Prostata stößt, und ich vergesse alles um mich herum.

Das zweite Mal weckt er mich mit dem Mund an meinen Eiern, lutscht mich leer, dann bugsiert er mich auf Hände und Knie und nimmt mich so heftig, dass mein Kopf ans Kopfende knallt. Mir ist das egal. Wir schlafen ein, während er noch in mir drin steckt, nachdem er schwer auf meinen Rücken gesunken ist.

Das dritte Mal wache ich davon auf, dass ich ihn, immer noch steif, in meinem Hintern fühle. Er schläft, aber wir haben uns irgendwann bewegt und liegen jetzt auf der Seite. Sein Arm liegt schwer um meine Taille und hält mich fest, was wahrscheinlich der Grund dafür ist, dass sein Schwanz nicht heraus gerutscht ist. Ich bewege leicht die Hüften und das Gefühl, das ich dabei bekomme, weckt meinen Schwanz aus dem Tiefschlaf. Ich schiebe die Hand hinunter um mich zu streicheln, und fühle mich unter der Berührung steifer werden. Ich könnte mir einen runterholen, während Brandt in mir drin steckt. Vielleicht würde er davon aufwachen und mitmachen.

Aber es dauert nicht lange, bis mir klar wird, dass das nicht ganz reichen wird. Ich will mehr als mich von ihm ausgefüllt zu fühlen, während ich mich mit der Hand befriedige. Ich will Reibung. Ich will, dass er zustößt.

»Brandt«, sage ich leise und wackele etwas mit dem Po, um seine Aufmerksamkeit zu erregen. Sein steifer Schwanz zuckt leicht in mir, und ich atme scharf ein.

»Mmm«, brummt er.

»Brandt«, sage ich wieder, und er rührt sich.

»Was denn?«, fragt er mit schlaftrunken rauer Stimme, und ich bin nicht ganz sicher, ob er tatsächlich wach ist.

»Wach auf. Ich will vögeln.«

Er stöhnt leise. »Schlafen.«

Ich bin empört. »Brandt, ich bin geil und will gefickt werden. Du steckst schon in mir drin – du musst einfach nur stoßen.«

»Mach du das«, murmelt er und ist schon wieder eingeschlafen. Ich bin etwas beleidigt, dass er dabei weiter schlafen kann.

Na gut. Er will nicht wach werden? Ich soll mich um die Stöße kümmern? Kann ich machen.

Er hat den Arm sehr fest um meine Mitte gelegt, also habe ich nicht viel Bewegungsraum, und auf der Seite liegend habe ich auch nicht viele Möglichkeiten, mich abzustützen. Aber ich bin gelenkig. Ich mache Yoga. Ich kriege das hin.

Mit einer Hand an meinem Schwanz wichse ich stetig, dann bewege ich meine Hüften und gleite vor und wieder zurück auf Brandts Schwanz.

Hm. Der Winkel stimmt noch nicht ganz. Das geht noch besser.

Ich winkele das obere Bein an, drehe es von der Hüfte aus auf und stelle den Fuß auf dem Bett ab.

Ohhhhhh. Viel besser.

Jetzt trifft Brandts langer, dicker Schwanz genau da auf, wo ich es brauche, wenn ich die Hüften bewege. Die Rillen stimulieren meinen Eingang und alle Nervenenden. Jetzt kann ich mich viel besser abstoßen, also ist mehr Kraft hinter der Bewegung, auch wenn sie klein ist. Es dauert nicht lange, bis ich schwer atme und leise wimmere, die Stacheln an meinem Schwanz austreten, so kurz davor, so kurz davor, so...

Brandt erwacht mir einem Ruck hinter mir. »Was—«

Ich schreie auf und komme so heftig, dass mir schwarz vor Augen wird, und mein Schließmuskel krampft sich fest um Brandt zusammen. Als ich wieder sehen kann, fühle ich erkaltendes Sperma an der Hand und höre Brandt hinter mir keuchen.

»Du unartiges Ding«, murmelt er, sein Atem heiß an meinem Hals. »Hast mich benutzt, um dich zu befriedigen, hm?«

»Du hast gesagt, dass ich darf«, presse ich hervor, immer noch high von meinem Orgasmus. »Danke.«

»Und? Wirst du zu Ende bringen, was du angefangen hast?«, fragt er, während er eine kleine Bewegung macht. Mir wird klar, dass er noch nicht gekommen ist und immer noch steinhart in meinem Hintern steckt.

Ich stöhne. »Zu müde. Mach du.« Er beginnt, sich zurück zu ziehen, aber ich halte ihn auf. »Ich mein's ernst.«

»Aber du bist–«

»Brandt, fick mich, bis ich nichts mehr spüre außer dir.«

Ein Grollen entringt sich ihm, und ich schmunzele in mein Kissen, als er wieder zustößt. Ich bin wund, und müde, und hatte gerade den heftigsten Orgasmus meines Lebens, aber es ist trotzdem unglaublich gut, zu spüren, wie er in mich rein stößt, so von seiner Lust überwältigt, dass er ganz vergessen hat, was für ein Gentleman er ist.

Mein Schwanz meldet halbherzig Interesse an — verdammtes Durchhaltevermögen des Shifters — als er hinter mir aufbrüllt und sich krampfhaft um mich schlingt. Ich ignoriere ihn. Brandt fällt hinter mir aufs Bett und schnappt nach Luft, ein warmes, wohtuendes Gewicht an meinem Rücken. Einen Augenblick später zieht er sich vorsichtig zurück.

»Wer hätte das gedacht, dass es so viel Arbeit wird, dich zufrieden zu stellen?«, murmelt Brandt und schlingt wieder seinen Arm um mich. »Ich merke schon, dass mir mit dir nicht langweilig werden wird.«

Ich schmunzele, während mir die Augen zufallen. »Du nimmst am besten immer schön deine Vitamine.«

# KAPITEL 7



ICH ERWACHE ENTSPANNT, rundum befriedigt und warm. Eine Nacht mit Sex zu verbringen ist wirklich nicht zu verachten. Besonders mit jemandem wie Percy. Er macht einen so beherrschten und gefassten Eindruck, aber wenn man ihm diese Hemmungen nimmt ... wow.

Ich lächle bei der Erinnerung, dann drehe ich den Kopf zu der Stelle, an der er eigentlich liegen sollte. Dass er nicht da ist, weiß ich natürlich. Meine Sinne sind vielleicht nicht ganz so scharf wie seine, aber ich hätte auf jeden Fall gemerkt, wenn eine weitere Person im Raum wäre. Aber die zerwühlte Bettwäsche und der Abdruck auf dem Kissen geben mir ein Glücksgefühl.

Dann sehe ich die Uhrzeit und springe aus dem Bett, verfange mich in der verdammten Bettwäsche und kann noch knapp verhindern, mir an der Nachttischkante eine Gehirnerschütterung zu holen. Wie konnte ich nur so verschlafen?

Das Ziehen in meinen strapazierten Muskeln auf dem

Weg ins Bad ist Antwort genug, und ich grinse, während ich meinen morgendlichen Bedürfnissen nachkomme und dann die Dusche anstelle. Percy war nicht allzu lange vor mir hier, denn in der Luft liegt eine leichte Feuchtigkeit und das Handttuch auf dem Halter ist noch nass. Außerdem hat er die Pyjamahose, die er gestern keine fünf Minuten getragen hat, säuberlich zusammen gefaltet auf den Waschtisch gelegt. Ich denke an den nassen Fleck im Schritt zurück, der sich gebildet hat, als wir angefangen haben, und greife danach. Ich will nur einmal schnuppern, bevor ich unter die Dusche steige und ihn von mir abwasche ... vorübergehend jedenfalls.

Dabei fällt etwas heraus auf den Boden, und ich runzele die Stirn. Was ...?

Ich hebe es auf und schüttele es aus, aber mein Gehirn braucht länger als es sollte, um zu erkennen, was ich da in der Hand halte.

Ein Höschen. Um genau zu sein, ein weiches, spitzenbesetztes, sehr sexy rotes Höschen, das so aussieht, als hätte es einen sehr hohen Beinausschnitt ...

Ich schlucke heftig.

Ob das Percy gehört? Es muss so sein. Ich stelle mir vor, wie er darin aussieht, und kann mich gerade noch zurückhalten. Am liebsten würde ich sofort losrennen und ihn im ganzen Haus suchen.

Tief atmen. Das würde ihm nicht gefallen. Ich kenne vielleicht nicht all seine Gedanken, aber ich weiß schon, dass er eine diskrete, zurückhaltende Person ist. Es würde mir keine Pluspunkte bringen, ihn mir über die Schulter zu werfen und ihn wieder nach oben zu schleppen, während ich nackt bin und seine Spitzenunterwäsche schwenke, so dass jeder sie sieht.

Außerdem hat er sie so sorgfältig in die Hose gesteckt,

dass es scheint, als wollte er nicht, dass ich sie sehe. Das muss ich respektieren ... vorläufig jedenfalls.

Seufzend falte ich die Hose wieder zusammen und lege sie auf den Waschtisch, dann schiebe ich Percys entzückendes kleines Geheimnis zwischen die Falten. Ich bin schon zur Hälfte fertig geduscht, als mir klar wird: Wenn Percys Höschen hier sind, dann bedeutet das ...

Ich stöhne. Irgendwo hier im Haus läuft mein köstlicher kleiner felider Shifter ohne Unterwäsche herum. Unterhält sich mit anderen Leuten ohne Unterwäsche. Der Stoff seiner Hose an seinem nackten Po, an seinem Schwanz, seinen Eiern.

Ich war noch nie so schnell fertig mit Duschen. Nur meiner natürlichen Grazie ist es zu verdanken, dass ich nicht auf den nassen Fliesen ausrutsche, als ich aus der Duschkabine stürze und nach einem Handtuch greife.

Als ich in der Küche ankomme, finde ich Percy, Wil und Kethe im Gespräch. Ich bin vom Sprint durch die Flure außer Atem. Dieses Haus fühlt sich wesentlich größer an, wenn ich verzweifelt auf der Suche nach meinem Schatz bin.

»Alles okay?«, fragt Kethe mit hochgezogenen Augenbrauen vom Herd aus.

»Natürlich«, erkläre ich, als sei es ganz normal, dass ich hier rein rase, als sei ich auf der Flucht. »Ich habe nur – äh – Appetit. Auf Frühstück«, füge ich hastig hinzu, für den Fall, dass jemand gedacht hat, dass es etwas anderes heißen soll.«

Wil lacht spöttisch.

Okay. Vielleicht haben sie erraten, dass es mir gerade nicht in erster Linie um Bacon geht.

Ich sehe Percy an, der mit belustigter Miene aus einem Becher trinkt, und mir wird klar, dass ich ihn nicht bitten

kann, mit nach oben zu kommen und sich wieder auszuzie-
hen, ohne dass man sich ein Leben lang über ihn lustig
machen wird.

Also lasse ich mich mit einem tiefen Seufzer auf den
Stuhl neben ihm sinken und schnuppere, während Kethe
mir einen Teller Toast bringt.

»Warmes Frühstück?«, fragt sie, und ich nicke.

»Ja, bitte.« Kethe kocht zwar erst wenige Jahre mit den
auf der Erde üblichen Lebensmitteln, aber sie ist eine großartige Köchin, genau wie früher zu Hause. Ich bestreiche
meinen Toast mit Butter, und sie schlägt Eier in die Pfanne.
»Was trinkst du da?«, frage ich Percy. Es riecht nicht wie
Kaffee.

»Tee«, erwidert er und nimmt noch einen Schluck von
der dampfenden Flüssigkeit.

Ich runzele die Stirn. Ich wusste gar nicht, dass wir Tee
im Haus haben. Gestern Nachmittag, als wir uns in der
Küche einen Imbiss geholt haben, hatte er Kaffee höflich
abgelehnt, und als Kethe ihn gefragt hat, ob er lieber etwas
anderes hätte, hat er gefragt, ob wir Tee haben – heißen
Tee. Kethe war untröstlich, zugeben zu müssen, dass wir
keinen hatten.

Wo kommt er also her?

Ich schaue zu Kethe hinüber, aber noch bevor ich fragen
kann, erklärt Wil: »Fabian ist gestern Abend noch ausgegangen und hat auf dem Rückweg welchen mitgebracht.«

»Und ich bin so dankbar«, fügt Percy hinzu.

Kethe lehnt sich an den Tresen und nimmt ihre eigene
Tasse zur Hand. »Ich muss gestehen, dass ich ihn mag. Alle
waren so begeistert von Kaffee nach unserem Umzug, aber
das hier ist viel beruhigender – viel mehr wie das, was wir
früher hatten. Und du sagst, es gibt verschiedene Sorten?«

»Sehr viele«, versichert ihr Percy. »Kommst du

manchmal in die Stadt? Es gibt einen ausgezeichneten Teeladen, der Teesorten aus der ganzen Welt anbietet. Ich kann dir auch eine Website empfehlen, von der man online bestellen kann. Die haben ein sehr gutes Versuchspaket, mit dem du anfangen könntest.«

»Ich möchte auch einen«, erkläre ich. Ich habe mich schnell an Kaffee gewöhnt, insbesondere mit all den Sirup- und anderen Zusätzen, aber dieser Tee klingt auch nach einer Erfahrung, die ich mir nicht entgehen lassen will.

Kethe seufzt, als wäre ich anstrengend, dann deutet sie auf den Schrank, in dem sie die Kaffeebohnen aufbewahrt. Ich stehe mit einem Stück Toast in der Hand auf, mache den Küchenschrank auf und finde eine Packung darin, die ich noch nie gesehen habe. In der Packung sind komische kleine Beutel, an denen Schnüre befestigt sind. Ich ziehe einen heraus.

»Das da?« frage ich zweifelnd.

»Ja. Das ist ein Teebeutel«, erklärt Percy geduldig. »Es gibt losen Tee, der normalerweise besser ist, aber nicht im Supermarkt. Teebeutel sind dafür praktischer und einfacher zu nutzen. Du musst nur kochendes Wasser darüber gießen.«

Ich nehme das ulkige kleine Päckchen mit zur Spüle, an der ein besonderer Wasserhahn angebracht ist, aus dem man auf Knopfdruck kaltes, kochendes und Mineralwasser zapfen kann. Kethe war wie verzaubert, als sie ihn das erste Mal gesehen hat. Ich stelle auf kochendes Wasser ein und bin kurz davor, laufen zu lassen, als Percy ausruft: »Du brauchst eine Tasse! Gib den Teebeutel erst in eine Tasse!«

Oh. Ja, das klingt sinnvoll.

Wil und Kethe kichern, und ich hole mir einen Becher und lege den Teebeutel hinein, dann wird mir klar, wie der Prozess funktioniert, und ich lasse die Schnur über den

Rand baumeln. Eine wirklich intelligente Methode, um sich nicht die Finger zu verbrennen. Und so einfach!

Wils Räuspern unterbricht meine Bewunderung der Schnur am Teebeutel, und ich trete wieder zur Spüle und gebe kochendes Wasser in den Becher. Das Wasser nimmt sofort eine andere Farbe an, und ich muss zugeben, dass der aufsteigende Duft ziemlich angenehm ist.

»Und jetzt ziehe ich den Beutel einfach heraus und trinke?«, frage ich. Percy springt vom Tisch auf und kommt zu mir, um in meinen Becher zu spähen.

»Nein, er muss noch etwas ziehen. Nur ein paar Minuten.«

»Du kannst inzwischen anfangen zu essen«, kommt Kethes Anweisung, und ich beiße schuldbewusst in den Toast, den ich noch in der Hand habe, während Percy und ich zum Tisch zurückkehren.

»Hast du schon gegessen?«, frage ich, und er nickt.

»Ja, ich hatte ein wunderbares Frühstück. Jetzt trinke ich eine zweite Tasse Tee und unterhalte mich mit Kethe und Wil.«

»Wusstest du, dass Percy in England aufgewachsen ist, Brandt?«, fragt Wil, während Kethe mir einen Teller mit Rührei und Schinken reicht. Mein Magen knurrt.

»Nein«, antworte ich und nehme eine Gabel zur Hand. »Obwohl ich es mir vielleicht hätte denken können. Dein Akzent klingt ein bisschen anders als ich es von hier kenne.«

»Ja«, gibt Percy lächelnd zu. »Er ist mit den Jahren ein bisschen verblasst, aber ich klinge immer noch deutlich britisch, oder? Warst du schon öfter in England? Es haben sich einige Drachen dort angesiedelt, oder?«

Ich nicke, denn ich habe den Mund voller perfekt

gewürztem Rührei. Kethe ist einfach unglaublich. Zum Glück nimmt Wil mir die Antwort ab.

»Es gibt zwei Drachengruppen in Großbritannien«, sagt er. »Keine davon besonders groß, und es sind hauptsächlich ungebundene Singles und kinderlose Paare. Brandt war ein paarmal zu Besuch, ist aber nie lange geblieben.«

Ich schlucke und füge hinzu: »Das Wetter ist seltsam dort. Ich war mitten im Sommer da, und es war sehr kalt. Und regnerisch.«

Er nickt und sagt mit schiefem Lächeln: »Das kommt vor. Es ist mit ein Grund für meinen Umzug hierher.«

»Ich dachte, du bist hierher gekommen, weil du Luzifer wurdest«, sagt Wil, aber Percy schüttelt den Kopf.

»Nein. Das Hauptquartier des CSG ist dort, wo der Luzifer gerade lebt – im Lauf der Jahrtausende ist es ganz schön oft umgezogen. Ich war bereits in den USA, als ich Luzifer wurde, also ...« Er zuckt die Achseln. »Und da es auch Sams Zuhause ist, wird es vorerst auch nicht umziehen. Aber wer weiß, wo der nächste Luzifer leben wird?«

»Das gefällt mir«, sage ich, während ich meinen Tee betrachte. Die Farbe ist jetzt sehr kräftig. »Wir Drachen halten – hielten – es genauso. Es ist schwer genug, plötzlich von der Lebensmacht solche Verantwortung aufgeladen zu bekommen; dann auch noch sein ganzes Leben auf den Kopf stellen und umziehen zu müssen, wäre viel verlangt.«

»Genau. Du kannst den Teebeutel jetzt herausnehmen.« Er bietet mir seine leere Tasse an, um ihn hineinzulegen, und ich beeile mich, der Aufforderung nachzukommen. Ich bin wirklich gespannt, diesen Tee zu probieren. Seit ich zur Erde zurückgekommen bin, habe ich so viele neue Erfahrungen gemacht, die es bei meinem letzten Besuch einfach noch nicht gegeben hat.

Als ich den Becher zum Mund führe, schlägt er vor: »Nimm erst mal einen kleinen Schluck. Wenn du nicht sicher bist, ob es dir schmeckt, können wir ausprobieren, Milch oder Zucker hinzuzugeben – oder beides. Oder Zitrone.«

Oooh, das klingt nach Spaß! Folgsam nehme ich einen kleinen Mundvoll und lasse den Geschmack auf der Zunge zergehen, bevor ich schlucke. Es schmeckt ganz anders als Kaffee, aber Kethe hat recht – der Geschmack ist viel vertrauter. Ich stelle den Becher ab und hole ein paar Tassen. »Ich will ihn mit allen Zusätzen probieren«, erkläre ich. »Aber ich mag ihn.«

Kethe verdreht genervt die Augen, aber Wil hilft mir, die Tassen zum Tisch zu tragen und stellt sie auf, während ich Milch, Zucker und eine Zitrone hole.

Percy betrachtet die Tassen. »Könnte sein, dass du mehr Tee kochen musst«, schlägt er vor. Ich verziehe überheblich das Gesicht.

»Ich brauche nur eine kleine Kostprobe. Ich bin ein Drache. Wir haben sehr hochentwickelte Geschmacks- knospen.«

»Ich verstehe.« Das klang ganz ernst, aber in seinen Augen blitzt es, also vermute ich, dass er innerlich lachen muss. Das ist okay. Ich mag sein Lachen.

Vorsichtig schütte ich kleine Mengen Tee in alle Tassen, dann gebe ich unter Percys Anleitung entsprechend kleine Mengen Milch, Zucker, Milch und Zucker, und Zitrone dazu.

»Der Tee wird inzwischen kalt sein«, prophezeit Kethe, als wir fertig sind. »Vor allem in so kleine Portionen aufgeteilt.«

Ich schaue nervös zu Percy. »Würde das den Geschmack beeinflussen?«

Er zuckt die Achseln. »Tee schmeckt immer besser heiß, aber der Geschmack wird mehr oder weniger der Gleiche sein. Deine hoch entwickeltem Geschmacksknospen werden schon zurecht kommen.«

Könnte sein, dass er mich verspottet. Ich bin nicht ganz sicher, denn er klingt ganz ernst. Egal. Ich werde meinen Geschmackstest durchführen, so oder so.

Ich weiß sofort, dass Tee mit Milch mir nicht schmeckt. Selbst als ich Zucker dazugebe, schmeckt das einfach falsch. Aber nur mit Zucker mag ich, und mit Zitrone auch.

»Ob ich Zucker zu der Zitrone geben könnte?«, frage ich mich laut, dann nehme ich noch einen Schluck.

»Du könntest auch Honig zur Zitrone geben«, schlägt Percy vor. »So trinke ich ihn, wenn ich Halsschmerzen habe.«

Wil, der alle Tassen nach mir probiert hat, sagt: »Wie ist es mit Milch und Honig? Lass uns das ausprobieren.« Er betrachte den Tisch. »Wir brauchen mehr Tee.«

»Milch mag ich nicht, aber wir brauchen mehr Tee. Wir müssen die perfekte Mischung finden.« Da fällt mir etwas ein, das Percy vorhin sagte. »Hattest du von verschiedenen Teesorten gesprochen?«

»Ja, es gibt viele. Und Mischungen und Aromatisierungen. Das hier ist eine recht durchschnittliche Teemischung. Es gibt reine schwarze Teesorten, ausgezeichnete Mischungen, außerdem grünen Tee und Oolong – und Kräutertees.«

Wil und ich sehen uns an.

»Eine Teeprobe?«, fragt er.

»Eine Teeprobe!«, erkläre ich. »Wir müssen eine Teeprobe organisieren. Jeder soll den perfekten Tee für sich entdecken! Wir werden es die Tee-Versuchung nennen!«

»Äh«, sagt Percy, aber Kethe stimmt zu, während sie aufräumt.

»Kauft auch Früchtetee, wie in der Fernsehwerbung.«

»Ich werde diese Woche einen Teeladen ausfindig

machen und eine große Auswahl kaufen«, verspreche ich. »Wir machen die Teeprobe nächsten Samstag. Wil, du bist zuständig für die Einladungen. Jeder Drache, der möchte, ist willkommen.«

»Es könnte schlimmer sein«, sagt Percy nachdenklich vor sich hin. »Tee hat noch nie jemandem geschadet.«

»Wir sollten Kuchen dazu essen«, schlägt Wil vor. »Im Fernsehen gibt es immer Kuchen und Kekse zum Tee, nur heißen sie da aus irgendwelchen Gründen Biskuits. Und kleine Sandwiches.«

»Du hast ein Britbox-Abo, stimmt's?«, fragt Percy.

»Wir haben hier *alle* Abos«, sagt Kethe. »Und Kabel. Wir müssen viel Fernsehen nachholen.«

»Stimmt das?«, frage ich Percy. »Sollen wir Kuchen und Kekse und kleine Sandwiches dazu essen?«

»Das muss nicht sein«, sagt er seufzend. »Es ist keine Regel oder so. Eine gute Tasse Tee ist auch für sich genommen ganz wunderbar.«

Wir warten, und er seufzt noch einmal.

»Aber manchmal ist Kuchen dazu ganz schön«, räumt er dann ein.

Ich werfe Kethe einen bittenden Blick zu.

»Also gut«, sagt sie zustimmend. »Aber denkt bloß an die Früchtetees.«

»Mach ich, versprochen.« Was für ein Spaß! Vielleicht sollten wir uns ein Punktesystem ausdenken?

Ich erwähne das, aber Wil schüttelt den Kopf. »Das Ziel ist, den perfekten Tee für jede Person zu finden«, ermahnt er mich, »und nicht, die beste aller Sorten zu finden.«

»So – das war sehr interessant«, sagt Percy und steht auf. »Aber ich muss mich dann glaube ich verabschieden.«

Alle Gedanken an die Tee-Versuchung sind plötzlich

wie weggeblasen. »Du *gehst* wieder?« Wie kann er denn einfach ... gehen?

»Ich hatte ursprünglich gar nicht vor, zu bleiben«, sagt er. »Ich muss zurück, um David zu beweisen, dass du mich nicht mit niederträchtigen Absichten gekidnappt hast. Und ich brauche frische Kleidung.«

Ich muss sofort wieder an die roten Höschen denken, und an die Tatsache, dass Percy »alles hängen lässt«, wie Dustin es einmal ausgedrückt hat. Mir fällt absolut nichts ein, das ich sagen könnte.

Alle schauen mich an und warten, dass ich spreche. Etwas zu Percy sage.

»Gliep«, presse ich hervor, was mich außerordentlich stolz macht. Ich räuspere mich. »Wirst du ... äh ...« mein Blick wandert wie von allein in seinen Schritt. Wenn er sich bewegt, kann ich vielleicht etwas ... sehen. »Äh ...«

»Brandt, nun hör schon auf, Percy auf den Pimmel zu gucken«, sagt Kethe entnervt, »Sonst denkt er noch, dass du ein Tier bist, und wir wollen gerne, dass er wiederkommt.«

Ich hebe mühsam den Blick und funkele Kethe an. »Ich gucke ihm überhaupt nicht auf den Pimmel.« Eine Lüge, irgend etwas ... »Ich habe seinen Reißverschluss angesehen.«

Kethe und Wil drehen sich um und schauen Percy in den Schritt. Percy hält seine Hand davor.

»Geht's noch?«, fragt er, lacht aber dabei.

»Was ist denn mit dem Reißverschluss?«, fragt Wil. »Nimm mal die Hände weg, Percy.«

»Was macht ihr da?«, kommt eine Stimme in meinem Rücken, und ich sehe Fabian hereinstolpern. Er trägt nur Boxershorts, was die vielen, vielen, vielen Knutschflecken und Bissstellen an seinem Oberklörper klar erkennen lässt. Seine Haare stehen nach einer Seite ab.

»Hast du dich mit einem Vampir eingelassen?«, fragt Wil, von der Betrachtung von Percys Hose abgelenkt. »Oder warst du bei einem Rollenspiel das Kauspielzeug für einen Höllenhund?«

»Ich kann ja nichts dafür, dass ich so köstlich bin«, sagt Fabian selbstzufrieden, während er augenreibend die Kaffeekanne ansteuert. »Es war übrigens ein Mensch, wenn ihr es ganz genau wissen wollt. Das mit dem Heureka stimmt übrigens nicht. Ich war sehr enttäuscht.« Er gießt sich einen Becher Kaffee ein, lehnt sich an den Küchentresen und trinkt einen Schluck. »Was ist denn mit Percys Pimmel nicht in Ordnung?«

»Gar nichts!«, ruft Percy empört aus.

»Der Reißverschluss, nicht sein Pimmel«, erklärt Kethe, und wieder drehen wir uns alle um, um den Reißverschluss anzustarren, sogar ich. Ich brauche einen Moment, bis mir wieder einfällt, dass es eine Lüge war, die ich *selbst* erfunden habe.

»Hat Wil dir schon von der Tee-Versuchung erzählt?«, frage ich schnell, in der Hoffnung, sie auf andere Gedanken zu bringen.

»Welche Tee-Versuchung?«, fragt Fabian, während Wil sagt:

»Wann hätte ich denn Gelegenheit dazu haben sollen?«

Ich winke mit beiden Händen. »Erkläre es ihm. Ich muss kurz etwas mit Percy besprechen.« Ich springe auf und nehme Percys Hand.

»Komm dich noch verabschieden«, ruft Kethe uns nach, während ich Percy in den Flur zerre.

»Mach ich«, antwortet Percy, dann sagt er zu mir:

»Wenn du Privatsphäre suchst, wirst du sie hier nicht finden, glaube ich – nicht ohne einen Zauber jedenfalls.«

Da hat er recht, und es ist ja nicht so, dass ich Geheimnisse habe, also bleibe ich mitten im Flur stehen und schaue ihn an. Im Hintergrund höre ich Wil und Fabian reden, also hören sie sowieso nicht zu.

»Wie kannst du mich einfach verlassen?«, frage ich. Das war nicht das, was ich eigentlich sagen wollte, aber jetzt ist es mir schon rausgerutscht.

Er sieht verwirrt aus. »Ich verlasse dich doch nicht. Ich fahre zu David, um mich umzuziehen und nach meinen Freunden zu sehen. Kommst du nicht sowieso morgen auch wieder in die Stadt?«

Schon. Aber das ist erst in *einem ganzen Tag*. Und ich muss morgen arbeiten, also hätte ich keine Zeit, den Tag mit ihm zu verbringen. Es werden über 30 Stunden vergehen, bis wir wieder richtig zusammen sein können.

Er wartet offensichtlich auf eine Antwort, also tue ich, was jeder reife Drachen-Flügelführer mit Selbstachtung in dieser Situation machen würde.

Ich schmolle.

Sofort lächelt er. »Ich will auch nicht von dir getrennt sein«, sagt er ernsthaft und wird ein bisschen rot dabei. »Aber ein bisschen Abstand wird gut für uns beide sein, um sicher zu gehen, dass wir das Gleiche wollen. Und ich kann morgen mit dir zu Mittag essen, wenn du Zeit hast.«

Ich verschiebe im Geiste schnell alle morgigen Termine, dann seufze ich abgrundtief und kummervoll. »Aber das ist noch der ganze heutige Tag. *Und* ... die Nacht.« Beim letzten Wort senke ich die Stimme, und Percy erschauert.

»Ich weiß«, flüstert er. »Aber–«

Der Klingelton von seinem Handy unterbricht ihn, und mit einer gewissen Erleichterung zieht er es aus der Tasche.

Ich nehme die Gelegenheit wahr, zu versuchen, da unten eine *besondere* Bewegung zu erspähen, habe aber kein Glück.

»Es ist Sam«, sagt er, dann nimmt er den Anruf an. »Hallo, Sam.«

Sams Antwort ist schrill und deutlich zu verstehen.

*»Du bist zu Brandt gefahren, um ihn zu verführen, und hast keinem von uns Bescheid gesagt?«*

Percy nimmt das Handy ein Stück weg vom Ohr und verdreht die Augen. »Sam–«

»Wie war's denn? War es gut? Ich wette, es war gut. Nein, keine Details – ich respektiere dein Recht auf Privatsphäre. Wirklich. Aber es war gut, oder? Brandt sieht so aus.«

Ich verschränke lächelnd die Arme vor der Brust. Wusste ich doch, dass Sam ein intelligenter Mann mit Auffassungsgabe ist.

»Brandt kann dich hören«, sagt Percy trocken, und nach einer kurzen Pause sagt Sam: »Upps. Hallo, Brandt.«

»Hallo, Sam«, sage ich, ohne die Stimme zu erheben. Shifter, Sie wissen schon. »Ich versuche gerade, Percy zu überreden, noch einen Tag zu bleiben und erst morgen mit mir in die Stadt zurück zu fahren.«

»Oh«, stöhnt Sam. »Tut mir so, so, so unendlich leid, Brandt, aber ich brauche Percy heute schon hier. Ich wusste gar nicht, dass er weg ist. Wir haben Staatsbesuch, und ich hatte erwähnt, dass Percy im Lande ist. Jetzt wollen sie ihn sehen, bevor sie heute Abend wieder fahren. Es tut mir so leid.«

Ich spüre den Stich der Enttäuschung, aber ich verstehe es. Seit die Lebensmacht mich zum Flügelführer gemacht hat, steht mein Leben im Dienst meines Volkes. Percy mag nicht mehr Luzifer sein, aber ich weiß, dass er Sam sehr gern hat und ihn gerne unterstützt.

»Wer denn?«, fragt er und Sam rattert ein paar Namen herunter, die mir bekannt vorkommen – ich glaube, sie gehören zur Delegation der Inkuben und Sukkuben, die ich im vergangenen Jahr in Nairobi getroffen hatte. »Oh, die würde ich gern sehen.« Er sieht zu mir auf und setzt eine entschuldigende Miene auf. »Tut mir leid, Brandt. Wir können aber morgen auf jeden Fall zusammen essen.«

»Und du wohnst nächste Woche bei mir«, sage ich entschieden. Er schürzt die Lippen, und ich fürchte schon, dass er nein sagen wird, aber er nickt.

»Okay.« Er beendet das Gespräch mit Sam, verspricht ihm, zum offiziellen Mittagessen da zu sein, dann schiebt er das Handy wieder in die Tasche und sieht mich an. »Tja …«

»Tja …«, wiederhole ich. »Du wirst mir fehlen.«

Er lacht leise. »Du wirst bis morgen gar keine Zeit haben, mich zu vermissen.«

Ich nicke entschieden. »Oh doch, das werde ich. Besonders, weil ich dich …« ich beuge mich vor und flüstere ihm ins Ohr: »wirklich gerne in den roten Höschen gesehen hätte.«

Er stolpert einen Schritt zurück, reißt seine Augen auf und wird knallrot. »Die hast du gefunden? Äh … hm …«

»Habe ich. Und sie haben mich so … verdammt … *scharf* gemacht.«

Er schluckt heftig. »W-wirklich?«

»Oh ja.« Ich schmiege mich an ihn und beuge mich hinunter, um ihn zu küssen, dann reibe ich aber nur meinen Mund an seinen Lippen. »Versprich mir, dass du sie nochmal anziehst.«

Ich spüre seinen Atem an meinen Lippen. «Ich trage sie nicht immer«, sagt er leise. »Nur zu besonderen Anlässen und wenn ich mich ... sexy fühlen will.« Das »sexy« ist fast lautlos.

Ich stöhne auf. »Ich kann mir nur vorstellen, wie sexy du darin aussiehst.« Mist, ich werde hart. Das ist kein Spaß, wenn er los muss und ich wieder mal auf meine Hand angewiesen bin.

Er presst sich gegen mich und reibt sich an mir, dann flüstert er: »Ich habe noch andere. Richtige Reizwäsche.« Dann tritt er zurück und grinst mich an. »Darauf kannst du dich schon freuen. Ich schreibe dir morgen wegen Mittagessen.«

Mir bleibt der Mund offen stehen, als er davon schlendert, mit einem Hüftschwung, der mir sagt, dass er weiß, dass ich ihm auf den Arsch gucke.

Ich bin ein Drache mit sehr viel Glück.

# KAPITEL 8

PERCY

MONTAGFRÜH STEHE ich im Gästezimmer bei David und Caolan, und starre mein Gepäck an, als würde sich dabei einfach eine Antwort auf mein Dilemma manifestieren.

Spoilerwarnung: Das ist nicht der Fall.

Stattdessen glotze ich meine Koffer an wie ein Depp. Mit einem Seufzer wende ich mich zur Tür. David kommt den Flur entlang, und ich bin fast sicher, dass es nicht um den Toilettengang vor dem Start ins Büro geht.

Und da klopft er auch schon an die angelehnte Tür und stößt sie auf. »Percy?«

»Bin soweit«, sage ich, dann füge ich mit Blick auf meine Koffer hinzu: »Fast.«

Er schaut ebenfalls mein Gepäck an, aber da er nicht so neurotisch ist wie ich, scheint er mein Dilemma nicht zu sehen.

»Hast du etwas vergessen? Du weißt doch, dass du hier alles benutzen kannst.«

Ich seufze auf und schüttele den Kopf. »Nein, ich habe

alles. Es ist nur … soll ich mein Gepäck mitnehmen? Wenn ich heute Abend zu Brandt ziehe, wäre es sicher vernünftig, gleich alles mitzunehmen, oder? Dann müsste man nicht extra zurück, um es zu holen. Oder ist das vielleicht zu anmaßend?«

Er sieht mich lange an, dann lacht er. »Percy, du hast doch gesagt, dass er ganz dramatisch geworden ist, weil du gestern gehen musstest. Dann hat er darauf bestanden, dass du die Woche mit ihm verbringst … wie sollte es da anmaßend sein, wenn du deine Sachen mitbringst?«

Ich zucke die Achseln, denn wenn er es so ausdrückt, klingt es in der Tat idiotisch. »Vielleicht habe ich zu viel darüber nachgedacht.«

»Ein ganz kleines bisschen«, sagt er zustimmend. »Lass mich helfen.«

Zu zweit bringen wir die Koffer mit Leichtigkeit ins Wohnzimmer, wo Caolan stirnrunzelnd auf das Display seines Handys starrt.

»Wir sind soweit«, sagt David, dann fragt er: »Stimmt etwas nicht?«

»Manche von diesen Leuten auf Instagram finden dich nicht toll genug.«

»Aha. Solange du mich toll findest, ist das okay für mich.«

»Ja.« Caolan starrt noch ein paar Sekunden das Handy an, dann schiebt er es in die Tasche. »Lasst uns gehen.«

Und im nächsten Moment schon hat er mitten im Wohnzimmer ein Portal geöffnet.

»Das verkürzt wirklich den Arbeitsweg«, sage ich zu David, der mir grinsend bedeutet, als erster durchzugehen. Ich trete durch das Portal in den Raum beim CSG, der diesem Zweck vorbehalten ist. Erst hatten die Elfen immer den Empfangsbereich genutzt, aber das wurde schnell kompliziert, also hat Sam die Schutzzauber für das Gebäude so überarbeiten lassen, dass dieser Raum davon ausgenommen ist. Das erfordert mehr Security, dafür ist es insgesamt sicherer.

Ich trete beiseite, um David und Caolan durchzulassen, dann schließt Caolan das Portal wieder und stößt die Tür zum Empfangsbereich auf. In diesem Raum standen früher der große Kopierer und die großen Drucker, aber da es der einzige geschlossene Raum ist, der an den Empfangsbereich anschließt, ergibt es Sinn, hier den Portalraum einzurichten. Die Geräte stehen jetzt woanders.

Candice, die Empfangsdame, sieht von ihrer Arbeit auf und quiekt: »Luzifer! Ich meine ...« sie lacht. »Upps! Percy Wie schön, Sie zu sehen.« Sie kommt mit ausgestreckten Händen um den Schreibtisch gelaufen, und ich nehme sie und drücke sie.

»Schön, Sie zu sehen, Candice. Und was ist denn das?«, frage ich mit einer Geste auf ihren beeindruckenden Babybauch. «Meinen Glückwunsch!« Ich weiß, dass Candice seit etwa 20 Jahren versucht, schwanger zu werden. Das ist für unsere Community gar nicht so lange, aber für Leute, die sich Kinder wünschen, fühlt es sich an wie eine Ewigkeit. Habe ich mir jedenfalls sagen lassen.

Sie strahlt und legt die Hände auf ihren Bauch. »Danke. Wir freuen uns so.« Mit Blick auf mein Gepäck fragt sie: »Oh, sind Sie ganz zurück?«

»Nur zu Besuch«, erkläre ich, denn genau genommen ist das bisher alles, worauf ich mich einlassen will. »Ich habe momentan keinen festen Wohnsitz.«

Sie will etwas antworten, wird aber von einem vertrauten Schrei unterbrochen. Grinsend sagt sie: »Dann überlasse ich Sie mal den anderen«, und ich drehe mich um, um Alistair zu begrüßen.

»Ich bin *sehr* böse mit dir, Percy. Wieso musste ich von anderen erfahren, dass du das Wochenende damit verbracht hast, mit Brandt nackte Drachenausritte zu machen?«

Hinter mir gibt Candice ein schockiertes Geräusch von sich. Der Empfang ist gerade nicht allzu voll, aber alle Anwesenden drehen sich um. Ich höre außerdem Schritte hinter der Sicherheits-Absperrung, was bedeutet, dass alle, die Alistairs tragende Stimme gehört haben – wahrscheinlich jede Menge, da hier viele Shifter arbeiten – auf dem Weg sind, um zu horchen.

»Es gab keine nackten Drachenausritte«, sage ich laut, während ich so tue, als wollte ich nicht sterben, und als wäre mein Gesicht nicht rot wie eine Tomate. »Keinen einzigen.«

Alistair wirkt skeptisch und enttäuscht zugleich. Er öffnet wieder den Mund, aber glücklicherweise mischt David sich ein.

»Lasst uns ins Büro gehen«, schlägt er vor und packt Alistair so fest am Arm, dass seine Knöchel weiß schimmern.

»Aua!«, ruft Alistair, aber anscheinend hat er David verstanden, denn er sagt nichts mehr. David dreht sich zu Caolan und gibt ihm einen Kuss auf die Wange.

»Bis später.«

»Bye«, sagt Caolan freundlich. »Al, Bro, ich schreib' dir später.«

David wirbelt herum. »Nein. Keine Nachrichten.«

Unser Publikum starrt ihn an.

»Geh einfach arbeiten«, sagt er zu seinem Lover, dann zerrt er Alistair in Richtung Sicherheitseingang. Caolan winkt und steuert den Fahrstuhl an, vermutlich, um sechs Stockwerke nach oben zu den Büros des Elfenkönigs und

Brandts zu fahren, und ich folge David und versuche, mich so zu verhalten, als wüsste jetzt nicht das halbe Gebäude, dass ich am Wochenende Sex mit Brandt hatte.

David lässt uns durch den Sicherheitseingang, und ich höre alle wieder an ihre Plätze huschen, bevor wir durch sind. Es stehen nur noch wenige Personen gespielt belanglos herum, als hätten sie nichts Besseres zu tun als auf Fluren herumzustehen.

»David«, sagt Alistair, »könntest du deinen Griff lockern, bevor ich die Blutzirkulation in meinem Arm noch ganz verliere? Ich mag diesen Arm. Es ist mein dominanter Arm. Es wäre wirklich blöd, wenn er abfallen würde.«

»Das ist gerade deine geringste Sorge«, sagt David und zerrt ihn weiter.

»Das sehe ich anders. Was habe ich sonst für Sorgen?«

»Dass ich dir deinen Pimmel abreiße und dir damit den Mund stopfe, damit du nicht mehr sprechen kannst.«

»Holla. Das ist aber sehr gewalttätig, David. Ich mag solchen Kram überhaupt nicht. Und außerdem bin ich in einer festen Beziehung – ahhh, ahhh! Okay, okay, okay, ich bin ja still.«

Ich muss wider Willen schmunzeln. Meine Freunde haben mir wirklich gefehlt.

Das Großraumbüro des Teams ist leer, als wir eintreten, und David lässt Alistairs Arm los, um ihn drohend anzufunkeln.

Alistair zieht die Nase hoch und reibt sich schmollend der Arm.

»Hat es einen bestimmten Grund, dass du Percy vor der halben Belegschaft bloßstellen musstest?«, will David wissen.

»Das war eine ganz ernst gemeinte Frage!«, protestiert Alistair. «Caolan hat gesagt, dass Hagen gesagt hat, dass

Wil ihm erzählt hat, dass Percy aufgetaucht ist und um einen nackten Drachenausritt gebeten hat. Ich wollte nur wissen, warum ich auf diese Weise davon erfahren musste.« Er sieht mich an. »Ich dachte, wir sind Freunde.«

»Ich glaube, ich muss mich übergeben«, murmele ich. »Wie viele Leute haben die Geschichte schon gehört?«

Alistair zuckt die Achseln.

Na super.

»Es ist nicht ganz so schlimm«, sagt David im vergeblichen Versuch, zu verharmlosen. »Ich kann mir jedenfalls nicht vorstellen, dass viele es glauben werden.«

Das hatte ich auch gehofft, aber gleichzeitig ärgert es mich, ihn das sagen zu hören. »Weil ich so unglaublich verklemmt bin, meinst du?«, frage ich bissig, und Alistair tritt mit aufgerissenen Augen einen Schritt zurück.

»Sachte, Percy ...«, flüstert er, und ich atme tief durch.

»Tut mir leid«, sage ich zu David, der ... lächelt?

»Wenn du tatsächlich so verklemmt wärst, hättest du das niemals gesagt«, erklärt er »Außerdem hätte ich dich vor Jahrhunderten schon davon kuriert. Du bist nicht dein Vater. Kapier' das endlich.«

Ich suche ratlos nach einer Antwort, aber er spricht weiter.

»Was ich meine ist, dass nicht viele Leute es glauben würden, weil sie dich für reserviert und schüchtern halten. Sie wissen nicht, dass du sehr wohl jemand bist, der bei einem Mann auftaucht und um einen nackten Drachenausritt bittet.«

»Das stimmt also tatsächlich?«, kräht Alistair beglückt. »Percy, ich wusste gar nicht, was in dir steckt!«

Ich muss wider Willen lachen, allerdings klingt es eher empört als alles andere. »Es stimmt zum Teil«, gebe ich zu. »Es war nicht so gedacht, dass das jemand hören soll. Ich habe nur ...« Wie soll ich das ausdrücken, ohne dass es komplett irre klingt? Andererseits spreche ich gerade mit Alistair, also spielt das eigentlich keine Rolle. »Ich habe nur versucht, mir eine Formulierung einfallen zu lassen, um Brandt darauf anzusprechen.«

»Darauf anzusprechen?« Alistairs Miene ist seltsam. »Auf Sex? Man fragt einfach: ›Willst du ficken?‹, oder leckt sich die Lippen und zwinkert.« Er macht es vor, und an ihm mag es ja sexy aussehen. Wenn ich es versuchen würde, würde es pervers und schräg aussehen.

»Wie dem auch sei«, unterbricht David. »Al – kann ich auf dich zählen, dass du diesem Klatsch einen Riegel vorschiebst? Percy und Brandt wollen es mit einer Beziehung versuchen, und anzügliche Anspielungen werden dabei keine Hilfe sein.«

Alistair salutiert. »Überlass das mir. Meine Bros und ich kümmern uns.«

David verdreht die Augen. »Ja, und übrigens – hör auf, Caolan mit diesem idiotischen Kram zu verderben.«

»Ich verderbe niemanden«, sagt Alistair ernsthaft. »Caolan ist der *Meister*.« Er geht, bevor David oder ich fragen können, was genau Caolan zum Meister macht.

DEN VORMITTAG VERBRINGE ich in Meetings. Ich bekleide zwar kein offizielles Amt mehr beim CSG, aber inoffiziell wird der ehemalige Luzifer als Berater sehr geschätzt; da Sam und ich Kollegen waren, würde er mich mit offenen Armen als Berater in Vollzeit einstellen, wenn ich es wollte.

Will ich aber gar nicht.

Glaube ich.

Nein, will ich nicht. Vielleicht in Teilzeit. Es ist nett,

Gesellschaft zu haben und mein Gehirn auch wieder für etwas anderes außer Lesen zu benutzen.

Das Gefühl der Vorfreude steigt, je näher die Mittagspause rückt, bis ich wirklich kaum noch still sitzen kann. Zum ersten Mal in meinem Leben verstehe ich, warum Höllenhunde so sind wie sie sind. Wenn sie sich fühlen wie ich, haben sie gar keine andere Chance als überschwänglich zu sein.

Extrem überschwänglich.

Okay, nein. Selbst mit der prickelnden Aufregung, die ich empfinde, kann ich mir nicht vorstellen, auch nur die Hälfte der Dinge zu tun, die Höllenhunde machen. Aber trotzdem beschließe ich um 12 Uhr 15, dass ich jetzt lange genug gewartet habe. Ich bin zwar erst um 12 Uhr 30 mit Brandt verabredet, aber es dauert ja auch einen Moment, bis zu seinem Stockwerk zu gelangen. Und es ist ja nichts Schlechtes, zu früh dran zu sein.

Ich erhebe mich beiläufig von meinem Platz an Ellies Schreibtisch und strecke mich, bemüht völlig sorgenfrei auszusehen.

»Ich gehe kurz etwas zu Mittag essen«, sage ich. Hier gibt's nichts zu sehen, Leute.

David schnaubt, ohne vom Computer aufzusehen.

»Mittagessen, soso?«, fragt Andrew mit einem boshaften Funkeln in den Augen. »Ich komme mit.«

Mir rutscht das Herz in die Hose. Alistair hat die Leute erfolgreich abgelenkt, obwohl ich den Verdacht habe, dass er dem Team alles erzählt hat, da mich bisher keiner von ihnen ausgefragt hat ... sehr ungewöhnlich. Aber jetzt scheint mein Glück mich zu verlassen.

»Nein, tust du nicht«, erklärt Noah.

»Aber ich bin hungrig«, widerspricht Andrew weinerlich. »Und ich hatte so lange keine Zeit allein mit Percy. Ich kenne ihn, seit er ein kleiner Junge ist. Er wird doch sicher mit mir plaudern wollen?«

»Du lieber Gott«, murmelt Noah.

»Ich bin verabredet«, sage ich entschlossen. »Wir können uns gern ein anderes Mal austauschen.«

»Und ich darf nicht mitkommen?«, fragt er kläglich.

»Nein«, sagen Noah, David und ich wie aus einem Mund.

Andrew seufzt. »Ihr seid alle sowas von gemein. Also gut. Dann komm doch einfach heute Abend zum Essen, Percy. Du kannst auch bei uns übernachten. Deine Sachen hast du ja schon mit«, fügt er hinzu und deutet auf meine ordentlich in der Ecke gestapelten Koffer.

»Geh einfach«, sagt Noah. »Ich kümmere mich um ihn.«

Ich mache mir nicht mehr die Mühe, zu antworten, und winke beim Hinausgehen. Andrew ist ein Guter. Er ist verlässlich und einer meiner ältesten Freunde – aber er kann einem wahrhaftig auf die Nerven gehen.

Trotz der Verzögerung und eines kurzen Plauschs mit Candice bin ich zu früh, als die Fahrstuhltüren zum Stockwerk der Elfen und Drachen aufgehen. Ich bin nicht sicher, was ich erwartet habe, aber es sieht aus wie jeder andere Empfang eines Unternehmens auch. Ich trete an den Tresen und spüre, wie mich der elfische Schutzzauber streift. Es fühlt sich ganz anders an als die von den Zauberern, die ich gewohnt bin.

Der süße Twink am Empfang, der mich anlächelt, sieht aus, als wäre er noch zu jung, zu wählen. Aber das Aussehen kann natürlich täuschen – Elfen und Drachen leben so lange sie wollen, und sie haben ziemlich gute Tricks, was Kaschieren und Anti-Aging angeht. Es ist sehr wahrscheinlich, dass dieser Elf dreimal so alt ist wie ich.

»Willkommen«, sagt er heiter. »Wohin darf ich Sie verweisen?«

»Ich bin hier, um Brandt zu sehen«, sage ich höflich. »Mein Name ist Percy Car–«

Er quiekt.

Genau. Er quiekt.

Und springt auf.

»Sie sind hier! Sie sind wirklich hier! Ich kann es kaum erwarten, allen zu erzählen, dass ich Sie kennenlernen durfte!«

Oha. Ich nehme mal an, Alistair hat den Tratsch auf diesem Stockwerk nicht unter Kontrolle.

»Äh ... danke. Ich freue mich auch, ...?«

»Dáithí. Oh, lassen Sie mich gleich Brandt Bescheid sagen. Er hat sich so gefreut, dass Sie kommen – er hat mir schon viermal eingeschärft, nach Ihnen Ausschau zu halten.«

Damit habe ich ein besseres Gefühl wegen meiner Ungeduld. Ich bin wohl nicht alleine damit.

Jemand kommt durch das Sicherheitstor und Dáithí winkt aufgeregt. »Tora, schau nur, Percy ist hier!«

Aha. So ein Tag wird das also.

Der Neuankömmling schnappt nach Luft – überrascht? Beglückt? Erzürnt? Wer weiß? – und ich mache mich schon auf etwas gefasst, aber da tritt außerdem eine mir bereits bekannte Person in den Empfangsbereich und bereitet dem Chaos ein Ende.

Mehr oder weniger.

»In Ordnung«, sagt Steffen mit zorniger Miene. »Warum steht Percy hier einfach herum? Warum hast du Brandt nicht längst benachrichtigt, Dáithí? Was führst du im Schilde?«

»Gar nichts führe ich im Schilde«, sagt Dáithí empört.

»Ich wollte ihm gerade Bescheid sagen.« Als wollte er das beweisen, greift er zum Hörer.

»Lass gut sein, ich übernehme das.« Steffens förmlicher Ton amüsiert mich, aber da er mir gerade einen Gefallen tut, verkneife ich mir das Lachen.

»Dankeschön«, sage ich zu Dáithí, dann folge ich Steffen durch die Sicherheitspforte. »Mit einem so freundlichen Empfang hatte ich gar nicht gerechnet«, sage ich, während Steffen mich einen Flur entlang führt. Mit einem Seitenblick fragt er: »War er ungezogen? Ich kann dafür sorgen, dass er sich entschuldigt. Anders als du vielleicht dachtest, hatte er nicht geplant, dich in Sicherheit zu wiegen und dann deine Organe auf dem Schwarzmarkt zu verkaufen und dich in einer Badewanne zu hinterlassen.«

»Oh, nein, das dachte ... darauf wäre ich überhaupt nicht gekommen. Wieso in einer Badewanne?«, kann ich mir nicht verkneifen.

Er zuckt die Achseln. »Ich weiß es nicht. In allen Geschichten über Organraub kommt vor, dass die Opfer in einer Badewanne aufwachen.«

Was soll ich dazu sagen? »Oh ... er hat nicht wirklich den Eindruck gemacht, als wäre er Organräuber, und ungezogen war er auch nicht. Nur begeistert.« Ich höre Brandts Stimme aus der Ferne, und schon habe ich ein Kribbeln im ganzen Körper – mit dem unterschwelligen Bedauern, die letzte Nacht nicht mit ihm verbracht zu haben.

»Was für einen Eindruck würde denn ein Organräuber machen?«, fragt Steffen. »Und warum geht man dann solchen Leuten nicht einfach aus dem Weg?«

»Kennst du Alistair?«, frage ich. »Du solltest wirklich mal mit ihm über diese Sache reden. Ich kenne mich damit nicht aus.« Ich kann nur hoffen, dass auch Alistair das nicht tut, aber er weiß einfach eine Menge seltsame Fakten. Vielleicht gelingt es ihm, Steffen in die richtige Richtung zu steuern.

Bevor Steffen etwas erwidern kann, geht vor uns eine Tür auf und Brandts Stimme – und sein Duft – sind so viel klarer erkennbar. Ich atme tief ein.

»... mich hier keine Sekunde länger aufhalten, die ich mit meinem besonderen Schatz verbringen könnte«, erklärt er lauthals allen, die sich in diesem Raum aufhalten – ich glaube, König Raðulfr, und noch ein paar weitere Personen, deren Duft mir ansatzweise bekannt vorkommt, die ich aber gerade nicht unterbringen kann. Ich zucke leicht zusammen, weil er mich seinen »besonderen Schatz« genannt hat – also ich hoffe, er meint mich damit. Ich wäre extrem sauer, wenn nicht. Andererseits ist mein Elfisch nach wie vor nicht allzu gut, also könnte er auch etwas ganz anderes gesagt haben.

»Niemand hält dich auf«, sagt der König geduldig. »Ich habe dich nur daran erinnert, dass du nach dem Essen wiederkommen sollst. Bring Percy mit. Ich habe ihn lange nicht gesehen.«

»Ich bin ein Freigeist, Raðulfr. Ich komme wieder, wenn mir danach ist. Vielleicht habe ich Lust, etwas anders zu machen.«

Ich drehe mich mit erhobenen Augenbrauen zu Steffen um. »Alles in Ordnung mit Brandt?« Er scheint etwas aggressiver Stimmung zu sein.

Steffen zuckt die Achseln. »Er mag es nicht, wenn man ihm seine Spielsachen wegnimmt.«

Noch bevor ich widersprechen kann – lauthals! – kommt Brandt aus dem Raum gestürmt. »Percy!«, ruft er aus, und ich habe nur Sekunden Zeit, mich bereit zu machen, dann reißt er mich in seine Arme.

Es ist schön.

Also gut, es ist unglaublich. Es fühlt sich an wie Nachhausekommen. All meine Unruhe ist wie weggeblasen, und Glück durchströmt mich. Was für ein Idiot ich war, zu denken, dass diese Sache zwischen uns nur sexuell sein könnte.

»Endlich bist du hier!«, sagt er atemlos, den Mund in meinen Haaren vergraben, und drückt mich an sich. Ich lächle.

»Schlimmer Vormittag?«, frage ich, anstatt ihn zu erinnern, dass es nur ein Tag war – und gestern Abend hatten wir telefoniert und heute Morgen geschrieben.

»Du warst nicht hier.«

Ohhhh.

»Und es gab keinen Ahornsirup mehr zum Frühstück«, fährt er bitter fort. Immerhin wurde ich zuerst erwähnt.

»Kethe wird sicher einkaufen, bevor du wiederkommst«, tröste ich ihn. »Wie wär's mit Mittagessen?«

Langsam – widerwillig – lässt er mich los. »Okay.« Er tritt zurück und sieht sich um. »Wo sind deine Sachen? Hast du sie nicht mitgebracht? Du hast gesagt, du wohnst diese Woche bei mir.«

»Sie sind noch oben«, erkläre ich geduldig. »Ich dachte nicht, dass ich sie zum Mittagessen brauchen würde.« Gut, dass ich sie mitgebracht habe.

Er lächelt sofort, und mir wird warm bis in die Zehenspitzen. »Ausgezeichnet. Komm, lass uns essen gehen. Danach haben wir einen Termin.«

»Einen Termin?« Ich folge ihm den Flur entlang, ignoriere dabei alle, die um die Ecke linsen und das Getuschel, das uns folgt. Es scheint, als würden alle Regierungsangestellten gerne tratschen, egal, bei welcher Regierung sie arbeiten.

»Ja.«

»Wo?«

»Du wirst schon sehen.«

Ich starre die Ladenfront an. Als Brandt sich während des gesamten Mittagessens weigerte, mir zu sagen, was das für ein Termin sein würde, hatte ich vermutet, dass es mit Sex zu tun haben würde. Das hier ... ist weit entfernt von den Dingen, die ich mir vorgestellt hatte.

»Wieso brauchten wir dafür einen Termin?«, frage ich, während ich ihm in den Teeladen folge. »Man kann einfach hierher kommen und kaufen, was man braucht.«

»Ich wollte eine fachkundige Beratung«, sagt er über die Schulter. »Das richtige Getränk zu wählen ist eine ernste Sache, Percy. Wir brauchen eine vielfältige Auswahl, wenn alle probieren wollen.«

Dazu fällt mir auch nichts mehr ein, außer inständig zu hoffen, dass die Eigentümerin uns eine Tasse Tee anbietet – vielleicht mit einem ordentlichen Schuss Whisky drin. Selbst Menschenalkohol würde ich nehmen.

Dabei fällt mir ein ... »Brandt«, zische ich, während er sich im Laden umsieht. »Denk daran, das hier sind Menschen.«

Seine Miene ist leicht gekränkt, und ich habe ganz kurz ein schlechtes Gewissen, weil ich ihm nicht zutraue, sich in der Öffentlichkeit zu benehmen. Es ist ihm schließlich schon drei Jahre gelungen, unser Geheimnis zu wahren. Aber noch bevor ich mich entschuldigen kann, werden wir herzlich begrüßt.

Ich drehe mich um und erkenne die Besitzerin wieder, eine Frau mittleren Alters, bei der ich bis zu meinem Weggang jede Woche meinen Tee gekauft hatte, seit sie den

Laden vor 15 Jahren eröffnet hat. Nachdem ich nicht mehr Luzifer war, habe ich bei ihr bestellt. Es hat mir wirklich gefehlt, ihr Angebot selbst zu sehen.

Ich atme tief ein – es riecht himmlisch hier drin.

»Oh – Percy!«, ruft sie aus. »Willkommen zurück.«

»Hallo, Amara«, sage ich herzlich. »Danke vielmals, dass Sie mich in den letzten Jahren so gut versorgt haben.«

»Es war mir ein Vergnügen. Und so aufregend, in so viele verschiedene Länder zu liefern. Mir tut nur leid, dass Sie solche Probleme beim Zoll hatten mit den losen Tees.«

Ich lache und zucke die Achseln. »Nicht Ihre Schuld.« Lustige Anekdote: Wenn man losen Tee ohne Etikett von einem Land ins andere versendet, kann der Zoll darauf kommen, dass man Drogen schmuggelt. »Heute werde ich genau diese Mischung mitnehmen. Ich habe den Tee nie bekommen, nachdem er konfisziert wurde.« Rachsüchtigerweise habe ich insgeheim gehofft, dass sie versucht haben, ihn zu rauchen statt aufzubrühen.

Sie setzt zu einer Antwort an, aber Brandt räuspert sich laut. Ich runzele die Stirn über diese Unhöflichkeit, und er sagt: »Ich würde gern immer im Mittelpunkt deiner Aufmerksamkeit stehen. Könntest du vielleicht meine Hand nehmen, während du dich unterhältst? Damit ich weiß, dass ich nicht vergessen wurde.«

Ich lache erstickt auf, während mein Herz dahinschmilzt, aber strecke die Hand nach ihm aus. Meine Wangen sind leicht warm, als ich mich wieder zu Amara umdrehe, die begeistert grinst. »Amara, das ist Brandt«, setze ich an, und sie lächelt noch breiter.

»Oh! Sie haben den Termin gemacht. Ich habe eine Aushilfe einbestellt, damit ich mich ganz Ihnen widmen kann«, beruhigt sie ihn. »Sie hätten sagen sollen, dass Sie zu Percy gehören.«

»Das hätte ich machen sollen«, stimmt Brandt zu. »Ich würde es gerne jedem erzählen, aber er ist manchmal ein bisschen zurückhaltend.«

Okay, Zeit, das Gespräch in andere Bahnen zu lenken. Ich mag Amara, aber *so* nahe stehen wir uns nun auch wieder nicht.

»Hattest du Amara gesagt, was du brauchst?«, frage ich, und Brandt ist sofort abgelenkt.

»Wir bauchen eine Tee-Auswahl für die Tee-Versuchung«, erklärt er, und Amara nickt langsam.

»Die Tee-...Versuchung?«

»Eine Teeprobe«, erläutere ich. »Brandts Familie hat erst durch mich Tee kennengelernt. Und jetzt wollen sie gerne eine Auswahl probieren.«

»Was für eine tolle Idee«, sagt sie. »Wir haben ein paar sehr schöne Probepakete–«

»Wir brauchen genug für etwa zweihundert Leute«, sagt Brandt. »Vielleicht auch mehr.«

Ich blinzele. »Zwei...*hundert*?«

»Vielleicht auch mehr«, wiederholt er. »Wil hat sich um die Einladungen gekümmert, und ich habe seit heute Früh nicht mehr mit ihm gesprochen. Da waren es 193 Zusagen.«

Wer hätte gedacht, dass so viele Drachen Tee probieren wollen?

»Okay«, sagt Amara schwach. »Für so viele Leute haben wir gar nicht genug Probepackungen vorrätig. Lassen Sie uns ...« sie schaut sich um. »Lassen Sie uns hier anfangen.« Sie führt uns zu der Wand mit den schwarzen Tees und greift unterwegs nach zwei Einkaufskörben.

Eine Stunde später stellt Brandt gerade seine millionste Frage, als mein Handy klingelt. Ich nehme es aus der Tasche und entschuldige mich, dankbar für die Gelegenheit, eine Pause zu machen. Ich mag Tee, aber so viel wollte ich noch nie darüber wissen. Amara scheint begeistert, einen so aufmerksamen und interessierten Zuhörer zu haben, aber wenn Brandt noch eine einzige Frage zu den verdammten *Blättern* stellt, kann es sein, dass ich drastische Maßnahmen ergreifen muss.

Ich trete aus dem Laden hinaus und beantworte den Anruf, ohne vorher aufs Dispplay zu schauen.

»Percy hier.«

»Percival? So meldet man sich doch nicht am Telefon.«

Ich schließe die Augen. Hätte ich doch aufs Display geschaut.

»Hallo, Vater.«

»Ist das alles, was du mir zu sagen hast?«

Was sollte ich sonst sagen?

»Geht es dir gut? Du klingst gut.« Ich verziehe das Gesicht, kaum dass ich es ausgesprochen habe. Das war eine Einladung zur Beschwerde.

»Natürlich geht es mir gut«, antwortet er scharf, mit der typischen Arroganz eines Mannes, der glaubt, über Krankheiten erhaben zu sein. »Nicht, dass es dich kümmern würde. Was glaubst du denn, was es für einen Eindruck macht, wenn mein einziger Sohn nicht an einem von mir veranstalteten Event teilnimmt?«

Hm ... hatte ich vergessen, bei einer seiner Partys zu erscheinen? Nein ... nein, das hätte ich gewusst, wenn ich irgendwo hätte sein müssen. Die reine Angst vor seinen Beschwerden hätte dafür gesorgt, dass ich mich erinnere. Außerdem hätte ich niemals zugesagt und mich anschließend dieser Tortur ausgesetzt.

»Welches Event, Vater? Ich erinnere mich an keine Einladung.«

»Die solltest du auch nicht brauchen! Du bist mein

Sohn. Du solltest wissen, dass von dir erwartet wird, dass du teilnimmst.«

Ah ... einer *dieser* Anrufe. »Natürlich, Vater. Verzeih bitte.« Ich blende ihn aus, als die Leier über Pflicht der Familie gegenüber und Verantwortung für die Nachkommen losgeht. Um der Wahrheit die Ehre zu geben: Unsere Herkunft ist ganz und gar bürgerlich, was sich erst vor wenigen Generationen mit meiner Ururgroßmutter Lisette geändert hat. Als diese über einen Stein stolperte, rempelte sie dabei zufällig einen sehr reichen und einflussreichen Sukkubus an, die dadurch aus der Bahn des Pfeils geworfen wurde, den ihre eifersüchtige Ehefrau auf sie abgeschossen hatte. Lisette war eine ganz normale Bürgerliche, die als Wäscherin das Arbeitergehalt ihres Mannes aufbesserte, was immer noch zu wenig war, um ihre drei hungrigen Kinder satt zu bekommen – und ich kann Ihnen versichern, dass Shifter-Kinder *sehr* hungrig werden können. Jedenfalls war der Sukkubus so dankbar, mit dem Leben davon gekommen zu sein, dass sie meiner Ururgroßmutter ein Anwesen und einen Batzen Geld schenkte, um es zu unterhalten. Außerdem bestand sie darauf, dass all ihre Freunde die »Retterin« in ihren Kreisen willkommen hießen. Großmama Lisette starb, als ich noch keine Hundert war, aber sie hatte mir viele Geschichten erzählt, und ihre persönliche Meinung war, dass die Sukkubus-Gönnerin sie nur in ihrer Nähe haben wollte, um wenigstens eine Person zu haben, der sie nicht verhasst war. »Eine echte Hexe«, pflegte Großmama sie zu nennen.

Mein Vater tut aber gerne so, als wären wir etwas Besonderes. Er und meine Mutter sind die einzigen mit dieser Einstellung. Der Rest der Familie ist relativ normal und begreift, dass wir einfach großes Glück hatten.

Ich höre wieder zu, damit mir nichts Wichtiges entgeht.

»… was es für ein Gefühl war, von einem Emporkömmling von Sukkubus zu hören, dass du wieder beim CSG bist?«

Ich brauche einen Moment, um das einzuordnen. »Ich bin nicht wieder beim CSG«, sage ich ruhig. »Ich bin nur vorübergehend zu Besuch hier, und Sam dachte, dass ich Ms Juma gerne treffen würde.« Ich kann mir nicht verkneifen, hinzuzufügen: »Sie ist ziemlich einflussreich, musst du wissen. Du hast wahrscheinlich mit ihrem Mann gesprochen.« Dass ich durchblicken lasse, dass Ms Juma zu bedeutend ist, um selbst mit meinem Vater zu sprechen, ist kleinlich und gemein, aber ich muss solche kleinen Erfolge nehmen, wie sie kommen.

Vater zieht die Nase hoch. »Dessen ungeachtet ist es wichtig, dass du mich über deine Aufenthaltsorte informierst, Percival. Ich weiß noch nicht mal, in welchen gottverlassenen Gegenden du in den letzten paar Jahren untergetaucht bist!«

Das stimmt, denn ich habe es ihm nicht gesagt. Ich habe die obligatorischen Anrufe kurz und so selten wie möglich gehalten, und dabei vermieden, zu erwähnen, wo ich genau bin. Das ist die einzige Möglichkeit, zu verhindern, dass er sich in meine Angelegenheiten einmischt.

Und a propos Angelegenheiten … er wird bald von Brandt hören. Das ist nicht zu vermeiden, da der Tratsch sich schon so weit herumgesprochen hat. Ich mag zwar nicht mehr Luzifer sein, aber die Leute wissen noch, wer ich bin, also bin ich Freiwild für die Gerüchteküche.

»Nun, Vater, ich habe Neuigkeiten, die dich vielleicht interessieren werden«, setze ich an. Am besten beuge ich der Sache vor, dann kann er keinen Zwergenaufstand machen, weil er es von jemand anderem erfahren musste. »Ich habe wieder eine Beziehung.«

Er zieht scharf den Atem ein. »Bitte sag nicht, dass es

ein Straßenfeger aus einer der Schlammlöcher ist, die du besucht hast.«

Sehen Sie, so charmant ist mein Vater. Das nächste Mal, wenn ich befürchte, mich in ihn zu verwandeln, werde ich mich an diesen Augenblick erinnern, denn David hat recht. So hoch kann ich meine Nase gar nicht tragen, ohne mir dabei das Genick zu brechen.

Aber ich gebe mir keine Mühe, mit ihm zu diskutieren – das hat überhaupt keinen Sinn. Er wird mir nicht zuhören, und am Ende bin ich nur frustriert und genervt. »Es ist Flügelführer Brandt«, sage ich stattdessen, um die Sache abzukürzen.

Schweigen. Ich höre ihn atmen, aber er muss gar nicht sprechen. Ich weiß auch so, was er denkt. Ein Drache? Aber sie sind so fremd. Warum konnte ich mir niemanden unter den Erden-Spezies aussuchen? Jemand von guter Herkunft, mit Anstand, dessen Familie sich bis zu den Spezieskriegen zurückverfolgen lässt? (Das ist bei unserer nicht gewährleistet.) Andererseits ist Brandt der Flügelführer, ein Amt, das dem unserer Speziesführer entspricht, und Drachen sind hoch angesehen, weil sie eben Drachen sind.

»Verstehe«, sagt er schließlich, was bedeutet, dass er noch nicht entschieden hat, wie er die Situation findet und abwarten will, bis er bereit ist, seine Meinung zu äußern. Positiv daran ist, dass ich jetzt nicht mehr zuhören muss. Der Nachteil ist, dass ich einen weiteren Anruf bekommen werde, wenn er endlich bereit ist, mir mitzuteilen, wie enttäuscht er dieses Mal von mir ist. Denn da gibt es kein Vertun – selbst wenn er beschließt, erfreut über die Verbindung zu sein, wird er einen Grund finden, enttäuscht zu sein – vielleicht, dass er nicht der erste war, der es erfahren hat, oder dass ich ihm Brandt noch nicht vorgestellt habe.

Was es auch sein wird – ich will mich gerade keine

Sekunde länger mit ihm beschäftigen. »Tut mir leid, Vater. Ich habe deine Aufmerksamkeit schon viel zu lange beansprucht! Ich weiß, wie beschäftigt du bist. Ich will dich nicht länger aufhalten.«

»Nun, meine Zeit ist tatsächlich knapp«, gibt er zu, geschmeichelt, dass ich seine Wichtigkeit respektiere. Er ist unterschwellig immer etwas beleidigt und eifersüchtig gewesen, dass ich, sein nichtsnutziger und unbedeutender Sohn, an seiner statt von der Magie zum Luzifer ernannt wurde. Das ist ein weiterer Beweis dafür, dass die Magie genau weiß, was sie tut, wenn sie jemandem Führungspositionen verleiht, falls das je in Frage stand. Mein Vater wäre kein guter Staatsmann.

»Dann überlasse ich dich wieder deinen Pflichten. Danke für deinen Anruf. Wiederhören!« Ich lasse ihm kaum Zeit, zu antworten, bevor ich auflege, und dann stehe ich einfach verstimmt draußen in der Kälte herum. Dieses Gefühl habe ich meist nach Telefonaten mit dem guten alten Dad.

Schließlich stecke ich das Handy ein und gehe wieder in den Laden zurück. Brandt und Amara sind inzwischen an der Kasse angelangt, und Amara rechnet die irrwitzige Anzahl Produkte ab, die sie ausgesucht haben. Sie hatten gleich zu Anfang beschlossen, sich auf Beuteltees zu beschränken, da loser Tee für so viele Leute schwierig zuzubereiten wäre – vor allem, da die Zubereitenden komplette Amateure sind. Amara nimmt die Zubereitung von Tee sehr ernst.

Als sie die Endsumme etwas zögerlich vorliest, bleibt mir fast die Luft weg. Mir war klar, dass Brandt einen großen Einkauf macht, aber das ... ist wirklich viel. Er reicht ihr seine Kreditkarte, ohne mit der Wimper zu zucken. Die CSG hat gleich nach der Migration einen Fond für die Drachen und Elfen eingerichtet, damit sie in der Lage sind, Regierung und Wohnorte zu etablieren, ohne das Gefühl haben zu müssen, uns zu Dank verpflichtet oder von uns abhängig zu sein. Sie haben sich recht schnell in die Community integriert und eine Nischenindustrie mit besonderen Zaubern etabliert, aber mir war nicht klar, dass die Drachen schon so viel Geld erwirtschaftet haben, dass Brandt eine solche Summe für Tee ausgeben kann.

Vielleicht kann er das auch gar nicht. Vielleicht wird sein Vermögensverwalter ihm dafür die Hölle heiß machen.

Sie vereinbaren eine Zeit zum Abholen der Ware – obwohl Amara zweimal anbietet, umsonst an jeden Ort zu liefern, den Brandt möchte – und dann legt er den Arm um meine Schultern und wendet sich zum Gehen.

»Moment«, protestiere ich und entziehe mich seinem Griff. »Ich brauche auch noch Tee.«

Brandt wirft eine zweifelnden Blick auf den Berg Tee auf dem Verkaufstresen. »Ich glaube, wir haben auch genug für dich übrig«, bemerkt er.

»Bist du sicher?«, entgegene ich, nur halb im Scherz. Shifter essen viel, aber es ist ein Klacks im Vergleich zu Drachen. Es ergibt Sinn, dass sie dann auch viel Tee trinken werden.

Er scheint nachzudenken, also gehe ich zurück zur Kasse und kaufe selbst etwas ein. Als ich wiederkomme, denkt er immer noch nach.

»Es könnte sein, dass auch etwas für dich übrig bleibt«, gibt er dann zweifelnd zu. »Vielleicht die Sorten, die nicht so gut ankommen.«

»Dann ist es ja ein Glück, dass ich eigenen Tee habe.« Ich schiebe meine Hand in seine, und er fängt an zu strahlen. Wir verlassen den Laden.

»Wer war denn am Telefon?«, fragt er, während er mich durch die Menschentrauben zurück Richtung Büro zieht.

Hallo, Stimmungskiller. »Mein Vater. Nur damit du Bescheid weißt«, füge ich schnell hinzu, »ich habe ihm erzählt, dass wir etwas miteinander angefangen haben. Ich hoffe, das macht dir nichts aus.«

Sofort runzelt er die Stirn. »Natürlich macht mir das etwas aus«, sagt er empört, und ich bleibe wie angewurzelt mitten auf dem Bürgersteig stehen, geschockt und – getroffen. »Wir haben doch nichts *miteinander angefangen*«, fährt er fort, dann sieht er über die Schulter, als meine Hand an seiner zieht, und ihm klar wird, dass ich stehen geblieben bin. »Was ist los? Hat jemand dir wehgetan?«, fragt er, während er wild um sich blickt, als könnte er diese mysteriöse Person, die mir etwas zuleide getan hat, unter all den Geschäftsleuten auf dem Weg in die oder aus der Mittagspause oder zu ihren Meetings einfach finden.

»Mir geht's gut«, sage ich automatisch. »Niemand hat mir wehgetan.« Ich lasse seine Hand los und setze mich wieder in Bewegung. Wie konnte ich nur so dumm sein? Obwohl ... er hatte doch gesagt, dass er eine Beziehung mit mir wollte. Vielleicht bedeutet das bei Drachen etwas anderes? Was, wenn wir die ganze Zeit doch nur über unverbindlichen Sex gesprochen haben, und das alles ein einziges großes Missverständnis war?

Oder was, wenn es jetzt eines ist, und es meine Schuld ist, weil ich gekränkt bin, obwohl ich gar nicht weiß, was er genau meint?

Ich wirbele herum, und er stößt mit mir zusammen. Einen kurzen Augenblick bin ich an seinen breiten, warmen Körper gedrückt.

Dann pralle ich davon ab und liege auf dem kalten Beton. Was mein Ego am meisten trifft? Dass ich mich hätte retten können, aber meine Shifter-Reflexe zu nutzen, um auf den Füßen zu bleiben, wäre zu gefährlich gewesen, da wir von so vielen Menschen umgeben sind. Stattdessen musste ich auf den Boden fallen wie ein dummer Tolpatsch, und jetzt werde ich blaue Flecken bekommen. Außerdem hat der blöde Beton meine Lieblingshose aufgeschrammt. Der Stoff wird ruiniert sein.

»Percy!«, keucht Brandt und fällt neben mir auf die Knie. Ich zucke zusammen, denn jetzt ist auch seine Hose ruiniert. Heute ist kein guter Tag für Hosen. »Alles okay?«

»Mir geht's gut. Sorry, ich ...« Ja, es gibt nichts dazu zu sagen. Stattdessen springe ich auf und sehe mich schnell um. Hoffentlich ist niemandem aufgefallen, wie schnell das ging. Zum Glück kümmert es niemanden. Wir werden nur böse angeguckt, weil wir den Bürgersteig blockieren.

Brandt stellt sich vor mich und mustert mein Gesicht. »Irgend etwas stimmt nicht«, sagt er entschieden.

»Nein ... vielleicht. Was meinst du damit, dass wir nichts miteinander angefangen haben? Ich dachte, wir hatten beschlossen, eine Beziehung einzugehen?« Ich spüre, wie die Hitze von meiner Brust aufsteigt und sich über Hals, Nacken und Wangen ... bis zum Haaransatz ausbreitet. Na prima. Rot wie die Lampe an einem Bordell. War schon immer mein Traum.

Brandts Gesichtsausdruck ist am besten mit »durcheinander« zu beschreiben. »Wir *führen* eine Beziehung«, sagt er. »Das bedeutet etwas miteinander anfangen also? Ich dachte, das heißt einfach, auszugehen. Das, was vor einer Beziehung kommt.«

Ich schließe die Augen. Also doch. Missverständnis. Ich öffne sie wieder, lächle ihn an und lege meine Hand an seine Wange. Sofort entspannt er sich und lächelt zurück.

»Das kann man so sagen«, gebe ich zu. »Tut mir leid. Ich habe nicht die richtigen Worte benutzt.«

Er dreht den Kopf und küsst meine Handfläche, dann nimmt er meine Hand und wir setzen uns wieder in Bewegung. »Worte sind manchmal schwierig. Aber wir sind definitv nicht mehr in der Aufwärmphase, falls du da nicht sicher warst.«

»Ich war sicher. Aber das Gespräch mit meinem Vater hat mich verunsichert, und dann habe ich es falsch verstanden. Ich bin glücklich über alles, was wir machen, auch wenn manche sicher sagen würden, dass es etwas schnell geht.«

»Pffft«, macht er. »Zwischen Seelenpaaren geht es nie zu schnell.«

Nur reine Willenskraft hält mich davon ab, wieder stehen zu bleiben. »Wie bitte?«

Er sieht mich von der Seite an. »Du kennst das mit den Seelenpaaren. Das weiß ich genau. All deine Freunde haben es.«

»Ja, schon, aber ... willst du damit sagen, wir sind eins?« Ich taste blind nach der vertrauten Unterstützung der Magie. Zwar kann ich sie nicht mehr nach Belieben rufen, aber wenn ich sie brauche, kann sie gefälligst für mich da sein. Die tröstende Berührung streicht über mich, und die Anspannung in meiner Brust löst sich. »Woher weißt du das?« Ich bin kein Experte für Seelenpaare, aber meinem Verständnis nach können nur bestimmte Elfen sie sehen. Nicht Drachen.

»Ich habe heute Morgen Raðulfr gefragt«, sagt er fröhlich.

Ich blinzele. »Aber er hat uns noch gar nicht gesehen, seit wir zusammen gekommen sind.« Vielleicht muss ich

Caolan nochmal fragen, wie es genau funktioniert. Ich weiß, dass er Seelenpaare sehen kann.

»Das muss er nicht. Er hat dich gesehen und mich, und er hat uns in der Vergangenheit zusammen gesehen. Seelenpaare haben einfach das Potenzial, für immer miteinander glücklich zu sein, falls sie entscheiden, sich zusammenzutun. Dafür müssen sie nicht schon in einer Beziehung miteinander sein.«

»Also wusste er, seit er mich vor drei Jahren kennengelernt hat, dass wir ein Seelenpaar sind?« Ich habe Schwierigkeiten, zu verstehen. »Caolan weiß es? Warum hat er es mir nie gesagt?«

»Hast du ihm je gesagt, dass du Interesse an einer Beziehung mit mir hast?«, entgegnet Brandt, während wir durch die Glasschiebetüren des Bürogebäudes gehen.

»Darum geht's nicht«, protestiere ich, dann beschließe ich, mich nicht weiter darüber zu streiten. Aber wenn ich später erfahren sollte, dass *David* es die ganze Zeit schon wusste und nie erwähnt hat, obwohl er den Verdacht hatte, dass ich etwas für Brandt empfinde, werde ich ... keine Ahnung, was ich tun werde, aber es wird ihm nicht gefallen. Vielleicht ein paar Seiten aus seinem Tagesplaner herausreißen.

Genau – ich kann bösartig sein, wenn es sein muss.

»Hast du heute Nachmittag Zeit?«, fragt Brandt, während wir auf den Fahrstuhl warten. Wir halten uns immer noch an den Händen. Der Anzahl der Blicke nach zu schließen, die wir auf uns ziehen, brodelt die Gerüchteküche schon. Ein neugieriger junger Zauberer fotografiert uns sogar mit dem Handy.

»Ist das Ihr Ernst?«, frage ich, und er zuckt grinsend die Achseln. »Keine sozialen Medien«, sage ich entschieden, und er seufzt.

»Was soll ich denn sonst damit anfangen?«

Das Gespräch kann ja wohl nicht wahr sein. »Schicken Sie es Ihren Freunden. Aber wenn es auf den sozialen Medien auftaucht, können Sie sicher sein, dass Ihnen die Folgen nicht gefallen werden.«

Er stimmt murrend zu, und als wir einsteigen, beugt Brandt sich herunter und sagt – viel zu laut – »Diese strenge Seite von dir gefällt mir. Törnt mich an.«

Jemand anderer im Fahrstuhl stöhnt. »Wirklich? Muss das unbedingt hier sein?«

»Ruhe, Jim. Das ist eine aufkeimende Romanze, die wir lieben und unterstützen«, schilt eine andere Person.

Ich schließe die Augen.

Dann öffne ich sie schnell wieder, als eine bekannte Stimme hinzufügt: »Ich liebe sie ja und will sie unterstützen, aber es wäre doch schön, wenn ihr vor mir nicht über antörnen sprechen würdet. Dankeschön.«

Brandt zuckt zusammen und wirft einen Blick über die Schulter. »Dustin?«

»Hey, Großpapa. Ich hoffe, du hattest eine schöne Mittagspause. Das meine ich komplett unsexuell. Keine nackten Drachenausritte, stimmt's?«

Das wird mich noch bis auf die Geistesebene verfolgen und von dort aus ins nächste Leben. Ich werde es nie, nie wieder los werden.

»Ist das gerade angesagt, nackte Drachenausritte?«, höre ich die zweite Stimme neugierig fragen, die gerade so vehement unser Recht auf unsere Romanze verteidigt hat. »Ist das eine Umschreibung, oder reiten wirklich nackte Zweibeiner auf Drachen?«

Ich bin so froh, dass ich die anderen Leute im Fahrstuhl nicht genauer betrachtet habe. So werde ich nie wissen, wer sie sind, wenn ich ihnen nochmal begegne.

Teils wünsche ich mir, dass dieser Tratsch meinen Vater erreicht und einen Schlaganfall verursacht. Aber dann befürchte ich wieder, dass er zur Not noch von den Toten zurückkehren würde, um mich wegen der Rufschädigung unserer Familie rundzumachen.

Ich versuche verzweifelt, das Thema zu wechseln, und frage Brandt: »Brauchst du mich heute Nachmittag?« Dann zucke ich zusammen, denn die Frage ist prädestiniert dafür, falsch verstanden zu werden, da es im Gespräch davor um Sex ging.

Zum Glück ist Brandt auf meiner Seite. »Wenn du Zeit hast, würde ich gerne ein paar Unterlagen mit dir durchgehen.«

»Das können wir machen. Danke. Ich muss nur Bescheid sagen, wo ich bin.« Ich glaube nicht, dass sich jemand sorgen würde, wenn ich vom Mittagessen mit Brandt nicht zurück kommen würde – sie würden einfach schmutzige Vermutungen anstellen. Aber das gebietet die Höflichkeit einfach.

# KAPITEL 9

BRANDT

Kaum habe ich Percy in meiner Stadtwohnung, werfe ich sein Gepäck ab und ziehe ihn auf die Couch.

»Was machst du da? Brandt?«, fragt er, aber seinem Lachen nach zu schließen weiß er ganz genau, was ich da mache. Und so schön sein Lachen auch ist, ich ersticke es in Küssen.

Gibt es etwas Schöneres als mit einem köstlichen Mann auf der Couch zu liegen und zu knutschen? Ich will Sex – dazu kommen wir gleich noch ... aber vorläufig reicht es mir, ihn von Kopf bis Fuß an mich zu drücken, ihn zu schmecken, seinen Atem einzuatmen, zu wissen, dass wir noch die ganze Nacht vor uns haben.

»Brandt«, murmelt er, entzieht sich meinen Küssen, um die Nase an meinem Hals zu vergraben und an den Muskeln dort entlang zu lecken.

»Mmm?«, frage ich, während ich ihn unter mich rolle, mit einem kurzen Dankbarkeitsgefühl dafür, dass Kethe mich überredet hat, ein besonders breites Sofa zu kaufen.

»Nichts. Ich sage nur gern deinen Namen.« Er zieht sich soweit zurück, dass er mich ansehen kann und lächelt. »Ich mag das. Zu wissen, dass du es bist.«

In mir flammt Besitzerstolz auf. »Immer ich«, knurre ich. »Nur ich.«

Er lacht tonlos auf und küsst mich noch einmal. »Nur du«, wiederholt er. »Höhlenmensch.«

»Drache«, verbessere ich und schiebe die Hände unter sein Hemd. Seine Haut ist kühler als meine, und er schaudert bei der Berührung, dann kuschelt er sich noch enger an mich.

»Besitzergreifender Drache. Werde ich jetzt deinem Schatz hinzugefügt?«, fragt er spöttisch, während er mein Hemd aufknöpft und seine Finger meine Brust hinunter wandern lässt.

»Könnte sein.«

Er hält inne. »Wie ... bitte?«

»Wie, wie bitte?« Ich blinzele ungeduldig. Warum hat er aufgehört?

»Du hast wirklich einen Schatz?«

Etwas in seiner Stimme gibt mir Rätsel auf. Ist er böse, weil ich ihm den Schatz noch nicht gezeigt habe?

»Ja?«

Er setzt sich auf. »Das gibt es wirklich? Du hast tatsächlich einen Schatz?«

Mir gefällt es nicht, dass er sich so weit von mir entfernt, und meinem Penis geht es ähnlich, denn er hat die Reibung sehr genossen. «Natürlich gibt es das wirklich.«

Seine Augen leuchten vor Aufregung. «Das ist toll! Ich dachte, es ist nur ein Mythos. Was hast du alles in deinem Schatz? Kostbarkeiten?«

Ich bin so verwirrt. »Natürlich Kostbarkeiten. Warum sollten wir etwas sammeln, was nicht wertvoll für uns ist?«

Er schürzt die Lippen, dann fragt er vorsichtig: »Musstest du etwas davon zurücklassen? Du musst nicht antworten«, fügt er schnell hinzu.

Ich zucke leicht, denn es ist immer noch schmerzlich, an all das zu denken, was wir zurücklassen mussten, als wir hierher kamen. »Ja. Wir konnten nur mitbringen, was uns am meisten am Herzen lag – und das transportierbar war.« Ich zwinge mich, mich aufzuheitern. »Aber wir konnten hier neue Schätze sammeln!«

Er sieht immer noch traurig aus, also wackele ich mit den Augenbrauen und schaue ihn lüstern an. »Willst du Teil meines Schatzes werden? Ich würde dich in ... gar nichts kleiden. Nur Öle für deine Haut und Schmuck, um deine Schönheit zu betonen. Du könntest dich den ganzen Tag zwischen meinen Kostbarkeiten räkeln und meiner Lust dienen.« Hmmm. Das wäre keine gute Verwendung für ihn. Seine Klugheit ist eine seiner besten Seiten.

Und in der Tat verdreht er die Augen und lächelt. »So sehr ich deine Lust auch mag«, sagt er mit Blick auf meinen Schritt, »ich würde vor Langeweile eingehen.«

»Eine Herausforderung!«, rufe ich und stürze mich auf ihn. Wir fallen lachend mit verschlungenen Gliedern zu Boden, wo wir uns weiter küssen.

Jemand klopft an.

Ich stöhne.

»Brandt?«, ruft Steffen. »Alles okay? Ich habe ein Handgemenge gehört. Wenn du von Terroristen gefangen genommen wurdest, werde ich eine Möglichkeit finden, dich zu befreien!«

»Ach Herrje«, flüstert Percy.

»Ist schon gut, Steffen. Wir sind nur von der Couch gefallen«, rufe ich. Ich bin ziemlich sicher, dass ihn das nicht zufriedenstellen wird, aber ich kann hoffen.

Und Tatsache, es entsteht eine Pause, dann sagt er: »Natürlich, ist guttt. Ich gehe wieder an meinen Platz und lasse euch in Ruhe. Kein Grund zur Beunruhigung!«

»Verdammt.« Ich lege meine Stirn an Percys. »Ich muss aufmachen, bevor er die Tür eintritt.«

Percy lacht, aber ich schaffe es gerade rechtzeitig, die Tür zu öffnen: Steffen hat schon Schwung genommen und ein Bein erhoben, um zuzutreten. »Mir geht's gut. Siehst du?«, sage ich. »Percy und ich sind von der Couch gefallen.«

Er späht mir über die Schulter, vermutlich auf der Suche nach Terroristen.

»Komm rein und schau dich um«, ruft Percy, und ich stöhne innerlich, öffne aber gehorsam die Tür weiter. Werde ich je zu sehen bekommen, welche Unterwäsche Percy heute trägt?

Steffen marschiert herein und mustert den Raum misstrauisch.

»Möchtest du mit uns zu Abend essen?«, bietet Percy an. Wenn er nicht so perfekt wäre, würde ich ihn jetzt hassen. Wieso muss er meine Qual noch weiter hinauszögern?

»Nein danke«, sagt Steffen höflich, denn er hat meinen zornigen Blick richtig gedeutet. Dann öffnet er den TV-Schrank und späht hinein. Was er da zu finden glaubt, weiß ich wirklich nicht. Terroristen-Kleinkinder?

Pah! Ich habe noch kein einziges Kleinkind erlebt, dass es ausgehalten hätte, sich beim Versteckspielen leise zu verhalten.

Er sucht noch etwas weiter, dann nickt er, scheinbar beruhigt, dass alles in Ordnung ist. »Ich lasse euch allein. Gute Nacht.«

»Gute Nacht«, sagt Percy. Ich grunze, dann schließe ich die Tür hinter ihm und lege alle Schlösser und die Kette vor.

Das würde ihn zwar nicht wirklich abhalten, aber ich weiß ja, dass er draußen steht, bis er es mich machen hört.

»Was möchtest du denn essen?«, fragt Percy während er in der Küche verschwindet. Ich starre ihm betrübt hinterher.

»Ich hatte gehofft, dich«, rufe ich ihm nach, und er lacht.

»Das ist der Nachtisch.«

AM FREITAGMORGEN BIN ich bester Laune. Morgen darf ich wieder nach Draighaimaz und an der Tee-Versuchung teilnehmen, die sich zu einem epischen Event entwickelt hat. Den Großteil der Woche habe ich mit Percy verbracht, mich in seiner herrlich friedlichen Aura gesonnt und ihn sexuell verdorben. Und heute Morgen hat er meinem Betteln nachgegeben und äußerst sexy weiße Satinhöschen angezogen, die am Rand mit kleinen roten Herzchen bestickt sind. Schon der Gedanke, dass er sie den ganzen Tag anhat, während wir beide ganz verantwortungsbewusst und geschäftsmäßig sind, löst den Impuls aus, ihn in eine Abstellkammer zu zerren und sie ihm herunter zu reißen.

Das werde ich aber nicht tun.

Ich bin ein reifer, verantwortungsvoller Drache, und Herr meiner Impulse.

Außerdem wäre er stinksauer, wenn ich es machen würde. Also ... so, dass ich eine Weile allein schlafen müsste. Er hat zwar nichts gegen heimliche Treffen am Arbeitsplatz – er findet sie sogar richtig gut – aber nicht, wenn er beschäftigt ist. Und wenn ich seine Wäsche zerstören würde, würde er mich umbringen. Also, natürlich nicht wirklich, aber er würde dieses enttäuschte Gesicht machen und dann einen langen Vortrag über das Respektieren seiner Besitztümer halten, und wie es meinen Mangel an Respekt vor ihm reflektiert, wenn ich sie kaputt mache. Das kann er wirklich gut – ich musste buchstäblich weinen, als er mir Vorwürfe gemacht hat, nachdem ich vergossenen Wein mit seinem Hemd aufgewischt hatte. Aber dann hat er meine Tränen weggeküsst und mir einen geblasen, also ist alles gut ausgegangen.

Trotzdem will ich ihn nicht wieder enttäuschen oder verärgern, nie wieder, also werde ich mich bis zur Mittagspause beherrschen. Insbesondere, da er mir einen Gefallen tut, alleine durch seine Anwesenheit. Wir verhandeln gerade über den Kauf von einem Stück Land im Pamirgebirge, das derzeit einem Konglomerat von Dämonen gehört. Das Land ist abgelegen genug, um dort eine Flugschule für Jungdrachen einzurichten – und zu lernen, wie man in der Thermik von Bergen fliegt, ist etwas, das immer gebraucht wird. Wenn man die Tücken der veränderlichen Auf- und Abwinde gemeistert hat, hat man das Zeug, überall zu fliegen. Die Gespräche liefen eine Zeitlang gut, und jetzt stagnieren sie seit zwei Monaten. Percy hat sich großzügigerweise bereit erklärt, sich diese Woche mit den Unterlagen zu beschäftigen, und heute Vormittag hat er an einem Meeting mit dem Konglomerat teilgenommen ... und jetzt sieht es tatsächlich so aus, als könnten wir uns einigen.

Ich lächle die Dämonen beim Abschied an, und sie sagen uns zu, uns den finalen Vertrag zuzuschicken. Während Wil sie hinaus begleitet, wirbele ich herum und schließe Percy fest in die Arme.

»Danke«, murmele ich in seinen Nacken.

»Überaus gern geschehen«, antwortet er mit einem leisen Lachen und klopft meinen Rücken. »Viel habe ich gar nicht gemacht.«

»Es hat gereicht. Eine gute Location für eine Flugschule zu finden war eine der obersten Prioritäten, seit wir hier angekommen sind.«

Bevor Percy meinen Dank wieder abtun kann, räuspert sich jemand. Wir lösen uns voneinander und schauen zur Tür. Auf der Schwelle steht ein sehr empört wirkendener, wohl bekannter Höllenhund. Er füllt den gesamten Türrahmen aus.

»Hallo, Alistair«, sagt Percy. Er klingt resigniert.

»Alistair, Platz da!« höre ich jemanden sagen. Ich kenne die Stimme gut. Dann wird er nach vorne in den Raum geschubst, und Caolan folgt ihm herein.

... und Gideon?

»Guten Morgen, Brandt«, sagt Caolan. »Hi, Percy.«

»Hi, Caolan«, antworte ich und sehe Percy von der Seite an. Er zuckt die Achseln. »Hatten wir einen Termin?«

»Nööö«, sagt er gut gelaunt, während er das ö in die Länge zieht. »Alistair und ich sind gekommen, um zu erfahren, wieso wir nicht zu der Tee-Versuchung eingeladen wurden.«

Percy gibt ein Geräusch von sich, das sich nach ersticktem Lachen anhört. »Und warum bist du hier?«, fragt er Gideon, der mit finsterer Miene im Türrahmen steht.

»David konnte nicht weg, also hat er mich geschickt, um sicherzugehen, dass diese beiden Deppen keinen Interspezies-Vorfall verursachen.«

»Ich würde niemals einen Interspezies-Vorfall verursachen«, sagt Caolan abwehrend. »Brandt und ich kennen uns schon sehr lange.«

Ich nicke. »Ich glaube nicht, dass Caolan irgendetwas sagen könnte, das mich so aufregt«, bekräftige ich. »Vielleicht wenn er Percy traurig machen würde.«

»Niemand macht mich traurig«, unterbricht Percy in seiner beruhigenden Stimme. Ich habe den schleichenden Verdacht, dass er versucht, mich zu manipulieren. »Alistair, wieso schmollst du?«

Ich wende meine Aufmerksamkeit dem schmollenden Höllenhund zu. Er ist wesentlich stiller als sonst.

»Ihr feiert eine Party und habt mich nicht eingeladen«, sagt er dann vorwurfsvoll. »Wie konntet ihr mich nicht zu einer Party einladen?«

»Wir feiern keine Party«, setzt Percy an, aber jetzt unterbreche ich.

»Aber natürlich bist du eingeladen! Ich wusste nicht, dass du kommen willst. Wir machen eine Tee-Verkostung.«

Alistair blinzelt. »Was?«

»Brandt und seine Freunde kennen heißen Tee noch nicht«, sagt Percy trocken. »Jetzt wollen sie so viele Sorten wie möglich ausprobieren und ihre Lieblingstees finden.«

»Die Tee-Versuchung!«, verkünde ich.

»Ohhh«, sagt Caolan. »Ich trinke immer den Tee, den David kauft. Ich wusste gar nicht, dass es verschiedene gibt!«

»Ihr ... verkostet Tee?« Alistair klingt verwirrt. »Ich mag Tee. Es geht nichts über eine gute Tasse Tee – außer Rimming mit Aidan, aber ich bin ja der einzige, der das machen darf. Aber ... ich glaube, ihr versprecht euch ein bisschen zu viel davon.«

»Heißt das, du willst doch nicht kommen?«, frage ich. »Das muss ich wissen, denn Kethe bäckt Kuchen.«

»Aber natürlich kommen wir«, sagt Caolan, und Alistair nickt.

»Ich warte schon lange auf eine Einladung nach Draighaimaz«, fügt er spitz hinzu. »Allerdings sollten wir wirklich über diesen Namen reden. Drachenheim hat einfach nicht so viel Wumms, wie es eigentlich passend wäre.«

»Was schlägst du vor?« Ich bin nicht beleidigt wegen des Kommentars. Wir waren etwas in Eile bei der Namensfindung, und ich mag Wumms. Selbst das Wort ist aufregend. Vielleicht könnten wir das Anwesen Wumms nennen?

Alistair denkt nach. »Etwas Ungewöhnliches, das auffällt. Je ungewöhnlicher, desto weniger lauft ihr Gefahr, dass die Menschen glauben, dass es echt ist. So etwas wie … Lasst Drachen werden.«

»Es ist ein Name für einen Ort und keine Beschwörung«, gibt Percy zu bedenken, aber Alistair zuckt die Achseln.

»Warum müssen wir uns an althergebrachte Konventionen halten? Wie cool das klingen würde: Ich fahre dieses Wochenende nach Lasst Drachen werden.«

Ohh. Spannend.

»Das ist zu lang«, sagt Caolan kopfschüttelnd. »Wenn es zu lang ist, werden die Leute es nur abkürzen, und dann ist es wieder langweilig.«

Alistair deutet mit dem Finger auf ihn. »Ein guter Einwand. Okay. Hier sind Drachen?«

»Warum nicht Lasst es Drachen«, murmelt Gideon mit verdrehten Augen, und in meinem Gehirn macht es Klick, während Alistair und Caolan gleichzeitig ausrufen: »Jawoll!«

Es ist sicherlich kein traditioneller Name, aber er hat etwas … ich werde mal mit den anderen ständigen Bewohnern reden und sie fragen, was sie davon halten.

»Lasst es Drachen«, verkündet Alistair und hebt die Hände, als wollte er etwas einrahmen. »Es ist perfekt, auch wenn Gideon die Idee hatte. Aber um auf mein ursprüngliches Thema zurück zu kommen: Ich warte schon lange auf eine Einladung nach Lasst es Drachen ... all diese tollen Nachstellungen, von denen ich gehört habe und zu denen ich nicht eingeladen war ...«

»Halt die Klappe, Alistair«, sagt Gideon. »Wir müssen uns alle fremdschämen.«

»Warum hat Dustin dich nie zu den Nachstellungen eingeladen?« Ich runzele die Stirn. Dustin und Alistair verstehen sich sehr gut.

Er seufzt abgrundtief. »Dustin redet gerade nicht mit mir. Seit ich ihm geraten habe, mit seinem Professor in die Kiste zu gehen.«

»Was?« Erst habe ich das Gefühl, ein Echo zu haben, aber dann wird mir klar, dass ich nicht der einzige bin, der es gesagt hat. Wir starren alle ungläubig Alistair an, der die Achseln zuckt.

»Soll anscheinend sexy sein. Dustin war ganz albern und verlegen in seiner Gegenwart. Es war ein guter Rat.«

»Ist das der Grund, warum er überlegt, sein Studium abzubrechen?«, frage ich streng. Weil er verknallt ist?

Alistair schüttelt den Kopf. »Er will es abbrechen? Er redet ja schon seit ein paar Monaten nicht mehr mit mir, aber davor war er ganz zufrieden. Und er hatte kein Problem mit dem Professer, also ... keine Ahnung.« Er runzelt die Stirn. »Vielleicht sollte ich ihn zwingen, mit mir zu reden?«

»Oder du überlässt es uns«, sagt Percy sanft. »Warte, bis Dustin auf dich zukommt, wenn er bereit ist.«

Percy weiß immer alles am besten, also widerstehe ich dem Drang, Alistair am Kragen zu packen und zu verlangen, dass er mir alles über diesen Professor verrät, was er weiß. Dustin ist definitiv alt genug, um Sex zu haben, mit wem er will – und nach dem, was ich so höre, tut er das auch – aber es ist lange her, dass er verliebt war, und ich will meinem kleinen Enkelsohn gerne den Herzschmerz ersparen. Dustin ist die einzige physische Verbindung zu meiner verstorbenen Tochter, und mein einziges lebendes Familienmitglied. Außer Percy, den ich ja jetzt auch habe.

Irgendwie gelingt es Percy, Alistair und Caolan zu beruhigen und hinauszukomplimentieren. Er sagt leise etwas zu Gideon, der nickt, dann schließt er die Tür und kommt an meine Seite.

»Du machst dir Sorgen um ihn.«

Ich nicke. »Er ist noch jung. Er tut zwar hartgesotten, aber er lässt sich so leicht entmutigen.«

Er zögert. »Wenn du jung sagst, was meinst du damit genau?«

»Er ist erst ... warte. Ich muss es in Erdenjahre umrechnen.« Ich schaue mit zusammen gekniffenen Augen an die Decke und benutze meine Finger wesentlich mehr, als ich gerne zugeben will. »Ein bisschen über 4000.«

Percy hustet.

»Was denn?«

»Nichts. Okay. Er ist also jung. Aber er ist alt genug, sein Leben selbst zu bestimmen, und leider gehört Verletztwerden dazu.« Er zögert wieder.

»Was denn?«, wiederhole ich, und er seufzt.

»Ich will dir nicht zu nahe treten ...«

Ich schüttele heftig den Kopf. »Das kannst du bei mir gar nicht. Ich will, dass du alles zu mir sagen kannst.«

Er verzieht das Gesicht. »Ja, wenn das so ist ... musst du meiner Meinung nach aufhören, ihn wie ein Kind zu behandeln.«

Ich öffne den Mund, um zu protestieren, dann zwinge ich mich, ihn wieder zuzumachen. Ich hatte gesagt, dass er alles sagen soll. Jetzt muss ich es mir auch anhören.

Er legt lächelnd den Arm um meine Taille und lehnt sich an mich. »Er ist alt genug, selbständig zu sein, besonders, weil er weiß, dass er immer zu dir kommen kann. Das bedeutet, dass er Fehler machen wird. Wenn er das College hinwerfen will, dann nickst und lächelst du einfach und sagst, dass es seine Sache ist. Wenn er deinen Rat braucht, kann er fragen.« Er unterbricht sich, dann fügt er hinzu: »Das heißt nicht, dass du nicht dazwischen gehen solltest, wenn du ihn etwas Gefährliches tun siehst, aber diese Sache? In einen Professor verliebt zu sein und nicht zu wissen, was er mit seinem Leben anfangen soll? Das machen wir doch alle mal durch.«

Ich seufze, während ich über seine Worte nachdenke. »Du bist so sexy, wenn du vernünftig bist«, murmele ich. Er hat recht. Dustin ist alt genug, um Hilfe zu bitten, wenn er sie braucht.

»Danke. Ich glaube, du traust ihm zu wenig zu. Er war uns eine Riesenhilfe während der Migration.«

Mit einem Seufzer sage ich: »Er war so ein hübsches Ei. Und so ein süßes Drachenjunges. Schwierig wurde es erst, als er sprechen gelernt hat.«

Percy lacht tonlos. »Würde es dir etwas ausmachen, wenn ich dich darüber ausfrage? Über die Fortpflanzung bei Drachen?«

»Schieß los.« Ich drücke ihn an mich, dann mache ich ein paar Schritte rückwärts und setze mich mit ihm auf dem Schoß in einen Sessel. »So, jetzt haben wir es gemütlich. Was willst du gerne wissen?«

»Nun, mir ist aufgefallen, dass du, wenn du ... wenn wir ... wenn du ... einen Orgasmus hast, ist da ... da ist...«

»Wie kannst du nach allem, was wir diese Woche miteinander getrieben haben, zu schüchtern sein, um über

Samen zu sprechen?«, frage ich mich laut, während ich bewundere, wie rot seine Wangen geworden sind.

»Ich bin nicht *schüchtern*. Es gibt einfach Dinge, die man im Schlafzimmer bespricht. Oder im Bad. In der Küche. Auf dem Boden im Flur. Jedenfalls nicht im Büro.«

Wenn es nach mir geht, würde er über all diese Dinge reden können, wo wir gerade gehen und stehen, sobald wir einen Moment Privatsphäre haben. Ob man diese Tür wohl abschließen kann? »Natürlich«, sage ich zustimmend. »Wo waren wir stehengeblieben?«

Er funkelt mich an. »Ernsthaft? Muss ich es wirklich aussprechen?«

Ich lenke ein. »Du willst wissen, wie wir uns fortpflanzen, weil wir beim Kommen kein Sperma produzieren.«

Seine Wangen werden noch röter, aber er nickt. »Ja. Ich habe von Dracheneiern gehört. Aber alle eierlegenden Spezies, die ich kenne, müssen befruchtet werden.«

»Wir legen keine Eier«, verbessere ich ihn kopfschüttelnd. Er wartet darauf, dass ich fortfahre, und wenn ich mich nicht schon auf eine lange, lustvolle Mittagspause freuen würde, würde ich diesen Augenblick hinauszögern, um ihn noch ein bisschen zappeln zu lassen. Aber ich will mir keinesfalls seinen Unmut zuziehen. »Wir sind Energiewesen. Unsere Kinder entstehen aus unserer inneren Magie.«

Er lehnt sich zurück, um mich anzuschauen. »Was?«

»Wenn wir beschließen, Kinder zu bekommen, beginnen wir, Schuppen zu verlieren. Ausgewachsene, mächtige Drachen, können eine Schuppe pro Tag verlieren, wenn sie wollen, aber das ist selten. Die meisten schaffen etwa eine pro Woche. Jede Schuppe enthält eine gewisse Menge von unserer inneren Magie. Je mächtiger der Drache, desto mehr Magie steckt in der Schuppe. Wir sammeln die Schuppen, und wenn es genügend Energie ist, verwandeln sie sich in ein Ei.«

Sein Unterkiefer sinkt nach unten.

»Und wenn ein Paar seine Schuppen beim Sammeln mischt, ist das Ei das Produkt aus beiden Drachen – eine Mischung aus ihrer beider Energie.«

Jetzt werden seine Augen ganz glasig. »Wie schön.« Er seufzt. »Und so viel einfacher für gleichgeschlechtliche Paare. Sie brauchen keine Spender oder Leihmütter.«

»Und für alleinstehende Drachen, die sich ein Kind wünschen«, füge ich hinzu. »Ich war der einzige Elternteil meiner Tochter.« Der vertraute Schmerz zieht meine Brust zusammen.

»Ich ...« Percy zögert, und ich umarme ihn fester.

»Ihr Name war Osanna«, sage ich. »Dustin ist ihr sehr ähnlich. Nachdem ich meine wilde Zeit hinter mich gebracht hatte, habe ich beschlossen, dass ich ein Kind wollte, also begann ich, meine Schuppen abzuwerfen. Sie war ein so hübsches rotes Ei, schimmernd wie Glitzer. Und sie war niemals ruhig. Manche Eier sind so – darum bauen wir Nester dafür. Dass sich ein Ei von da wegrollt, wo man es hingelegt hat, das kann man wirklich nicht brauchen.«

»In der Tat«, sagt er schwach.

»Tja, und man hatte viel Arbeit mit ihr, sobald sie geschlüpft war. Dustin war ein wesentlich ruhigeres Junges – wahrscheinlich hatte er das von seinem Vater, der ein sehr vernünftiger Typ war. Osanna war keinen Moment still, von morgens bis abends. Sobald sie sprechen konnte, hat sie Fragen gestellt.« Ich schlucke. »Sie war unglaublich.«

Percy lehnt sich an meine Brust und legt die Arme um mich. »Was ist ihr zugestoßen?«

Ich seufze. »Éibhear und seine Zeitportale. Als die Anomalien begannen, war der Augenblick ihrer Verwandlung zum Ei einer der ersten, der aufgehört hat, zu existieren. Sie war einfach ... weg.«

»Es tut mir so leid.«

Ich lege mein Gesicht an seines und atme tief durch. Ich habe noch nie mit jemandem über Osanna sprechen können außer Dustin. Percy ist Balsam für meine Seele. Die Lebensmacht umgibt uns beide und bestätigt das, was ich schon weiß – er ist mein.

»Sie hat die Erde geliebt«, erzähle ich weiter. »Sie war nicht oft hier, weil das Reiseverbot verhängt wurde, als sie noch jung war, aber sie wäre glücklich, zu wissen, dass wir hier sicher sind und dass ihr Sohn diesen Ort genießen kann.«

»Das freut mich. Das ist wenigstens ein Trost für dich. Hast du Dustins Vater auf die gleiche Weise verloren?«

»Nein.« Ich schüttele den Kopf. »Er hat es nicht ertragen, als Osanna nicht mehr da war. Konnte nicht ohne sie leben. Wir sind Energiewesen, und wir bestimmen selbst, wie lange wir leben. Er hat sich entschieden, in den Äther weiterzuziehen. Dustin war damals noch ein Drachenjunges, also habe ich ihn aufgezogen.«

Percy drückt mich an sich. »Er hätte sich keinen besseren Großvater wünschen können«, sagt er loyal, und in mir steigt eine Welle der Emotionen auf.

»Könntest du dir vorstellen, mit mir ein Kind zu bekommen?«, frage ich.

Er erstarrt.

»Percy?«

»Ich ... ich werfe keine Schuppen ab.« Er klingt so, als würde er scherzen, aber es schwingt eine schwache Hoffnung in seiner Stimme mit, die mir Mut macht.

»Es wäre trotzdem unser Kind.« Ich runzele die Stirn. »Obwohl ich ziemlich sicher bin, dass ich gelesen hatte, dass es einmal ein Drachenjunges von einem Drachen und einer der Erden-Spezies gab.« *Was es ein Vampir? Ich muss mal das Lebende Archiv konsultieren.*

Er schluckt, dann räuspert er sich. »Unsere Beziehung ist noch ganz neu, Brandt. Gib uns erstmal etwas Zeit zu zweit.«

»Natürlich. Ich bin auch noch nicht bereit, dich zu teilen. Aber du bist nicht gegen die Idee?«

Er schüttelt den Kopf. »Noch nicht mal ein bisschen.«

Wir sitzen eine Weile zusammen und kuscheln. Es ist das ruhigste, gemütlichste, wunderbarste Gefühl aller Zeiten.

Dann rührt er sich. »Brandt?«

»Hmmm?« Ich presse mein Gesicht in seine Haare und atme tief seinen Duft ein.

»Wenn Dracheneier aus Energie bestehen und du keinen Samen produzierst – warum hast du dann einen Penis?«

Ich lehne mich zurück und starre ihn an. *Macht er Witze, oder hat er wirklich gerade eine so dumme Frage gestellt?*

Er sieht aber ganz ernst aus.

»Für Sex«, sage ich in einem Ton, der deutlich macht, dass ich mich wundere, dass ihm das nicht schon klar ist.

Er lacht leise. »Mir ist schon klar, dass Penisse für Sex genutzt werden. Was ich meine ist, warum sind Drachen dafür ausgestattet, Sex zu haben, wenn sie sich nicht dadurch fortpflanzen?«

Oh, jetzt verstehe ich. »Weil es Spaß macht. Wir hatten nie zweibeinige Gestalt, bis wir die Elfen getroffen haben und eine Möglichkeit finden mussten, mit ihnen zu kommunizieren. Darum spechen wir auch Elfisch – Drachen haben keine gesprochene Sprache. Die brauchten wir davor auch nie. Als wir den Elfen begegneten und begannen, uns zu verwandeln, waren unsere Körper nicht genau so wie die der Elfen, denn sie trugen Kleidung, und wir konnten die feineren Details gar nicht sehen.«

»Das kann ja nicht wahr sein«, murmelt er. »Willst du mir sagen, dass deine ursprüngliche zweibeinige Gestalt wie eine Ken-Puppe war? Ohne Genitalien?«

»Also meine nicht«, verbessere ich. »Das war alles lange bevor ich geschlüpft bin. Aber ja, die ursprüngliche zweibeinige Gestalt von Drachen hatte keine Geschlechtsorgane. Dann, nach einer Weile, stellten wir fest, dass die Elfen Sex wirklich zu mögen schienen. Also haben wir Geschlechtsorgane entwickelt, um es auszuprobieren.«

Schweigen.

»Ihr ...« er scheint Schwierigkeiten zu haben, zu folgen. »Ihr ihr ... habt euch *evolutionär entwickelt*, um *Sex auszuprobieren?*«

»Japp.« Ich bin ziemlich stolz auf die Vorfahren, die das getan haben. Sie wussten, wie man priorisiert. »Und als wir es ausprobiert hatten, wurde uns klar, dass es ein absolutes Muss ist, also haben wir es beibehalten.«

Er fängt an zu lachen. »Ich bin so froh, dass ihr beschlossen habt, dass Sex ein absolutes Muss ist«, prustet er. »Und ich bin sehr dankbar dafür, dass du einen Penis hast.« Er unterbricht sich. »Hast du darum in Drachengestalt keinen?«

Ich verschlinge ihn mit Blicken. »Darauf hast du also geachtet, hm? Würdest du gerne den nackten Drachenausritt von der Theorie in die Praxis umsetzen?«

Er lacht immer noch, während er sich gleichzeitig schüttelt. »Tod durch Zerreißen mit Drachenpenis? Das klingt nicht sehr verlockend, dankeschön.«

»Da hast du recht.« Das wäre ein Unglück für mein

Sexleben. »Ja, darum habe ich in Drachengestalt keinen. Ich glaube, dass es eine Zeitlang auch Leute gab, die in beiden Gestalten welche hatten, aber Sex als Drache macht nicht so viel Spaß wie Sex in zweibeiniger Gestalt, also wurden sie wieder zurückgebildet.«

»Ich hätte nicht gedacht, dass Evolution so funktioniert.«

Ich zucke die Achseln. »Wir Drachen haben schon immer Dinge so gemacht, wie wir wollten.«

Er lächelt und streckt sich mir entgegen, um mich zu küssen. »Das würde ich niemals ändern wollen.«

# KAPITEL 10

PERCY

»Also ich weiß nicht so genau«, sage ich zum vielleicht dreißigsten Mal.

»Du wirst es lieben«, versichert mir Brandt.

Na dann.

»Es ist sehr sicher«, sagt Wil ernsthaft. »Und wir machen heute einen ganz alltäglichen Start.«

Ich schließe ein Auge, dann öffne ich es wieder. »Was heißt das denn, ›ganz alltäglich‹? Was wäre denn ein außergewöhnlicher Start?«

Die drei zucken die Achseln.

»Na ja«, sagt Brandt, »in letzter Zeit haben wir uns öfter vom Dach des Hochhauses gestürzt und uns dann im Flug verwandelt.«

»Ihr habt *was*?«, kreische ich.

»Es war die einzige Möglichkeit«, erklärt Steffen. »Das Dach wäre schon für einen von uns in Drachengestalt zu klein.«

Ich kneife mir in den Nasenrücken und versuche, nicht

darüber nachzudenken, was passieren würde, wenn aus irgend einem Grund die Verwandlung nicht gelingen würde, oder ein starker Wind gehen würde, oder eines der anderen Millionen Dinge passieren würde, die zur Folge hätten, dass sie fünfzehn Stockwerke in die Tiefe stürzen und auf dem Boden aufschlagen. Und natürlich würde mit ihrem Tod auch der Tarnzauber, der sie schützt, aufgelöst werden, was bedeutet, dass die Menschen plötzlich eine mysteriöse, am Boden zerschmetterte Leiche auf der Straße finden würden. Ganz toll. Ein fürchterlicher Tod *und* das Risiko, von den Menschen erkannt zu werden. Zwei für einen Preis.

»Warum«, setze ich an, »könnt ihr nicht das tun, was wir jetzt machen?« Ich zeige auf unser Umfeld, den Sportplatz einer Highschool, in dessen Mitte wir stehen.

Sie schauen sich um.

»Wir sind nur deinetwegen hier«, sagt Wil. »Es ist wirklich mühsam, extra hierher zu kommen, wenn wir einfach das Dach des Wohnblocks nehmen können.« Auf meinem Gesicht scheint sich widerzuspiegeln, was ich denke, denn er fügt hastig hinzu: »Du bist uns die Mühe natürlich wert.«

Die scheinen nicht zu verstehen, worauf ich hinauswill. Aber jetzt ist nicht der richtige Zeitpunkt, es ihnen um die Ohren zu hauen. »Darüber reden wir noch«, sage ich warnend, und Wil und Steffen sehen beide Brandt an. Der lächelt fröhlich.

»Ich rede immer gerne über alles mit dir«, versichert er mir. »Also. Soll ich es nochmal erklären?«

Ich betrachte das Geschirr in Wils Hand mit *gehöriger* Nervosität. »Ich glaube, ich habe es verstanden. Aber ich verstehe immer noch nicht, warum wir nicht das Auto nehmen können.« Ein wunderbares, beheiztes Auto mit weichen Sitzen und ohne Risiko, aus großer Höhe in den Tod zu stürzen.

Meine innere Katze faucht mich angewidert an. Ganz offensichtlich hat sie das Gefühl, dass ich ein Feigling bin, der sich drücken will.

Und recht hat sie.

Mit einem Seufzer nehme ich das Geschirr und ziehe es an. Brandt und Wil prüfen alle Gurte und Schnallen, dann treten Wil, Steffen und ich zurück. Brandt verschwindet aus unserem Gesichtsfeld, als er seinen Tarnzauber aktiviert, dann spüre ich, wie sich der Luftdruck verändert und schließe daraus, dass er sich verwandelt hat.

Äh ...

»Habt ihr vergessen, dass wir ihn jetzt gar nicht sehen können?«, frage ich. Wie wollen sie mich und das Geschirr an ihm befestigen, wenn wir nicht sehen, wo?

»Brandt«, schreit Steffen. »Percy sieht dich nicht.«

Eine Sekunde später taucht mein Drache vor mir auf, und ich schnappe nach Luft.

»Er hatte nur vergessen, dich von dem Zauber auszunehmen«, sagt Wil. »Na los.«

Brandt dreht den Kopf, um mich anzuschauen, als ich näher komme, und, Donnerwetter ... ich war nicht auf seine Augen vorbereitet. Wenn Erden-Shifter sich verwandeln, ist die einzige Ähnlichkeit zu unserer zweibeinigen Gestalt die Haarfarbe – und auch das ist nicht zwingend der Fall. Aber wenn ich Brandts Gesicht betrachte, könnte ich ihn niemals verwechseln. Seine Augen sind die gleichen. Etwa hundertmal größer, aber unverwechselbar seine.

Er ist wunderschön. Ich fange an zu strahlen, strecke die Hand aus und lege meine Hand auf seine Nase. Ich bin im Vergleich zu ihm winzig, und seine Schuppen fühlen sich komplett anders an als ich erwartet hatte – sie sind unglaublich weich und geschmeidig, wie perfekt eingetragenes Leder. Er gibt ein grollendes Geräusch von sich, das … ehrlich gesagt habe ich keine Ahnung, was es bedeutet, aber er wirkt sehr glücklich, also interpretiere ich es mal so.

»Wir können uns nicht allzu lange hier aufhalten«, sagt Steffen warnend. Er blickt um sich, und dieses eine Mal ist er nicht paranoid. Wenn uns jemand sehen sollte, würde die Person vielleicht näherkommen, um nachzusehen, was wir machen, und in diesem Augenblick füllt Brandt fast das ganze Sportfeld, auch wenn er nicht zu sehen ist. Es wäre nicht gut, wenn ein Mensch mit ihm zusammenstoßen würde.

Wil und Steffen zeigen mir, wie ich aufsitzen muss, dann werde ich sicher an Brandt festgeschnallt. Es ist ein komisches Gefühl, auf meinem Freund zu sitzen und an ihm festgeschnallt zu sein. Zum ersten Mal wird mir wirklich klar, dass Brandt, mein Lover, ein *Drache* ist. Ein Drache, auf dem ich reiten werde. Und nicht im Sinne von nackten Vergnügungen.

Ich bin überwältigt.

Viel früher als ich eigentlich bereit bin, springen Wil und Steffen wieder ab und treten zurück. »Brandt, du kannst los«, ruft Steffen, und plötzlich setzt Brandt sich *in Bewegung*. Ich spüre, wie sich seine Muskeln unter mir anspannen, und kann mich gerade noch zurückhalten, zu schreien, als er aufsteht. Ich bin so damit beschäftigt, den Schrei zu unterdrücken, dass ich kaum merke, wie er seine Schwingen ausbreitet, und dann hebt er ab und wir steigen in die Lüfte.

Ich spüre, wie in jedem Quadratzentimeter meines Körpers das Blut rauscht. Seine Schwingen schlagen kräftig, während wir an Höhe gewinnen. Die Lichter der Stadt breiten sich unter uns aus, und oh wow, wow, wow … ich glaube, dass ist die beste Art und Weise, übers Wochenende zu verreisen.

Aber kalt ist es, verdammt nochmal. Brandts Körperwärme strahlt auf die untere Hälfte meines Körpers aus, aber selbst mit meiner Widerstandskraft des Shifters gegen Kälte und meiner dicken Jacke ist meine obere Hälfte nicht glücklich über den kalten Wind und die Luftströmungen in dieser Höhe. Nächstes Mal werde ich mich besser vorbereiten.

Ich spüre eine plötzliche Luftströmung um mich flirren, und als ich mich umdrehe, sehe ich einen weiteren Drachen an unserer Seite. Er ist grün und hält meine Reisetasche in den Klauen, ein absonderlicher Anblick. Ein schneller Blick nach links zeigt mir einen roten Drachen. Weder Steffen noch Wil sind so groß wie Brandt, aber sie sind nichtsdestotrotz beeindruckend – auch wenn ich nicht sicher bin, wer wer ist. Das muss ich noch lernen.

Ich atme einmal tief durch und fange an zu grinsen. »Woooo-hoooo!«, schreie ich, und alle drei Drachen machen grollend-atemlose Geräusche, die Lachen sein könnten. Dann hustet Brandt, und aus seinen Nüstern kommen Flammen.

Ich schreie auf und lege mich flach an seinen Nacken, während wir durch die ersterbenden Flammen fliegen. Die Wärme streicht an mir vorbei, aber sie ist nicht so stark, dass sie brennt. Es ist eigentlich richtig schön, selbst wenn meine drei Gefährten wieder das Lach-Geräusch von sich geben.

»Du bist ein Halunke, Brandt!«, rufe ich laut genug, um von ihm gehört zu werden, und er reagiert mit einer weiteren Flamme. Dieses Mal bleibe ich aufrecht sitzen, denn ich vertraue darauf, dass Brandt nichts tun würde, was mich verletzen würde. Ich fliege durch Feuer. Das ist das Verrückteste, was ich je getan habe.

*Vater würde so etwas niemals tun.*

Die dumme kleine Stimme schiebe ich beiseite. Es stimmt, mein Vater würde es nicht gutheißen ... aber da ich gar nicht den Wunsch habe, so zu werden wie er, ist das gut so.

Na sowas. Ich werde wohl doch nicht wie mein Vater.

Wir sind viel schneller als mit dem Auto – zwanzig Minuten und keine zweieinhalb Stunden. Und es ist wesentlich interessanter als der Highway. Mein felides Ich mag es überraschender Weise auch – Höhe war noch nie ein Problem, aber ich hätte gedacht, dass Fliegen anders sein würde. Eines Tages muss ich das unbedingt auch in Katzengestalt ausprobieren. Ich bin richtig enttäuscht, als Brandt langsamer wird, dann einen Kreis fliegt, aber die Enttäuschung wird schnell von Adrenalin abgelöst, als wir den Landeanflug beginnen. Brandts Geschwindigkeit ist ebenso kontrolliert wie beim Losfliegen, aber ich kann nicht verhindern, zu befürchten, dass er kurz davor ist, die Kontrolle zu verlieren, und dass wir abstürzen werden. Der Boden kommt allzu schnell näher. Aber das Haus sieht schön und warm aus, alle Lichter sind an, und ich halte mich an der Welle der Erleichterung fest, die mich bei dem Gedanken an zu Hause überkommt.

Und dann bin ich plötzlich wieder verstört. Ich habe genau eine Nacht in diesem Haus verbracht. Eine. Nacht. Wie kann es sich also nach zu Hause anfühlen?

Brandt landet und zieht seine Flügel ein, und ich unterdrücke alle Unsicherheit und löse die Gurte, die mich an seinem Rücken gehalten haben. Bevor ich absteigen kann, dreht er den Kopf und schaut mich an, ein Strahlen in den großen Augen, das mich von Kopf bis Fuß erwärmt. Ich bin genau da, wo ich hingehöre. Ich klopfe seinen Hals und beuge mich vor. »Später reite ich nochmal richtig auf dir.«

Jemand räuspert sich und ich schließe die Augen. Ernsthaft? Ist es mein Schicksal, dass immer jemand im unpassendsten Moment zuhört?

Brandt macht das lachende Geräusch, und ich trete ihn beim Absteigen ein bisschen. Er hat mir vorhin schon versichert, dass ich ihm mit meinen »mickrigen Füßen« nichts anhaben kann, aber so merkt er immerhin, dass ich nicht begeistert bin.

Den letzten Meter springe ich ab und lande neben Dustin, der ein breites Grinsen im Gesicht hat. »Ich freue mich ja für dich und Großvater, aber langsam mache ich mir ein bisschen Sorgen, dass ihr irgendwie sexsüchtig seid«, sagt er neckend. Ich schubse ihn leicht.

»Fang gar nicht erst an.« Ich würde gerne nach dem Professor fragen, von dem Alistair erzählt hat, aber ich halte mich zurück. Wenn er darüber sprechen will, wird er es schon noch tun. »Wie war deine Woche?«

Er zuckt die Achseln. »Geht so.« Jetzt, da er sich nicht über mich lustig macht, scheint er nicht ganz er selbst – nicht so überschwänglich wie sonst. Ich lege den Arm um ihn und drücke ihn an mich, und er umarmt mich so fest, dass ich ganz besorgt bin.

Hinter ihm verwandelt sich der rote Drache zu Wil auf zwei Beinen. Er runzelt die Stirn, dann hebt er die Augenbrauen und deutet auf Dustin. Ich ziehe eine Grimasse. Keine Ahnung, was mit ihm los ist.

Dustin lässt mich los, und ich setze ein warmes, ermutigendes Lächeln auf. Hinter mir entsteht ein Luftzug, und ein paar Augenblicke später spüre ich Brandts Präsenz in meinem Rücken.

»Hallo, geliebter Enkel«, sagt er gut gelaunt, aber ich

kann ihm anhören, dass er die Umarmung gesehen hat und sich Sorgen macht.

»Hallo, Großvater. Hast du Percy eine schöne Woche bereitet?« Dustin grinst, und ich bin erleichtert, dass seine Stimmung sich zu heben scheint.

Brandt zieht die Nase hoch. »Aber natürlich. Ich habe mehr darüber vergessen, wie man einen Partner bei Laune hält, als du jemals lernen wirst.«

»Das wird dir nicht viel nützen, wenn du es vergessen hast«, sagt Dustin spitz, dann duckt er sich lachend weg, als Brandt spielerisch nach ihm ausholt.

Wil und Steffen kommen dazu, und ich sehe, dass meine Reisegenossen ihre Tarnung deaktiviert haben, jetzt, da sie sicher zu Hause sind. An ihren Gesichtern zeigt sich wieder ihre Herkunft. Ich mag es – sie sehen selbst als Menschen getarnt gut aus, aber es ist etwas Besonderes, sie in der Gestalt zu sehen, die sie selbst vorziehen. Wir laufen nach oben zum Haus. Die Fläche zum Starten und Landen liegt unten im Garten, geschützt von Bäumen und in sicherer Entfernung von allen Gebäuden, die durch eine schlecht kalkulierte Landung beschädigt werden könnten. Offenbar ist mein Schuppen in Broome nicht der erste durch fallende Drachen demolierte Bau. Es ist ein schöner Spaziergang nach oben zur Terrasse an der Rückseite des Hauses. Die Fenster leuchten einladend. Wir umrunden den für den Winter abgedeckten Pool und folgen dem Weg seitlich des Hauses bis zur Tür zum Wirtschaftsraum.

Das Haus ist wohlig warm. Mir war gar nicht bewusst, wie kalt mein Gesicht war, bis es beginnt, abzutauen. Wir legen unsere Jacken ab und marschieren zur Küche, aus der uns ein herrlicher Duft lockt. Kethe schaut von dem Kochtopf auf, in dem sie gerade rührt.

»Da seid ihr ja. Wir essen in 15 Minuten, falls ihr euch

umziehen wollt oder so. Percy, wie war der Flug? Keine Flugkunststücke?«

Ich blinzele und bin froh, dass keiner darüber gesprochen hat, dass es diese Möglichkeit geben könnte, bevor ich mich an Brandts Rücken geschnallt und mich durch die Gegend habe fliegen lassen.

»Das würde ich niemals tun!«, erklärt Brandt, und wir alle schauen ihn an. »Nicht ohne deine Erlaubnis«, fügt er hinzu, und ich stelle mich auf die Zehenspitzen, um ihn zu küssen.

»Eines Tages vielleicht«, sage ich, noch bevor ich mich zurückhalten kann, dann frage ich mich, wo das gerade herkam. Will ich das wirklich, auf Brandts Rücken in der Luft Rad schlagen, oder so?

Meine innere Katze horcht auf.

Scheint so. Auch wenn mein Magen beim Gedanken daran Flicflacbewegungen macht.

»Wenn du einen unterhaltsamen Flug willst, hast du bei mir die besten Chancen«, sagt Sophie. »Keiner dieser Typen kann mit mir mithalten.«

Sofort entflammt ein Streit darüber, wer mir die beste Achterbahnfahrt-Erfahrung bieten könnte, und ich mache mir eine Tasse Tee mit einer der Mischungen, die Amara geschickt hat. Damit setze ich mich an den Küchentisch und höre zu, wie mein Freund behauptet, dass auch er einen dreifachen Rückwärtssalto machen kann, ohne dabei langsamer zu werden und an Höhe zu verlieren.

Und ich entspanne mich.

NACH EINEM LEBHAFTEN ABENDESSEN, bei dem uns Sophie detailreich beschreibt, wie der Eiter im entzündeten Hals eines Jungdrachens aussah, den sie diese Woche untersucht hat, überlasse ich Brandt der Diskussion mit Steffen, ob Infrarotsensoren auf dem Gelände sinnvoll wären oder nicht, und schlendere in eines der Wohnzimmer im Erdgeschoss. Kethe hat das Feuer angemacht, und es ist warm und gemütlich – der perfekte Ort, um sich an einem kalten Freitagabend einzuigeln und zu entspannen.

»Percy?«

Oder der perfekte Ort, um sich mit dem Enkel meines Partners zu unterhalten. Dem Klang seiner Stimme nach wird es kein einfaches Gespräch werden.

Ich drehe mich um. »Hi, Dustin. Was gibt's?«

Er dreht eine Runde um den ganzen Raum und streicht dabei mit den Fingern über Wände und Möbel. Ich mache es mir auf dem Sofa gemütlich und lasse ihm Zeit, seine Gedanken zu ordnen.

Es dauert eine Weile, und ich wünschte, ich hätte mir etwas zu trinken mitgenommen, als er schließlich mit einem tiefen Seufzer erklärt:

»Ich brauche einen Rat.« Damit lässt er sich neben mich plumpsen.

»Aber gerne«, erwidere ich und unterdrücke ein Lächeln. Er mag Jahrtausende älter sein als ich, aber er ist einfach ein süßer Junge.

»Es ist wegen dem College. Also, dass ich mein Studium abbrechen will.«

Eine ernste Sache also. »Ich werde alles tun, um dir zu helfen«, verspreche ich.

Er seufzt erneut. »Ich weiß einfach nicht, was ich tun soll. Ich mag das College ... irgendwie. Ich mag die neue Erfahrung, und ich lerne viel über die Gesellschaft auf der Erde. Die Wissenschaften sind teilweise seltsam, aber am Ende ergibt trotzdem alles Sinn.«

Ich warte.

»Ich glaube aber nicht, dass ich weitermachen kann. Ich fühle mich innerlich ganz zerrissen.«

Aha. Bevor er seinen melodramatischen Monolog fortsetzen kann, muss ich dahinterkommen, ob es um das geht, von dem ich denke, dass es darum geht, oder ob es etwas Ernsteres ist.

»Wirst du gebullied, Dustin? Hat jemand dir etwas getan?«

Er blinzelt mich an. »Oh – nein. Das war nicht wörtlich gemeint. Es ist eine *emotionale* Qual.«

Ich nicke ernsthaft. Es muss die Schwärmerei für den Professor sein, von der Alistair sprach.

»Ich bin verliebt.« Er sagt es in einem Ton, in dem eine weniger interessante Person sagen würde: »Ich muss sterben.«

»Ist das nicht normalerweise gut?«, frage ich vorsichtig.

Er schüttelt den Kopf. »Dieses Mal nicht. Meine Liebe wird nicht erwidert. Und ich kann nicht funktionieren! Ich kann mich in den Vorlesungen nicht konzentrieren, kann keine Antworten geben, ohne zu stottern oder dummes Zeug zu reden. Es zerstört mich. Die einzige Lösung ist, das Studium abzubrechen, obwohl ich es wirklich nicht will.« Er schaut mich mit tragischer Miene an, in seinen Augen glänzen ungeweinte Tränen, und ich bin hin- und hergerissen zwischen Lachen und Mitleid.

»Vielleicht gibt es ja noch andere Lösungen«, beginne ich. »Darf ich vielleicht ein bisschen mehr erfahren?«

Er legt die Hand vor die Augen. »Ich erzähle dir, soviel ich kann. Ich brauche Rat ... ich sehe einfach keinen Ausweg.«

Und ich hatte immer gedacht, dass Höllenhunde extrem

sind. Die können Drachen noch nicht mal im Ansatz das Wasser reichen.

»Diese Person, in die du verk... verliebt bist, siehst du also in deinen Vorlesungen?« Ich muss ihn dazu bringen, dass er sagt, dass es der Professor ist.

»In einer Vorlesung.«

»Okay, das ist doch ein guter Anfang. Wenn es nur eine Vorlesung ist, musst du das College nicht ganz abbrechen. Wird die Vorlesung nur einmal angeboten, oder könntest du einen anderen Termin nehmen?« *Na los, Dustin. Sag schon, dass es der Professor ist.*

Er lässt die Hand in den Schoß fallen und starrt mich aus großen Augen an. »Ich kann nicht tauschen. Also, könnte ich, aber das würde nichts ändern.« Er senkt die Stimme zu einem Flüstern. »Ich bin in den Professor verliebt.«

»Ich verstehe. Das macht es komplizierter«, sage ich ernst. »Könntest du die Vorlesung ganz weglassen?«

»Nein. Es ist eine Pflichtvorlesung für meinen Abschluss.« Er beißt sich auf die Lippe. »Vielleicht wenn ich mein Hauptfach wechsele? Aber ich mag das, was ich studiere.«

Immerhin sieht er das Abbrechen nicht mehr als einzige Option.

»Na ja, das Semester ist ja fast vorbei. Wenn du noch ein paar Wochen durchhalten könntest –«

»Er unterrichtet ja noch zwei Vorlesungen, die ich brauche.«

Okay, hier kann man ja nicht gewinnen. »So schwer es auch ist, in jemanden verliebt zu sein, der einen nicht liebt –«

»Er bemerkt noch nicht mal, dass ich existiere«, unterbricht Dustin kummervoll. »Ich bin nur einer auf der

Namensliste, den er manchmal aufruft. Und sich dann wünscht, er hätte es nicht getan, denn ich stolpere über meine eigenen Worte und nenne Shakespeare Wilbert statt William.«

Ich versuche, keine Grimasse zu schneiden. Armer Junge.

»Das muss furchtbar sein«, sage ich mitfühlend. »Aber Dustin, das College dauert nur vier Jahre. Selbst wenn du ihn in jedem Jahr als Dozenten haben solltest – es geht schneller vorbei, als du denkst. Wenn du abbrichst oder dein Hauptfach wechselst, um ihm aus dem Weg zu gehen, gibst du etwas auf, das so viel länger Teil deines Lebens sein könnte.«

Er seufzt wieder. »Könnte sein.«

»Das soll nicht heißen, dass es einfach ist. Vielleicht könntest du versuchen, mehr unter die Leute zu gehen. Unerwiderte Liebe kann nachlassen, wenn man nicht ständig daran erinnert wird. Ablenkungen könnten helfen. Oder dir begegnet jemand, der dich auch liebt.« Der zweifelnde Gesichtsausdruck zerreißt mir das Herz. »Ich will ehrlich sein, Dustin. Ich glaube nicht, dass es die beste Lösung wäre, abzubrechen. Du würdest es glaube ich bereuen. Aber es ist eine Entscheidung, die nur du treffen kannst, da du derjenige bist, der sich in diese Vorlesung setzen und die Gefühle aushalten muss.«

Er starrt lange schweigend ins Feuer. Ich überlasse ihn seinen Gedanken und wünsche mir, ich könnte das Problem für ihn lösen.

»Kommt glaube ich darauf an, wie tapfer ich sein kann«, sagt er schließlich. »Wenn es doch nur einfacher wäre. Ich befürchte aber, dass ich nicht bestehen werde, weil ich mich nicht konzentrieren kann.«

»Dabei kann ich dir vielleicht helfen. Shakespeare

hattest du gesagt?« Ich spüre, wie mich die Erleichterung durchströmt. Ich kann etwas Konkretes tun!

»Einführung in englische Literatur«, sagt er, und ich lächle.

»Ein Kinderspiel. Ich habe selbst englische Literatur studiert. Ich helfe dir beim Lernen. Das macht es vielleicht nicht einfacher, aber es wird ausreichen, um zu bestehen.«

»Das würdest du machen?« Er schaut mich kummervoll und ernsthaft an. »Dann würde ich mich weniger wie ein ... Versager fühlen. Loser. Idiot.«

»Du bist nichts von den dreien«, sage ich entschieden. »Du hast Schwierigkeiten in einem einzigen Fach. Wir waren alle schon mal verliebt, und die meisten von uns haben auch erlebt, wie es ist, wenn unsere Gefühle nicht erwidert werden. Daran kann ich nichts ändern, aber ich kann dir mit dem Stoff helfen und dir den Stress mit der Situation erleichtern.«

Er stürzt sich auf mich und umarmt mich. »Danke, Percy! Ich fühle mich, als wäre eine Last von mir genommen«, sagt er in meine Schulter. »Einfach wird es trotzdem nicht, aber so habe ich das Gefühl, dass ich es schaffen kann.«

Ich erwidere die Umarmung und klopfe ihm sanft auf den Rücken. «Ist mir ein Vergnügen. Ich wollte, ich könnte mehr tun.«

Als er mich endlich loslässt, sind seine Augen ein bisschen rot, aber er lächelt. »Ich werde mal das Buch für die nächste Hausarbeit lesen«, sagt er. »Danke nochmal. Ich bin so froh, dass Großvater dich gefunden hat.« Er geht, bevor mir eine Antwort einfällt.

Seufzend lehne ich den Kopf an die Sofalehne. »Kommst du jetzt rein?«

Mit einem leisen Rascheln verlässt Brandt seinen

Horchposten im Flur und kommt in den Salon. »Danke dafür«, sagt er und schließt die Tür. Einen Augenblick später spüre ich die schon vertraute Berührung seiner Kräfte, während er einen Zauber aktiviert – vermutlich einen Privatsphärenschutz.

»Nichts zu danken. Ich bin froh, dass ich helfen konnte – auch wenn ich nur zugehört habe. Hat er dich bemerkt, als er gegangen ist?«

»Nein.« Er kommt um das Sofa herum, lässt sich neben mir nieder und nimmt meine Hand. »Er war in Gedanken. Aber er hat gelächelt, und dafür bin ich dankbar.«

»Ich glaube, er brauchte jemanden zum Reden«, sage ich. »Die Last teilen, du weißt schon.«

Brandt verzieht das Gesicht. »Er ist also in seinen Professor verliebt.«

Ich drücke seine Hand. »Vielleicht. Wahrscheinlich ist es nur eine Schwärmerei – er kann ja nicht mit dem Mann sprechen, da ist Liebe vielleicht etwas übertrieben.«

Er entspannt sich sichtlich. »Er wird also nicht ausgenutzt. Das war meine Sorge, als Alistair davon angefangen hat.«

»Es klang nach Machtgefälle«, sage ich zustimmend. »Aber Dustin ist alt genug, um selbst zu entscheiden.«

Brandt sieht mich ungläubig an. »Findest du, er sollte sich mit seinem Professor einlassen?«

»Nicht, solange er von ihm unterrichtet wird«, räume ich ein. »Das wäre einfach nicht in Ordnung. Aber wenn er es tun sollte, freiwillig und ohne unangebrachte Beeinflussung irgendwelcher Art – dann wäre es nicht an uns, uns einzumischen.«

»Ich bin sein Großvater! Ich habe ihn aufgezogen. Es ist immer angebracht, dass ich mich einmische!«

Ich sage nichts dazu und sehe ihm ruhig in die Augen, bis er schließlich seufzend sagt:

»Was der Grund ist, warum ich laut meine Meinung äußern würde, aber ihn tun lassen würde, was er möchte.«

Ich klopfe ihm mit der freien Hand auf den Arm. »Genau so. Denk daran, wie stark er ist«, erinnere ich ihn. »Er war so toll während der Migration. Vielleicht hat er jetzt ein bisschen zu kämpfen, aber das ist ganz normal. Es wird vorbei gehen, und Dustin wird uns alle noch beeindrucken. Ich weiß es.«

Brandt grinst, dann beugt er sich vor uns küsst mich, langsam und ausgiebig. »Du beeindruckst mich.« Ich antworte nichts, sondern konzentriere mich auf seinen Mund und seinen warmen Körper. Es ist lange her, dass ich einfach so mit jemandem geknutscht habe, lange, langsame Küsse auf einer Couch am Feuer. Ich ziehe Brandt an mich, hebe meine Beine hoch und rutsche unter ihm nach unten, bis wir beieinanderliegen, uns küssen und aneinander schmiegen. Wir sind beide hart, aber es gibt keine Dringlichkeit. Wir haben die ganze Nacht Zeit, und jetzt ist das hier alles, was wir brauchen.

Brandt findet mit den Lippen die extrem empfindliche Stelle an meinem Hals. Er liebt es, wie mein ganzer Körper erschauert, wenn er mich dort küsst. Er öffnet die oberen Knöpfe an meinem Hemd und küsst an meinem Schlüsselbein entlang, dann hält er inne und leckt meine Halsgrube.

»Trägst du noch die Höschen von heute Morgen?«, murmelt er, und ich muss lächeln. Er hat wirklich eine Schwäche dafür, wenn ich sexy Wäsche anhabe. Als ich gesagt habe, dass das etwas für besondere Anlässe ist, war er ganz enttäuscht. Heute Morgen hatte er mich gebeten, etwas Besonderes für ihn anzuziehen, und ist sogar meine Kollektion durchgegangen, um die Höschen zu finden, die er wollte. Sie sind aus hauchdünnem weißem Satin und haben an den Kanten eingestickte rote Herzchen. Ich nenne sie insgeheim »Porno-Jungfrauen«-Höschen, denn das Design mag unschuldig sein, aber Material und Schnitt sind es ganz sicher nicht.

Ich habe nachgegeben und sie angezogen, aus zwei Gründen: Erstens trage ich gern sexy Höschen, und zweitens kann ich Brandt nicht widerstehen, wenn er bettelt. Vor allem dann, wenn ich den ganzen Tag daran denken kann, wie er sie mir auszieht.

Was sehr bald passieren wird ...

»Ja«, flüstere ich. »Der Satin fühlt sich ganz weich an auf der Haut.«

Er erstarrt kurz, dann springt er auf und zieht sich in Windeseile aus. »Warum liegst du einfach nur rum? Runter mit deiner Hose!«

Ich lache leise, dann stehe ich auf und knöpfe gaaaanz langsam mein Hemd auf und streife es ab. Er steht da, nackt und ungeduldig, und sieht mir dabei zu. Ich reiche ihm das Hemd.

»Könntest du es bitte zusammenfalten?«

Er wirft es über seine Schulter, und ich verbeiße mir das Lachen, während ich meine Hose aufknöpfe, dann zögere ich beim Reißverschluss wieder.

»Percy«, knurrt Brandt. »Ich werde dir diese Hose gleich vom Leib reißen.«

Ich gebe nach und ziehe die Hose aus.

Brandt schluckt heftig. Sein Blick scheint an meinem Schritt festzuhängen. Ich schaue nach unten. Mein Schwanz ist steif und gibt Liebestropfen ab, die den weißen Satin durchsichtig machen.

»Und?«, frage ich. »Was hast du jetzt –uff!«

Brandt wirft mich rücklings auf die Couch. »Du siehst

umwerfend aus«, keucht er. »Das Schärfste, was ich je gesehen habe. Ich will dich reiten.«

Oh! Das haben wir noch nicht gemacht. »Sicher?«

Er nickt. »Und ob.« Er setzt sich auf, setzt sich rittlings auf mich und streicht mit den Fingerspitzen über den seidigen Stoff der Wäsche. Die Berührung ist schon fast zuviel für mich, und unwillkürlich hebe ich die Hüften an. »Untersteh dich, jetzt schon zu kommen«, warnt er mich, während er die Höschen herunterzieht, um meinen Schwanz zu befreien, der sofort gegen meine Bauchdecke schlägt.

Da fällt mir ein: »Mist – Gleitgel. Wir haben keines hier.«

Brandts Augen werden schmal, dann hält er die Hand auf. Heißt das, dass ich seine Hand nehmen soll?

Bevor ich fragen kann, erscheint eine kleine Menge Gleitgel in seiner Handfläche. Ich starre es an.

»Drachenmagie ist das Beste«, sage ich im Brustton der Überzeugung. Statt einer Antwort fängt er an, sich vorzubereiten. Ich liege nur da, schaue ihm zu und genieße den Anblick. Einerseits will ich nichts lieber als mich zu streicheln, aber ich kenne die Regeln – und ich bin froh darüber. Es ist einfach so ein unglaubliches Vergnügen, die Kontrolle abzugeben und nur zu *spüren*.

Und schon legt Brandt seine Hand um meinen Schwanz und hält ihn an seinen Eingang, dann lässt er sich langsam darauf herabsinken. Nach einem kurzen Moment des Widerstandes gleite ich in ihn, während er sich ganz herunterlässt und mich mit heißer Enge umgibt.

Wir stöhnen beide.

»Du bist unglaublich«, flüstert er inbrünstig, während er eine leichte Schaukelbewegung macht, dann erhebt er sich wieder, um gleich wieder herunter zu sinken.

»Lass mich dich berühren«, bitte ich, und er nickt. Ich brauche keine weitere Einladung, um seinen Schwanz zu umfassen und zu streicheln. »Gleitgel?«, frage ich, da es keine Liebestropfen gibt, die ihn schlüpfrig machen würden, und einen Augenblick später sind meine Finger befeuchtet. Ich mache mich an die Arbeit und hole ihm einen herunter, während er auf meinem Schwanz reitet. Wir fangen beide an zu schwitzen und stöhnen im Rhythmus der Bewegungen.

»Ich komme gleich«, sage ich warnend, und Brandt reißt die Augen auf.

»Ich spüre sie – die Stacheln – oh, ist das geil!« Er kommt, alle Muskeln in seinem Körper angespannt, den Kopf zurückgeworfen, und mehr brauche auch ich nicht, um zum Höhepunkt zu kommen.

Langsam komme ich wieder zu mir, als er vorsichtig von mir aufsteht, dann legt er sich neben mich und wir schmiegen uns aneinander. So bleiben wir auf der Couch liegen, bis unsere Atemzüge sich langsam wieder beruhigen. Mir ist warm, ich fühle mich geborgen und so, so zufrieden. Meine Augenlider werden schwer.

»Erzähl mir von Lily.«

Und schlagartig öffne ich die Augen wieder.

»Was möchtest du wissen?«, frage ich und spüre, wie Brandt die Achseln zuckt.

»Du hast schon von ihr gesprochen, dass ihr beiden zusammen wart, meine ich. Und ich habe auch schon ein bißchen von ihr gehört. Dass sie auch beim Senior-Team des CSG war, und dass ihr befreundet wart, glaube ich.«

Ich schweige einen Moment und denke darüber nach, was ich sagen will. »Ja. Wir waren befreundet. Sie war meine beste Freundin. Wir haben uns im Internat kennengelernt, mit neun Jahren.«

»*Neun?*« Brandts Schock ist fast körperlich spürbar. »Habe ich richtig gehört? Damals müsst ihr noch Babys gewesen sein.«

»Fast. Es gab damals nicht allzu viele Schulen, noch nicht mal für Menschen, also haben viele in der Community, die es sich leisten konnten, ihre Kinder ins Internat geschickt. Die Alternative war, die Kinder zu Hause zu unterrichten. In der Community war der Bildungsstandard höher, vor allem unter den Mädchen, als es damals bei den Menschen der Fall war. Es hat dazu beigetragen, dass wir am Leben blieben.« Ich starre ins Feuer. »Natürlich hat es das für die Kinder, die plötzlich weit weg von zu Hause zurecht kommen mussten, nicht einfacher gemacht.«

Er drückt mich an sich, und die Erinnerung an Einsamkeit und Angst verblasst. »Also seid ihr dort Freunde geworden?«

»Oh, nein. Sie konnte mich nicht ausstehen. Lily war eine abenteuerliche Person, und ich ... nun, ich bin nicht so. Ich –«

»Das bist du sehr wohl«, unterbricht er mich. »Du bist nur konditioniert worden, es nicht zu sein.«

Wenn ich so darüber nachdenke, könnte er recht haben. Mein Vater hatte eine Menge zu meinem Verhalten als Kind zu sagen (was sich bis heute nicht geändert hat), und meist war es einfacher, sich zu fügen, als sich ihm entgegen zu stellen.

»Könnte sein«, sage ich einlenkend. »Aber damals habe ich mich ganz sicher nicht abenteuerlustig benommen. Lily fand mich langweilig und schwerfällig. Ich fand sie unbesonnen und viel zu laut.«

»Wie habt ihr euch angefreundet?«, fragt er. Ich höre seiner Stimme an, dass er lächelt.

»Zwei der älteren Kinder haben uns geärgert«, erinnere

ich mich. »Wir waren zu viert oder zu fünft, und Lily und ich waren auch dabei. Sie hatten keinen Grund dafür, außer dass wir jünger waren und uns zur falschen Zeit am falschen Ort befanden, als sie in der Laune waren, gemein zu sein. Es wurde gerempelt und geschubst, es fielen Ausdrücke, und schließlich hat einer der anderen Jungen angefangen zu weinen. Ich bin nicht sicher, wie es genau passiert ist, aber Lily und ich haben uns angeschaut, sind auf die Dreckskerle losgegangen und haben sie umgerannt. Es war nur der Überraschungseffekt, der uns den Vorteil gebracht hat, aber als die anderen gesehen haben, dass wir kurzzeitig die Oberhand gewonnen hatten, haben sie uns geholfen. Wir waren in der Überzahl, also ...« Ich zucke die Achseln. »Danach hat Lily mir geholfen, eine Schramme zu säubern, die ich bei dem Handgemenge bekommen hatte, und zu mir gesagt, dass ich doch kein hoffnungsloser Fall wäre, und dass sie es zu ihrer Aufgabe machen würde, dafür zu sorgen, dass ich eine richtige Person werde und keine langweilige Statue. Danach waren wir unzertrennlich, auch wenn sie mich immer noch öde genannt hat und ich sie anmaßend. David kam ein paar Jahre später auch an die Schule, und wir haben ihn in unsere Gruppe aufgenommen.«

»Ich liebe diese Geschichte. Ihr wart also für immer Freunde?«

Ich muss lachen. »Könnte man sagen. Nach der Schule standen wir uns nicht immer so nahe. Je nachdem, was wir gerade gemacht haben und wo wir waren – damals war die Kommunikation über weitere Entfernungen noch schwierig. Aber wir haben uns immer wieder zusammengefunden, und ich wusste, dass sie kommen würde, wenn ich etwas brauchte – das galt für sie beide. Und das war auch so«, füge ich hinzu. »Als ich Luzifer wurde, waren sie die ersten, die ich angerufen habe. Ich wusste, dass ich ein starkes Team mit Leuten brauchte, denen ich vertrauen konnte.«

Brandt sagt nichts und wartet, und ich seufze.

»Ich war so einsam«, gebe ich dann zu. »Versteh mich nicht falsch, ich war liebend gern Luzifer. Ich hatte das Gefühl, dass es das war, was ich tun sollte. Aber es hat mich schon isoliert. Ich konnte nur mit meinen engsten Freunden ich selbst sein. Für alle anderen war ich in erster Linie Luzifer und erst in zweiter Linie Percy ... wenn überhaupt. Das hat es unmöglich gemacht, jemandem näher zu kommen. Und ich wollte nicht nur auf meine Freunde bauen ... also war ich einsam.«

Wieder schließt er mich fester in die Arme. »Ich verstehe«, sagt er ruhig, und ja, das tut er sicher auch. Er ist fast in der gleichen Lage. Drachen als Spezies sind zwar weniger förmlich als die Community sonst, aber es gibt trotzdem eine gewisse Distanz zwischen ihm und anderen, die nicht da ist, wenn sie unter sich sind. Anführer zu sein ist auch eine Last. »Wann hat sich euer Verhältnis geändert?«

Ich muss an den betreffenden Abend zurückdenken. »Ich war damals seit ... vielleicht 30 Jahren Luzifer. Vielleicht nicht ganz. Es war eine verkorkste Woche. Ich weiß nicht mehr genau, was passiert ist, aber es kam einfach Schlag auf Schlag, und unsere damalige Officemanagerin, Nadege, war krank. Ich hatte die halbe Woche dröhnende Kopfschmerzen, das weiß ich noch. Freitagabends kam ich nach Hause, saß auf meiner Couch in meinem leeren Haus, und alles, was ich mir gewünscht hätte, war eine Person, die mit mir dort gewesen wäre. Eine Umarmung. Jemand, der sich ums Essenbestellen gekümmert hätte, damit ich mit niemandem reden musste. Einfach nicht alleine zu sein, wenn alles, was ich wollte, Trost war.«

Er küsst mich auf den Hals und murmelt: »Armer Percy.«

Ich lehne mich der Berührung entgegen und fühle mich etwas verlegen. »Es war eine einzige große Selbstmitleidsnummer. Und in dem Moment kam Lily mit ihrem Ersatzschlüssel vorbei, den sie für Notfälle hatte. Sie hatte warmes Essen und Videos dabei, und sie kam mir vor wie die Erfüllung all meiner Träume.« Ich schnaube. »Also das war sie natürlich nicht wirklich. Keiner von uns dachte jemals, dass es mehr als Freundschaft und Sex zwischen uns geben könnte. Aber es hat mir so viel bedeutet, nicht mehr alleine sein zu müssen.«

»Das ist ganz normal. Ich bin froh, dass sie dir das geben konnte – und ich bin sicher, dass auch sie das Gleiche von dir bekommen hat.«

»Ich hoffe es.« In meinen Augen brennen Tränen. Ich hoffe wirklich, dass Lily von mir alles bekommen hat, was sie brauchte. Sie war eine so großartige Freundin, und ihre Liebe und Unterstützung waren extrem wichtig für mein Leben und meine geistige Gesundheit. Ich wäre vielleicht wirklich so geworden wie mein Vater, wenn sie mir nicht so oft die Leviten gelesen hätte. »Sie fehlt mir so sehr. Sie wäre begeistert von dir gewesen – von euch allen. Drachen und Elfen.« Ich zögere, dann füge ich hinzu: »Aber von dir ganz besonders. Ich denke, sie hätte dich für mich gut gefunden.«

»Weil ich so charmant und gutaussehend bin?«, fragt er scherzhaft, und ich lache.

»Natürlich. Und weil man mit dir Spaß hat. Sie hat sich immer jemanden für mich gewünscht, mit dem man Spaß haben kann. Wenn ich reservierte Partner hatte, hat es sie verrückt gemacht. Sie hat gesagt, dass ich einen Partner brauche, der verhindert, dass ich zum Fossil werde.«

Jetzt muss er lachen. »Du wärst das schärfste Fossil aller Zeiten. Ich wäre beglückt, wenn ich dich abstauben dürfte. Oooh, vielleicht können wir mal Archäologe und Fossil spielen, und ich lege dich Stückchen für Stückchen frei.«

Ich muss so lachen, dass ich kaum noch Luft bekomme, und als ich versuche, mich aufzusetzen, falle ich von der Couch.

Lily hatte ganz recht: Ich brauchte jemanden, mit dem man Spaß hat.

# KAPITEL 11

PERCY

»... wirklich, dass das eine gute Idee wäre?«

Ich lächle meine neue Freundin Alke an, während ich langsam ihr Junges schaukle. Da ich inzwischen weiß, wie schwer es für Drachen ist, Kinder zu bekommen, dass sie manchmal jahrzehnte- oder jahrhundertelang darauf warten müssen, dass sich genug Energie bildet, fühle ich mich so, so geehrt, das Baby halten zu dürfen ... und um Rat gefragt zu werden.

Verwirrt, aber geehrt.

»Ich finde, es ist eine wunderbare Idee. Maura wird unter all diesen anderen Spezies aufwachsen, also sehe ich keinen Grund, warum sie nicht von Anfang an ihre Spielka-meraden sein sollten.« Maura ist eines der drei Drachen-jungen der Drachen-Community. Es gibt ein paar Jungdrachen und einige weitere, unterschiedlich alte Kinder, aber die meisten überlebenden Drachen sind erwachsen. Die Geburtenrate wird sich nach und nach erhöhen, wenn sie sich eingelebt haben. Es gab nicht viele

Drachen, die gewillt waren, sich fortzupflanzen, als ihre Welt buchstäblich dem Untergang geweiht schien. Jetzt hat das alles Zeit. Alkes Sorge ist, dass Maura keine Spielkameraden haben wird, mit denen sie aufwachsen kann, und sie hatte mich gefragt, was ich davon halte, dass sie darüber nachdenkt, einer CoS-Spielgruppe beizutreten.

»Wir haben auch ein paar Elfenkinder in der Nähe«, sagt sie, »und natürlich ist mir mit denen am wohlsten – nimm es mir bitte nicht übel.« Ich lächle zum Zeichen, dass ich es nicht tue. »Aber ich will auch nicht, dass Maura erst in der Schule andere Spezies kennenlernt. Und ich finde es wichtig, dass sie sieht, dass auch ich unter den anderen Spezies Freunde finde.« Sie beißt sich nervös auf die Unterlippe.

»Du hast ganz offensichtlich gründlich darüber nachgedacht, und es ist offensichtlich, was du für eine wunderbare und achtsame Mutter bist. Natürlich ist es anfangs schwierig, neue Leute kennenzulernen, insbesondere, wenn man aus unterschiedlichen Kulturen stammt. Aber ich kann dir versichern: Elternsein ist eine universelle Angelegenheit.«

Sie lacht. »Mit dir kann man sich so gut unterhalten. Dabei bin ich sicher, das du Besseres zu tun hast als dir meine Sorgen anzuhören und Maura zu schaukeln«, fügt sie mit warmem Blick auf ihre Tochter in meinen Armen hinzu.

»Überhaupt nicht«, sage ich beruhigend. »Ich weiß schon, welche Tees ich mag«, füge ich trocken hinzu, während ich auf die zahlreichen Tapeziertische deute, auf denen viele Tabletts mit Schnapsgläsern, Heißwasserbehältern, Teebeuteln und Teekannen stehen. Es sind etwa 250 Gäste – hauptsächlich Drachen, aber auch einige andere – die mit ihren Wertungslisten in der Hand herumschlendern, verschiedene Teesorten probieren und sich notieren, wie sie ihnen geschmeckt haben. Es ist erstaunlich gut organisiert angesichts der kurzen Vorlaufzeit von einer Woche. Und ich bin immer noch verblüfft darüber, wie begeistert alle sind.

Wer nicht an der Verkostung teilnimmt oder Pause macht, hat sich auf der Terrasse unter den Heizpilzen niedergelassen. Ich sitze in einem sehr bequemen Liegestuhl, neben mir einen kleinen Tisch mit Tee und Kuchen. Für beides wird mir ständig Nachschub angereicht. Jedes Mal, wenn jemand vorbeikommt, um mit mir zu plaudern, bekomme ich etwas Neues angeboten. Es ist wunderbar.

Und ich habe mich mit vielen unterhalten. Es hat sich herumgesprochen, dass Brandt und ich ein Paar sind, und jetzt scheinen mich alle kennenlernen zu wollen. Viele von ihnen fragen mich um Rat, besonders die, denen es schwerfällt, sich einzugewöhnen. Ich weiß, dass König Raðulfr und das CSG eine Telefonseelsorge eingerichtet haben, bei der man sich in solchen Angelegenheiten melden kann, aber die Drachen fühlen sich wohler mit einer Person, die von Brandt persönlich, äh, geprüft und für gut befunden wurde, gewissermaßen.

Impulsiv schlage ich vor: »Wir könnten doch hier einen solchen Spieltreff veranstalten, an einem Wochenende? Nicht nur für Babys, sondern Kinder aller Altersgruppen. Das würde dir und allen Interessierten Gelegenheit geben, sich auszutauschen und neue Leute kennenzulernen, ohne gleich ins kalte Wasser springen zu müssen.«

Alke fängt an zu strahlen. »Oh, würdet ihr das machen? Ich hätte ein so viel besseres Gefühl, wenn du und Brandt dabei wärt.«

»Lass mich das mit Brandt und Kethe besprechen«, sage ich. Ob ich zu weit gegangen bin? Andererseits weiß ich genau, dass sie es organisieren werden, wenn sie die Geschichte hören. »Das wird bestimmt klappen.« Ich lächle auf das Baby herunter. »Schließlich gehört sie zur Vereinigungsgeneration.«

»Vereinigungsgeneration. Das gefällt mir. Es ist … manchmal ist es schwer, daran zu denken, was wir zurückgelassen haben. Aber zu wissen, dass sie in Sicherheit aufwachsen wird, ist das alles wert.«

Ich sage nichts dazu, sondern tätschele ihre Hand. Ich muss mit Brandt über diesen Beratungsdienst sprechen, den er und König Raðulfr eingerichtet haben. Es scheint so, als ob viele Leute, die ihn brauchen würden, ihn nicht in Anspruch nehmen.

Maura rührt sich ein bisschen, und ich streichle ihre weiche Wange. Sie hat erst in den letzten paar Wochen begonnen, sich in zweibeinige Gestalt zu verwandeln, und zieht noch die Drachengestalt vor. Ihre Schuppen sind das Weichste, was ich je berührt habe, und sie hat eine so zarte rosa Farbe, dass sie fast weiß aussieht. Als ausgewachsener Drache wird sie rot sein, habe ich mir sagen lassen.

Heute habe ich gelernt, dass die Farbe von Drachen mit zunehmendem Alter intensiver wird. Darum schimmert Brandt so schön, während andere matter aussehen. Sie haben noch nicht lange genug gelebt, um diesen Glanz anzunehmen.

Maura öffnet die großen Augen und blinzelt mich an. »Wird sie unruhig werden?«, murmele ich, während ich sie weiter schanft schaukele. »Ich möchte sie nicht aufregen.«

»Ich weiß nicht«, gibt Alke zu. »Sie hat noch nicht viele Fremde erlebt. Gib sie lieber mir – wir haben dich schon viel zu lange aufgehalten.«

Ich reiche ihr vorsichtig das Baby, nachdem ich sie noch einmal gekuschelt habe, dann frage ich nach, ob Brandt

Alkes Nummer hat und verspreche ihr, dass sie angerufen wird wegen des Elterntreffs. Sie ist kaum ein paar Schritte entfernt, als die nächste Person ihren Platz einnimmt.

Es ist David, der sich die Hände an einer richtigen Tasse Tee wärmt. Es ist keines der Verkostungsgläschen. Ich schaue mich um. »Und mir hast du keinen mitgebracht?«

Er schnaubt. »Ich dachte, du hast schon genug gehabt. Das ist heute Nachmittag das erste Mal, dass ich eine Chance habe, mich dir zu nähern.«

Ich nehme ein kleines Stückchen Zitronenkuchen vom Teller neben mir und beiße ab. »Ja, heute sind alle sehr gesprächig.«

Er sagt nichts dazu, also blicke ich auf und sehe, dass er mich anstarrt.

»Was denn? Habe ich Krümel irgendwo?« Ich wische mir verlegen den Mund ab.

»Nein. Ich frage mich nur, ob du das wirklich glaubst, dass heute alle in Plauderlaune sind.« Er hebt eine Augenbraue.

»David, ich habe dich lieb, aber ich werde dir und den anderen Hooligans, die für mich gearbeitet haben, nicht sagen, dass ihr recht hattet. Kannst du vergessen.« Auch wenn sie recht hatten, verdammt sollen sie sein.

Er lacht. »Okay, dann werde ich nicht weiter darauf warten. Aber es ist schön, dich mit Leuten zu sehen, um die du dich kümmern kannst – und die deutlich sehr gut auf dich ansprechen.«

Ich schaue zum Rasen und schürze die Lippen. »Das wollte ich dich schon fragen ... findest du das nicht seltsam? Brandt und ich sind erst eine Woche zusammen, die meisten dieser Leute kennen mich nicht, und trotzdem verhalten sie sich, als wäre ich immer schon der Typ, den sie um Rat gefragt haben.«

»Du vergisst die Magie«, erinnert er mich. »Die letzten Jahre haben mich gelehrt, dass Drachen enger mit ihr verbunden sind als wir. Sie richten sich sehr stark nach der Magie und bauen auf ihre Intuition. Außerdem ist Brandt seit Jahrtausenden ihr Flügelführer, und sie vertrauen ihm. Sie wissen, dass es etwas bedeutet, dass er dich hierher gebracht hat.«

»Das kann sein.« Mir ist im Laufe der Woche schon aufgefallen, dass Drachen sehr intuitiv sind. Von Shiftern wusste ich immer, dass sie sich stark auf ihre Instinkte verlassen, aber bei Drachen ist das noch sehr viel mehr der Fall.

»Außerdem bist du ja nicht irgend ein Dahergelaufener von der Straße«, fügt David trocken hinzu. »Du warst fünf Jahrzehnte lang Luzifer, Percy. Du hast entschieden, diese Leute aufzunehmen und damit ihr Leben gerettet. Wieso sollten sie kein Vertrauen zu dir haben?«

Dazu sage ich eine Weile nichts, dann gebe ich seufzend zu: »Ich mag das.«

»Mit ›das‹ meinst du …« Seine Armbewegung umfasst den Rasen, die darauf verteilten Drachen, und die unerklärliche Diskussion darüber, ob Zucker oder Honig das bessere Süßungsmittel für Tee ist. Brandt ist hinzugeeilt, um den Streit zu schlichten, aber jetzt wird er mit hineingezogen. Ich liebe es, dass er so viel Freude an kleinen Dingen hat, und dass ihn die einfachen Aspekte des Lebens so begeistern.

»Ja. Das Chaos, dass ich von allen wie ein Familienmitglied behandelt werde, und dass alle mich nach meiner Meinung fragen.«

Er mustert mich. »Und warum sagst du das, als wäre es schlecht?«

Ich zucke die Achseln. »Sollte ich mich nicht davon

lösen und ... keine Ahnung, irgendetwas tun, was nichts mit der Regierung zu tun hat? Mir eine Karriere aufbauen. Oder so?«

»Oh, hallo, Mr Caraway«, sagt David. »Verzeihen Sie, dass ich Sie nicht erkannt habe. Ich hatte nicht erwartet, Ihre Worte aus Percys Mund zu hören.«

Ich werfe mit einer Papierserviette nach ihm. »Halt die Klappe.«

»Also ganz ehrlich, wenn du einfach die Ansichten und Meinungen deines Vaters abspulen willst, brauchst du dir nicht den Kopf zu zerbrechen, ob du dich in ihn verwandeln könntest.«

»Ich spule nicht seine Ansichten und Meinungen ab«, protestiere ich, wobei ... eigentlich hat er recht. »Aber sollte ich nicht etwas aus meinem Leben machen? Also nicht in alte Gewohnheiten verfallen.«

»Aber das tust du doch«, sagt er, sichtlich um Geduld bemüht. »Percy, sieh es doch mal so.«

»Wie denn?«, frage ich mit leichtem Misstrauen. Er wird gleich etwas sagen, bei dem ich mich dumm fühle. Ich hab's im Gefühl.

»Vielleicht machst du ja genau das, was deine Bestimmung ist? Du bist ein Fürsorger. Vielleicht ist es dein Lebenszweck, dich um andere zu kümmern und sie zu beraten. Vielleicht sind das keine Angewohnheiten, sondern ist in Wirklichkeit genau die ›Karriere, die du dir aufbauen solltest‹«, sagt er mit angedeuteten Anführungszeichen, und ich will ihn dafür hassen, dass er sich über mich lustig macht, aber es gelingt mir nicht.

Als ich den Mund aufmache, um zu antworten (was, weiß ich noch nicht genau) winkt er ab, um mich zum Schweigen zu bringen. »Du wolltest etwas Zeit, nachdem deine Regierungszeit abgelaufen war, und ich fand, das war eine gute Idee. Du hattest eine Pause verdient. Aber jetzt mal ehrlich, Percy, wenn deine Berufung eine andere Karriere wäre, hättest du es inzwischen gemerkt. Du bist kein Kind mehr. Du hast eine ganze Handvoll Abschlüsse, und du hast ein Dutzend unterschiedliche Berufe ausgeübt, bevor du Luzifer wurdest. Tatsache ist, dass dir einige dieser Jobs gefallen haben, aber geliebt hast du sie nicht. Du warst erfolgreich, weil du es nicht in dir hast, bei einer von dir ausgeübten Tätigkeit nicht gut zu sein, aber mehr als Jobs waren das nicht für dich.«

Ich habe keine Einwände, also schweige ich.

»Hattest du je das Gefühl, dass es ein Job war, Luzifer zu sein?«

Die Worte treffen ins Schwarze, aber ich widerspreche trotzdem. »Das ist aber unfair. Die Magie hat mich zum Luzifer gemacht. Das hätte sie niemals getan, wenn ich nicht –« Ich mache den Mund wieder zu. Ich habe gerade das bestätigt, was er sagt.

Er grinst. »Genau. Führen und Fürsorge sind deine Berufung. Und du bekommst eine Liebesbeziehung obendrauf. Mit nackten Drachenausritten.«

Ich verziehe das Gesicht. »Das wird mich noch bis an mein Lebensende verfolgen.«

»Vermutlich«, sagt er zustimmend. »Aber darum geht's nicht.«

»Darum geht's nicht«, stimme ich zu. Ich habe mich von den Ansichten meines Vaters bestimmen lassen, selbst auf die Distanz. Ja, er ist der Meinung, dass ich eine angesehene, lukrative Karriere einschlagen sollte, mit der er bei seinen Freunden prahlen kann. Der einzige Grund dafür, dass er nichts dagegen hatte, als ich Luzifer wurde, war, dass niemand sonst diese Position bekommen hätte – es ist der angesehenste Posten, den es gibt, und ich wurde einzig und allein von der Magie ins Amt berufen. Wenn ich in Teilzeit Berater für die Regierung werde und in Vollzeit der Partner von Brandt bin, wird er es auf keinen Fall gutheißen. Aber wie ich mir zum wiederholten Mal sage, bin ich ja nicht mein Vater. Wir denken sehr unterschiedlich. Für mich war die vergangene Woche die beste, seit ich das CSG verlassen habe, und das ganz abgesehen vom Sex.

Brandts Partner zu sein und seine Drachen zu unterstützen ist das, was ich mit meinem Leben anfangen will.

Eine Last ist von mir genommen.

»Oh!« Die Überraschung in meiner Stimme ist deutlich, und David schmunzelt.

»Sein Schicksal anzunehmen ist der entscheidende Unterschied, stimmt's?«

Als wüsste er, worüber wir sprechen, dreht Brandt sich mit einem breiten Lächeln um und winkt. Ich winke zurück. Ich bin da, wo ich hingehöre.

David räuspert sich. »Äh, ich will ja nicht den Moment ruinieren oder so, aber du solltest wissen, dass dein Vater nicht begeistert ist.«

Ich seufze. »Wann ist der je begeistert?«, frage ich rhetorisch. »Wenn du wegen Brandt und mir meinst, das weiß ich schon. Ich habe Anfang der Woche mit ihm gesprochen. Er wird sich schon damit arrangieren.«

»Also ich habe gestern Gerüchte gehört, dass er außer sich sein soll. Könnte sein, dass ihm das mit dem nackten Drachenausritt zu Ohren gekommen ist und dass er jetzt das Gefühl hat, die Familienehre –«

»– hätte gelitten.« Ich seufze erneut. Das höre ich schon mein gesamtes Leben, und ich habe es sowas von satt. Ich will nicht seiner Vorstellung von der Familienehre entsprechen müssen. Ich will einfach glücklich sein.

»Du solltest dich darauf gefasst machen, dass er anruft

und Theater macht«, sagt David warnend. »Hast du, ähm, schon mit Brandt über ihn gesprochen?«

»Nein«, brumme ich. Und wenn es nach mir ginge, würde ich es auch noch lange hinausschieben. Meinem Geliebten, der mir eine solche Stütze ist, davon zu erzählen, was für ein aufgeblasener alter Windbeutel von einem Tyrann mein Vater ist, steht nicht allzu weit oben auf meiner Liste von erfreulichen Tätigkeiten.

»Es wäre vielleicht ganz gut. Damit er nicht aus allen Wolken fällt.«

Der Gedanke daran, dass Brandt nichtsahnend mit meinem Vater konfrontiert werden könnte, ist kein schöner. Aber wenn ich mir Brandts Reaktion vorstelle, hebt das meine Laune etwas.

»Danke«, sage ich zu David. »Für alles.« Damit meine ich nicht nur dieses Gespräch. Als ich überraschend zum Luzifer gemacht wurde, war David der erste, den ich angerufen habe. Ich wusste, dass ich jemanden brauchen würde, der mir hilft und mir den Rücken stärkt, und es gibt niemand besseren als einen Zauberer mit Nahkampf-Ausbildung und dem tiefen Bedürfnis, jede Minute an jedem Tag durchzuorganisieren. Er war es, der Gideon und Elinor, später Sam ins Team geholt hat. Er hat darüber geschwiegen, dass Lily und ich Sex hatten, und er hat mich getröstet, als wir sie verloren haben. Meine Zeit als Luzifer – und der Großteil meiner Kindheit – wäre ohne ihn sehr anders verlaufen.

»Nichts zu danken«, sagt er. »Ich freue mich einfach, dass dir das passiert ist.« Dann muss er leise lachen. »Ich denke, ich muss mal aufstehen. Die Leute da drüben gucken mich schon ganz böse an.«

Ich schaue hinüber und sehe vier Drachen in etwa drei Meter Entfernung lauern. Sie werfen heimlich Blicke in unsere Richtung: Die nächste Welle der Ratsuchenden. Ich lächle sie an, dann sage ich zu David: »Du gehst jetzt besser.«

»Mach ich, mach ich.« Er steht auf. »Kommst du nächste Woche ins Büro?«

»Ja.« Ich bin noch nicht bereit, mich eine ganze Woche von Brandt zu trennen, auch wenn ich mich hier zu Hause fühle. Außerdem kann ich hier wie dort Drachen besuchen.

# KAPITEL 12

BRANDT

Die Tür zu meinem Büro fliegt auf, und Steffen steckt den Kopf herein. »Schnell!«

Ich bin schon aufgesprungen und fast an der Tür, als er fertig gesprochen hat. Er mag paranoid sein, aber so dringend macht er es selten. »Was ist denn los?«

Caolan ist bei ihm im Flur. »David hat angerufen. Du sollst sofort zu Percy kommen.«

Ich fange an zu rennen. Sie halten mit mir Schritt, und ich bemerke kaum all die erschrockenen Gesichter der Leute, die sich vor uns wegducken. »Was hat er genau gesagt?«, verlange ich zu wissen, als wir in den Empfangsbereich stürmen. Ein kurzer Blick auf die Zahl am Fahrstuhl lenkt mich Richtung Treppenhaus.

»Nur, dass Percy dich braucht.«

Ich nehme zwei Stufen auf einmal, aber nach einer Weile muss ich langsamer machen. Mein Durchhaltevermögen beim Fliegen mag legendär sein, aber beim Treppensteigen hilft mir das nicht besonders.

Endlich sind wir da und platzen in den Empfangsbereich. Candice, die liebenswürdige junge schwangere Dämonin, die den Empfang leitet, schnappt nach Luft, aber Eleanor, die früher für Percy gearbeitet hat, erwartet uns schon.

»Hier entlang«, befiehlt sie. »Sie sind im Büro.«

»Wer denn?«, frage ich, bemüht um Höflichkeit. Percy ist nur vorübergehend zu Besuch bei seinen Freunden. Niemand beim CSG würde je etwas zu ihm sagen, das ihn aufbringt – das würde Sam nicht zulassen.

»Sein Vater«, zischt Eleanor, dann atmet sie tief durch. »David ist fuchsteufelswild. Sam muss ihn festhalten.«

»Was ist passiert?«, keucht Caolan erschrocken. Ich verstehe. Die Vorstellung, dass der vernünftige David zurück gehalten werden muss ...

»Ich weiß es nicht genau. Sein Vater ist aufgetaucht und hat verlangt, ihn zu sprechen. Candice hat ihn gebeten, kurz zu warten, und er wurde unverschämt. Sie war den Tränen nahe, als sie angerufen hat. Percy war bei Sam, also habe ich Mr Caraway nach hinten begleitet und David ist losgegangen, um Percy zu holen. Er hat kein Wort zu mir gesagt, dieser unhöfliche Knilch. Percy und David waren im Büro. Mr Caraway hat gleich losgelegt: Dass Percy sein Potenzial nicht ausschöpft und Schande über die Familie gebracht hat. Da hat David Caolan angerufen, und als dein Name gefallen ist, Brandt, hat Mr Caraway angefangen zu zetern, wie Percy sich prostituiert und unterwirft, und alles Mögliche andere Zeug, das noch weniger Sinn ergibt. David hat ihm einen Zauberspruch an den Kopf geworfen, Mr Caraway hat sich verwandelt, und Sam musste dazwischen gehen und sie auseinander halten.«

Oh nein. Mein armer Percy. Wie peinlich ihm das sein

wird. Vor allem, wenn ich gleich reinkomme und seinem Vater die Eingeweide rausreiße, weil er ihn so aufgeregt hat.

Ich höre erhobene Stimmen – also eine erhobene Stimme – und gehe davon aus, dass das mein Ziel ist. Ich gehe schneller – aber Caolan greift nach meinem Arm.

»Hab Vertrauen zu Percy«, zischt er, und ich bleibe wie angewurzelt stehen.

»Was?«

»Er ist der Mann, der dem Feind die Kehle durchgebissen hat – so ruhig, als würde er auf die Uhr sehen«, erinnert er mich. »Er mag zwar deine Unterstützung brauchen, aber du musst nicht seine Kämpfe für ihn ausfechten.«

Er hat recht. Ein Schrei aus dem Büro geradeaus lenkt mich kurz ab, aber dann richte ich meine Aufmerksamkeit wieder auf Caolan. »Was weißt du?«

Er zögert. »Nicht viel. Aber David hat Dinge über Percys Vater gesagt. Percy muss das selbst regeln. Wenn er dich braucht, wirst du es schon wissen.«

Ich lasse das einsinken, während ich das letzte Stück des Korridors zurücklege und das Büro betrete. Es ist eine Pattsituation: Sam steht in der Mitte und hat die Arme zu David ausgestreckt, in »Zurückbleiben!«-Pose. David wird vom breit grinsenden Noah festgehalten. Ihnen gegenüber steht ein Mann. Das muss Percys Vater sein. Percy hat die gleiche Haar- und Augenfarbe wie er, aber damit endet die Ähnlichkeit. Mein Percy hat nicht diese überhebliche und kaltherzige Ausstrahlung. Mein Percy ist offen, warmherzig und ruhig – selbst jetzt, da er über die Maßen gestresst ist.

Percy steht neben Sam, seinem Vater gegenüber, der über Würde schwafelt, und dass Percy keine hat. David macht ein Geräusch, Noah umklammert ihn fester, Sam grollt, und Percy seufzt.

Er sieht uns im Türrahmen stehen. »Caolan, könntest

du bitte David wegbringen, bevor er meinem Vater etwas antut, das sich nicht rückgängig machen lässt? Offensichtlich ist ihm nicht klar, in welcher Gefahr er gerade schwebt.«

»Ich werde nicht gehen, solange dieser Abschaum hier ist«, sagt David knapp und befreit sich mit Leichtigkeit aus Noahs Griff. Er macht drohend einen Schritt nach vorne.

»Bei allem, was mir heilig ist, David, wenn du nicht sofort aufhörst, werde ich dafür sorgen, dass du es bis in alle Ewigkeit bereust«, droht Sam, dann wendet er sich abrupt an Percys Vater. »Und von Ihnen will ich kein böses Wort mehr über Percy hören. Uns ist er lieb und teuer, und ich werde es nicht dulden!«

Percys kleiner gemeiner Scheißer von einem Erzeuger öffnet schon den Mund, aber Percy spricht zuerst.

»Du machst eine Szene, Vater.«

Da schießt er wieder den Mund. Seine Augen werden schmal, und er zieht die Nase hoch.

»Ich weiß überhaupt nicht, wozu wir Publikum brauchen, Percival.«

»Percival«, wiederholt Noah tonlos. Ich bin da ganz bei ihm. Das passt überhaupt nicht zu Percy.

»Wir hätten bestimmt keines, wenn du nicht hier reingestürmt wärst wie ein Kind, Vater.«

*Holla.* Ich fange an zu strahlen. »Du bist gerade sowas von sexy«, entfährt es mir.

Das Gesicht seines Vaters wird tomatenrot. »Damit! Genau damit ziehst du deinen guten Namen in den Schmutz«, stottert er. »Die Leute reden darüber, dass mein Sohn nackte Drachenausritte unternimmt, und dieser ... diese ... diese Person schädigt unseren guten Namen so ganz beiläufig in einem Büro!«

»Hey!«, sage ich scharf. »Percy ist sehr viel mehr als

seine Herkunft, und ich würde ihm niemals Schaden zufügen!«

»Das kann ich nicht billigen, Percival«, fährt er fort, ohne mich zu beachten. »Die Leute reden. Über dich. Und über diesen …« sagt er mit abfälligem Blick auf mich, »diesen *Drachen*.«

»Das ist nicht wirklich eine Beleidigung«, wirft Noah hilfsbereit ein, was von allen ignoriert wird.

»Vater–«

»Du hast die Verpflichtung, den guten Namen deiner Familie in einer Weise zu erhalten, auf die wir stolz sein können«, zetert der – wie hat Elinor ihn genannt? Knilch? Weiter. Percys Schultern sinken nach vorne, und mein innerer Drache grollt.

»Sam, würde es einen Interspezies-Vorfall nach sich ziehen, wenn ich diesen *Knilch* aus dem Fenster werfe?«, frage ich.

Sam, der wütender aussieht als ich ihn je gesehen habe, schüttelt den Kopf. »Ich übernehme persönlich die Verantwortung«, versichert er mir, und Percys Vater glotzt ihn an.

»Sie sind der *Luzifer*!«

Sam zuckt die Achseln. »*Mr* Caraway, Percy ist seit Jahren mein Freund und Mentor. Ich bin wahrhaftig nicht begeistert, dass Sie uns von der Arbeit abhalten, und von Ihren dummen Vorträgen schon gar nicht. Percy ist perfekt.«

Ich mag Sam wirklich gern. Ich sollte ihn auf das Anwesen einladen und von Kethe verpflegen lassen.

Der Knilch schnüffelt. »Das bestreite ich gar nicht. Percival ist ein Caraway, und als solcher hat er die Herkunft–« – Noah stöhnt auf – »und die Erziehung eines wahren Gentlemans. Perfektion versteht sich von selbst.«

»Ich hasse Sie aus tiefster Seele«, sagt David.

»Allerdings reflektiert Percivals Verhalten in letzter Zeit doch sehr die Gesellschaft, in der er sich bewegt. Besonders die dieses ...« sagt er mit bösem Blick auf mich, »*Drachen*.«

»Immer noch keine Beleidigung«, murmelt Noah. »Können wir ihn jetzt endlich rauswerfen?«

Ich schaue Percy an, der zu Boden starrt. Das muss ein Ende haben.

»Percival, du hast offensichtlich den Halt verloren, seit deine Regierungszeit als Luzifer zu Ende gegangen ist. Du bist in schlechte Gesellschaft geraten und dazu verleitet worden, deine Pflichten zu vernachlässigen. Diese Szene heute ist das Resultat deines Verhaltens, und ich bin überzeugt, dass du sie bedauerst. Ich bin gekommen, um dich nach Hause zu bringen. Dort werden wir eine passende Position und einen angemessenen Begleiter für dich finden.«

Es dauert einen Augenblick, bis ich verstehe, was er meint, dann stürze ich mich auf ihn.

»Verdammter Mistkerl!«, schreit Elinor, während sie, Caolan und Steffen mich zurückhalten. Ich will ihnen nicht wehtun, also sollen sie mich gefälligst loslassen, damit ich *diesen Bastard erledigen kann*.

»Brandt, stopp!« Percys Ton ist schärfer, als ich ihn je gehört habe, und ich erstarre erschrocken. »Vater, du hast Recht. Die Szene heute ist meine Schuld.«

»Nein!«, belle ich, und David brüllt gleichzeitig: »Ist sie nicht!«

Percy hebt die Hand und wirft mir einen Seitenblick zu, der ernüchternd und ermutigend zugleich ist. »Es ist meine Schuld«, wiederholt er, »weil ich nie deiner absurden Vorstellung widersprochen habe, dass ich mich nach deinen Erwartungen verhalten werde.«

»Percival–«

»Nein, Vater, jetzt rede ich. Du hast dein Teil gesagt. Ich war bisher immer zögerlich, Streit mit dir anzufangen. Wir sind eine Familie, ich habe dich lieb, seltsamerweise, und ich wollte nie Unfrieden in der Familie verursachen. Aber damit ist jetzt Schluss. Du kannst nicht hierher kommen und meine Lieben und Freunde beschimpfen. Das geht nicht. Ich werde es nicht dulden. Ich lebe in Gesellschaft warmherziger, liebevoller Personen, die mir Halt geben. Das ist auch genau der Grund, warum ich nie gerne nach Hause komme. Denn Liebe und Unterstützung habe ich ganz gewiss nie von euch bekommen.«

»Percival–«

»Ich rede immer noch. Die Magie hat mich zum Luzifer ernannt, and als meine Zeit abgelaufen war, hat sie Sam eingesetzt. Wir bewegen uns in den gleichen Kreisen. Das solltest du als Kriterium sehen dafür, was für ein Umfeld die Magie wichtig findet, Vater. Einfach ausgedrückt: Du bist es nicht.« Er atmet tief durch, während seinem Vater der Mund offen stehen bleibt. »Ich werde keine Kritik an meinen Freunden dulden, und ich werde ganz sicher kein einziges negatives Wort über Brandt dulden. Er macht mich stärker und selbstbewusster als ich es je war. Ich liebe ihn und werde mein Leben mit ihm und seinen Drachen verbringen, und wenn du das nicht akzeptieren und ihm gebührliche Höflichkeit entgegenbringen kannst, kann ich mich hiermit gerne als enterbt betrachten und das auch öffentlich bekannt geben.«

Der Drache in mir brüllt erneut, dieses Mal voller Freude und Stolz. Ich wehre mich nicht mehr, und Steffen seufzt erleichtert auf.

Jetzt fängt der Knilch an zu stottern. »Enterbt? Öffentlich? Das ist wirklich nicht nötig. Wenn du einfach nach Hause kommen könntest, Percival, und dein Potenzial–«

»Was zur Hölle?« bellt eine Stimme hinter mir, und ich sehe über die Schulter Gideon und Andrew im Türrahmen erscheinen. »Sam, alles in Ordnung?«

Sam verdreht die Augen. »Mir geht's gut.« Er schaut Percy an. »Aber ich glaube, Percys Vater ist schon zu lange geblieben.«

Percy nickt. »Wenn du bereit bist, meine Bedingungen zu akzeptieren, kannst du mich anrufen. Bis dahin will ich nichts von dir hören, Vater.«

»Darf ich ihn rauswerfen, Percy?«, fragt Andrew. «Das wünsche ich mir schon, seit ich ihn das erste Mal gesehen habe.« Er lächelt und lässt dabei seine Eckzähne herunter. Da Vampire das kontrollieren können, ist es eine bewusste Einschüchterungstaktik. Ich unterdrücke den Impuls, allen in Erinnerung zu rufen, dass ich diesen Knilch zuerst rauswerfen wollte. Ich mag Percys Freunde wirklich sehr. Sie sollten uns alle auf dem Anwesen besuchen kommen, zum Grillen oder so.

»Die Entscheidung liegt ganz bei dir, Vater. Geh freiwillig oder lass dich von Andrew hinausbegleiten.«

»Und von mir«, sagt David entschlossen. Um seine Hände flimmert es. »Ich werde ihn auch hinausbegleiten.«

Der Knilch zieht die Nase hoch. »Ich gehe. Wenn du bereit bist, dich zu entschuldigen, werde ich dich empfangen und dir behilflich sein, den für dich vorgesehenen –«

»Verdammt nochmal, Mann. Haben Sie es immer noch nicht kapiert? Gehen Sie endlich«, sagt Noah und lässt David los, der sich in Bewegung setzt. Der Knilch befolgt die Anweisung und flieht Richtung Tür, wo ihm alle großzügig Platz machen. Andrew und Gideon folgen ihm hinaus.

Ich schaue zu Percy hinüber. Ich wünsche mir nichts

sehnlicher, als zu ihm zu gehen und ihn in die Arme zu schließen, ihn herumzuwirbeln und vor Freude zu lachen, weil er mich liebt, aber es ist sein Moment. Und es kann sehr wohl sein, dass es für ihn kein glücklicher ist.

»Percy«, setzt David an, dann verstummt er, als Percy die Hand hebt.

»Danke, dass du mich verteidigt hast. Tut mir leid, dass es notwendig war. Und vielen Dank für die Verwünschung, die du ihm angehängt hast – ein juckender Ausschlag, wenn ich mich nicht irre?«

David nickt. »Beim Auftreffen fühlt es sich wie ein Klaps an, also merken die meisten Leute nicht, dass ihnen das Schlimmste noch bevorsteht. Morgen wird er sich ziemlich mies fühlen.« Er verzieht das Gesicht. »Ich dachte, es würde dir nicht recht sein, wenn ich mehr mache.«

Percy lächelt. »Nein, ich möchte nicht, dass du ihm irgendwelche Gliedmaßen abtrennst. Er soll sich nur weniger mit meinem Leben beschäftigen.« Er schaut sich um. »Danke euch allen. Tut mir leid, dass ihr das mit ansehen musstet, aber ich bin wirklich dankbar für eure Unterstützung.«

»Jederzeit«, sagt Sam, und alle anderen nicken. »Ich bedaure nur, dass ich David nicht erlauben konnte, ihn fertigzumachen.«

»Wenn es wieder vorkommen sollte, lass der Natur einfach ihren Lauf«, rät Percy augenzwinkernd, und alle müssen lachen. »So, und jetzt entschuldigt mich bitte. Ich muss etwas mit Brandt unter vier Augen besprechen.«

»Natürlich«, sagt Sam. »Vielleicht macht ihr dann Schluss für heute? Wir können das nächste Woche noch weiter diskutieren, oder ein anderes Mal.«

Ich höre kaum noch zu, denn ich bin so darauf konzentriert, endlich Percy für mich alleine zu haben, um sicherzustellen, dass es ihm gut geht, und über das zu sprechen, was er gesagt hat, und ihm zu sagen, dass ich genauso empfinde. Während er in meine Richtung gelaufen kommt, winke ich locker zum Abschied in die Runde und wende mich zum Gehen. Dann hält Steffen Percy am Ärmel fest, und auch ich bleibe stehen.

»Muss ich mir Sorgen machen? Wird er sich rächen? Welche Ressourcen hat er?«

Ist das sein Ernst, verdammt nochmal? Merkt er nicht, dass Percy und ich nach Hause gehen und uns gegenseitig unsere Liebe erklären müssen, in leidenschaftlicher, blumiger Poesie, um dann den Rest des Tages mit dynamischem, verschwitztem Sex zu verbringen? Möglicherweise auch den morgigen Tag.

Ich betrachte meinen wunderschönen Percy, und wie er Steffen geduldig zuhört und dann verneint, dass der Knilch einen Großangriff auf das Anwesen starten wird; eindeutig brauchen wir auch noch den morgigen Tag.

»Steffen, du und Wil müsst alle Termine für heute und morgen absagen. Kann sein, dass Percy und ich an diesem Wochenende nicht zum Anwesen kommen«, füge ich noch hinzu.

Steffen und Percy starren mich an, aber Noah fängt an zu schmunzeln, und Caolan klatscht in die Hände, dann fischt er sein Handy heraus. »Du eroberst ihn im Sturm!«, ruft er aus, während er eifrig tippt. Percy nimmt ihm das Handy ab, ignoriert seinen empörten Ausruf, dann wirft er es David zu.

»Gebt mir eine halbe Stunde Vorsprung«, befiehlt er, und David nickt schmunzelnd. »Steffen, du hast nichts zu befürchten. Mein Vater hat wesentlich weniger Einfluss, als er glaubt. Das Schlimmste, was er tun könnte, ist sich aufzublasen oder zu tratschen, und das wird er nicht machen, um dem guten Namen der Familie nicht zu schaden. Entspann dich.«

Steffen sieht nicht überzeugt aus, aber er nickt.

»Super.« Percy nimmt meinen Arm und zieht mich die letzten Schritte zur Tür. »Ich muss kurz Brandt unter vier Augen sprechen, aber wir sind gleich wieder da.«

»Ja?«, frage ich kläglich. »Wir könnten uns doch den Tag frei nehmen. Um zu *reden*.«

»Wir brauchen nicht den ganzen Tag«, sagt er knapp und zieht mich den Korridor entlang zum Empfang. Unterwegs treffen wir Andrew und Gideon, und Percy hält lange genug inne, um zu fragen: »Ist er weg?«

»Wir haben ihn in ein Taxi gesetzt«, bestätigt Andrew. »Bist du–«

»Ich habe jetzt keine Zeit zu reden, aber ich komme gleich bei dir vorbei«, sagt mein plötzlich sehr herrischer Lover. Andrew scheint überrascht, dann breitet sich ein boshaftes Grinsen auf seinem Gesicht aus.

»Okay. Viel Spaß!«

Percy wird knallrot, aber zieht mich weiter. Hinter uns lacht Andrew – es klingt wie ein dreckiges *Heh heh heh*.

»Das wird mir später noch leid tun«, murmelt Percy, als wir den Empfang betreten. »Hol den Fahrstuhl«, befiehlt er, und ich gehorche. Diese dominante Seite an ihm ist sehr sexy.

Er tritt zu Candice an den Tresen, und ich höre, wie er sich dafür entschuldigt, dass sein Vater so unverschämt war, was mich aufs Neue wütend werden lässt. Wie kann dieser Knilch-Mann es wagen, hierher zu kommen und Percy in Verlegenheit zu bringen? Ich schäume noch, als er neben mich tritt und seine Hand in meine schiebt.

»Hör auf, daran zu denken«, sagt er entschieden. »Wir müssen uns auf andere Dinge konzentrieren.«

Ich bin ganz seiner Meinung, aber unsicher, ob wir das Gleiche meinen. Liebe und Sex sollten seine Stimme nicht so klingen lassen, als wollte er in den Krieg ziehen.

Der Fahrstuhl pingt und die Türen gehen auf. Er ist leer, und Percy bugsiert uns hinein, drückt den Knopf zum Schließen, dann den fürs Erdgeschoss. Sobald sich die Kabine in Bewegung setzt, drückt er aber zu meiner Überraschung den Notfallknopf. Abrupt bleibt der Fahrstuhl stehen – so wie es aussieht, zwischen zwei Stockwerken.

»Was–?«

Er lässt sich auf die Knie fallen und tastet nach meinem Gürtel. »Du hast eine einzige Aufgabe: Beschäftige den Techniker.

Ich blinzle ihn an. Passiert das gerade wirklich? Ist mein scheuer, reservierter Percy tatsächlich im Begriff–

»Guten Tag, hören Sie mich?«, kommt eine Stimme aus dem Lautsprecher an der Tastatur, und ich zucke zusammen. Percy nutzt meine Ablenkung aus, um meine Hose zu öffnen und meinen schon halb steifen Penis herauszuholen.

»Äh, ja, ich meine nein, wie bitte?«, stottere ich, als mir klar wird, was Percy gemeint hat. Ich hoffe wirklich, dass der Notknopf keine Fernsteuerung hat. Wie funktioniert er überhaupt?

»Sir, können Sie mich hören?«

»Sie sind schlecht zu verstehen«, lüge ich, während meine Erektion unter Percys Händen und der spannenden Situation volle Größe erreicht und beginnt, zu pochen. Percy lächelt mich an, dann umschließt er meine Eichel mit den Lippen.

Ich lasse den Kopf mit einem dumpfen Geräusch gegen die Fahrstuhlwand fallen.

»Wie ist es jetzt, Sir? Können Sie mich jetzt hören?«

»Ahhhm ...«

»Sir, geht es Ihnen gut? Benötigen Sie medizinische Hilfe?«

Verdammt. Ich. Muss. Nachdenken.

»Sir?«

»Hey, ah, hi. Ich kann Sie nur abgehackt ... ahhh ...« – Fuck, *ja*, Percy –»... verstehen.«

»Benötigen Sie ärztliche Hilfe? Ich wiederhole, benötigen Sie ärztliche Hilfe?«

Er saugt mich tief ein, wobei ich die Hälfte meiner Gehirnzellen einbüße.

»Sir? Brauchen Sie einen Arzt?«

Den Techniker ablenken. »Äh, hatten Sie ärztliche Hilfe gesagt?

»Genau. Brauchen Sie ärztliche Hilfe?«

»Nein, mir geht's guuuut.« Ich kann nur noch stöhnen.

»Sir?« Jetzt klingt ein gewisses Misstrauen durch. »Sir, warum haben Sie den Notfallknopf gedrückt?«

»Wie bitte? Das habe ich nicht ganz ...« Percy lässt seine Zunge kreisen, wobei meine Augen immer wie von selbst nach hinten rollen, und ich kann mein Keuchen gerade noch unterdrücken. Es wird nicht mehr lange dauern, trotz der Ablenkung durch den neugierigen Techniker.

»Warum hatten Sie den Notknopf gedrückt?«

Percy schaut zu mir auf und legt sich richtig ins Zeug. »Ahhh. Ich ... ahh-ah-ahhh. Ich meditiere.«

Aus dem Lautsprecher kommt eine Weile nichts, und ich nutze die Atempause, um meine Zähne zusammenzeubeißen und die Augen zuzumachen. Ich will wirklich nichts lieber, als es hinauszögern, um jede Sekunde Lust, die Percy mir schenken kann, bewusst zu erleben, aber wir haben die Zeit nicht. Er mag gerade seinen leichtsinnigen Impulsen nachgeben, aber das tut er nur, weil er sich darauf verlässt, dass ich dafür sorge, dass er nicht erwischt und bloßgestellt wird.

Zu wissen, dass er das Vertrauen in mich hat – und das stetige Saugen, zu dem er übergegangen ist – ist alles, was ich brauche, um zum Höhepunkt zu kommen, und ich beiße die Zähne zusammen, um kein Geräusch von mir zu geben.

»Sie meditieren?«, fragt die Stimme skeptisch, während Percy von mir ablässt und ich tief durch die Nase atme.

»Genau«, krächze ich.

»Im Fahrstuhl?«

»Ja«, japse ich. Percy verstaut mich wieder in meiner Unterhose, während ich mich ermattet anlehne.

»Warum meditieren Sie denn im Fahrstuhl, Sir?«

»Es …«, sage ich mit einem tiefen Seufzer, »es war der einzig stille Ort, den ich finden konnte.«

»Verstehe. Sind Sie dann soweit?«

Ich schaue Percy an, der sich breit lächelnd aufrichtet. Seine Hose ist unübersehbar ausgebeult, und ich strecke die Hand danach aus.

»Nicht ganz. Ein bisschen brauche ich noch.«

»Sir«, setzt der Techniker wieder an, und Percy tritt kopfschüttelnd einen Schritt zurück. »Wenn es kein Notfall ist, können Sie nicht einfach den Fahrstuhl anhalten.«

Ich hebe eine Augenbraue, aber Percy schüttelt wieder den Kopf. »Später«, sagt er tonlos. Ich ziehe einen Flunsch, denn ich hatte mich schon darauf gefreut, ihn im Fahrstuhl zu nehmen, aber dann gebe ich nach.

»Okay. Dann bin ich jetzt fertig.« Ich schließe meinen Gürtel wieder, das Einzige, das Percy noch nicht erledigt hatte.

Der Techniker zögert. »Sicher?«

»Nun, viel achtsames Bewusstsein werde ich kaum

erzielen, wenn Sie mir die ganze Zeit in den Ohren liegen, oder?«

Percy schlägt sich die Hand vor den Mund. Seine Augen funkeln mit unterdrücktem Lachen.

»Tut mir echt leid, dass ich Ihre Achtsamkeitsübung unterbrochen habe, Sir«, bemerkt der Techniker trocken. »Wenn Sie sicher sind, dass Sie soweit sind, und bestimmt keine ärztliche oder sonstige Hilfe benötigen, könnten Sie dann bitte ein zweites Mal auf den Notfallknopf drücken?«

Percy beugt sich gehorsam vor und drückt den Knopf. Der Fahrstuhl setzt sich unangenehm zitternd in Bewegung, was mir sehr deutlich bewusst macht, dass ich mich in einer Metallkiste befinde, in der ich mich unmöglich verwandeln kann, um mich vor dem Sturz in den Tod zu retten, dann fährt er weiter nach unten.

»Haben Sie den Knopf gedrückt? Fährt der Fahrstuhl wieder?«, erkundigt sich der Techniker.

»Ja. Danke für Ihre Hilfe und einen schönen Tag!«, rufe ich.

Wieder eine Pause. »Äh, Ihnen auch. Wie auch immer.« Dann macht es Klick und die Stimme ist weg.

Ich ziehe Percy in meine Arme und gebe ihm einen Kuss. Er schmeckt nach meinem schönen Percy, und Adrenalin, und der schieren Freude daran, etwas Leichtsinniges getan zu haben.

»Ich liebe dich«, keuche ich zwischen Küssen, und er zieht sich zurück, was mich ungeduldig murren lässt: »Perrr-cy ...«

»Sagst du das jetzt nur, weil ich es vorhin auch gesagt habe?«, will er wissen. »Du brauchst es nicht zu sagen, Brandt.«

Ich reiße ihn wieder in meine Arme und stehle noch einen Kuss, dann teile ich ihm mit: »Ich sage es, weil ich dich liebe. Ich liebe alle Seiten an dir, auch die, die du mir noch nicht gezeigt hast. Es hat mich unglaublich glücklich gemacht, dass du es gesagt hast, aber das ist nicht der Grund, warum ich es jetzt auch sage.«

Er atmet zitternd aus und lehnt die Stirn an meine Schulter. »Ich konnte nicht zulassen, dass er so über dich redet. Nicht über die eine Person, bei der ich mich fühle, als würde ich alles tun können.«

»Du *kannst* alles tun«, sage ich entschieden. »Das *hast* du schon. Du hast ihm gesagt, dass er gehen soll. Du hast die Kontrolle über dein Leben übernommen. Du hast mir im Fahrstuhl einen geblasen.«

Sein Lachen klingt fast wie ein Schluchzen, aber als er den Kopf hebt, lächelt er. »Das habe ich. Ich wollte etwas tun, um mir zu beweisen, dass ich ich selbst sein kann. Und ich hatte Lust auf dich. Das hat gut gepasst.«

Bevor ich antworten kann, bremst der Fahrstuhl und hält. Mit einem *Ding!* gehen die Türen auf, und wir stehen in der geschäftigen Lobby des Gebäudes. Niemand wartet auf uns.

»Bist du sicher, dass ich dich nicht überreden kann, den Nachmittag freizunehmen und uns abzuseilen? Du, ich, ein großes Bett, viel Zeit, um Neues zu entdecken ...« Ich wackele lüstern mit den Augenbrauen, und er lacht wieder. Jetzt klingt er schon wieder normaler.

»So toll das auch klingt, wir müssen wieder nach oben gehen, damit ich meinen Kram regeln kann, so dass wir unser Leben weiter leben können«, sagt er entschlossen und drückt auf den Knopf des CSG-Stockwerks. »Ich konnte sehr erfolgreich so tun, als gäbe es meinen Vater nicht, dass es seine Erwartungen nicht gibt – und wo das hingeführt hat, hast du ja gesehen. Dieses Mal werde ich den Tatsachen ins Auge sehen.«

»Du bist so sexy, wenn du herrisch bist«, sage ich nachdenklich. »Willst du mich später herumkommandieren?« Ich erwarte, dass er wieder lacht, aber stattdessen fängt er an zu grinsen.

»Aber sicher.«

Und schon bin ich schneller hart geworden als je zuvor.

# KAPITEL 13

PERCY

ALS ICH LANGSAM WIEDER ZU mir komme, wird mir bewusst, wie unbeschreiblich gut ich mich fühle. Mir ist warm. Das Bett ist bequem. Ich habe die vergangene Nacht mit dem Sex-Marathon aller Sex-Marathons zugebracht, und jetzt fühle ich mich so entspannt, als hätte ich keine Knochen.

Aber das ist es nicht. Ich habe meinen Frieden gefunden.

Brandt liebt mich. Ich liebe ihn. Ich liebe seine Drachen und freue mich schon darauf, an seiner Seite zu sein, wenn er sie lenkt und leitet. Ich liebe dieses Haus, in dem ich mich schon nach zwei Wochen mehr zuhause fühle als an jedem Ort, an dem ich vorher gelebt habe. Ich bin glücklich, zu wissen, dass die Leute hier mich mögen und respektieren und mich hier haben wollen. Und endlich, endlich kann ich das Gefühl genießen, meinem Vater gesagt zu haben, dass er mich in Ruhe lassen soll. Keine auf unangenehme Weise an mir nagende Angst vor seinem nächsten Anruf, und davor, ihn wieder abweisen zu müssen. Oder noch schlimmer, Angst davor, dass ich nachgeben könnte und mich in eine Bankerkarriere oder einen anderen Beruf zwingen lassen werde, für den ich komplett ungeeignet bin, und mit einem Partner zusammensein muss, der aufgrund seiner Herkunft oder seines Reichtums für mich ausgewählt wurde und nicht aufgrund der Tatsache, dass er mich abgöttisch liebt und mich zum Lachen bringt.

Stattdessen? Frieden. Mir ist warm. Ich liege in den Armen eines Mannes, der mich liebt. Was könnte ich mir mehr wünschen?

»Peeeeeeeeeeeerrrrrccccccyyyyyyyy!«

Ein fauler Sonntagmorgen wäre wohl ein guter Wunsch gewesen.

Brandt schießt hinter mir hoch, als jemand an unsere Schlafzimmertür hämmert. Der Haken an Privatsphäre-Zaubern ist, dass sie nur in eine Richtung wirken. Wer auch immer da draußen steht kann uns nicht hören, aber wir hören ihn dafür um so deutlicher.

»Percy! Percy! Percy!«

Und wer auch immer es ist – Dustin? Fabian? – scheint mich dringend sprechen zu wollen.

»Ich bring' ihn um«, erklärt Brandt, und klettert über mich, um zur Tür zu eilen. Ich packe ihn im Sprung am Knöchel, und er wird zurückgerissen und fällt zu Boden. »Uff!«

Ich sehe meinen Vorteil, greife nach meinem Bademantel und ziehe ihn auf dem Weg zur Tür über, wo ich die Stimmen von Dustin *und* Fabian nach mir rufen höre, während sie weiter an die Tür hämmern. Ich öffne das Schloss, das wir angebracht hatten, nachdem Wil einmal ins Zimmer geschlendert kam, als wir beim Vögeln waren, und mache die Tür auf.

»Guten Morgen.«

»Percy!«, schreit Fabian. »Ich brauche deine Hilfe!«

»Was gibt es denn?« frage ich, unsicher, ob es Grund zur Sorge gibt. Fabian kann selbst für einen Drachen etwas dramatisch sein.

»Mein Problem ist viel dringender«, erklärt Dustin. «Sehr dringend. Hilf mir!« Sein Blick ist unstet.

»Ich verpasse euch beiden gleich ein dringendes Problem«, sagt Brandt schneidend in meinem Rücken.

Dustin und Fabian schauen mir über die Schulter, dann treten beide gleichzeitig zurück. Ich versuche, nicht zu lachen.

»Ich kann warten«, sagt Fabian. »Bis später beim Frühstück.« Er dreht sich um und flüchtet den Korridor entlang.

Dustin bleibt hartnäckig. »Tut mir leid, Großvater, aber ich brauche wirklich Percys Hilfe.«

Brandt grollt, aber als ich über die Schulter schaue, sehe ich ihn Richtung Badezimmer verschwinden.

»Komm rein«, sage ich zu Dustin und zeige auf die Couch am Fenster. Er geht hinüber, dann hält er inne.

»Kann ich mich gefahrlos hinsetzen? Ich meine ... habt ihr beiden gerade—«

»Bitte sprich den Satz nicht zu Ende«, sage ich. Ich stehe zwar zu meiner neuen, wilden Seite, aber so wild ist sie auch wieder nicht. Also wild light. Und wild light bedeutet kein Gespräch mit Dustin über die Dinge, die ich mit dem Großvater anstelle, der ihn aufgezogen hat. »Keine Gefahr.« Glaube ich.

Er lässt sich dramatisch auf die Couch fallen, dann setzt er sich sofort auf und beugt sich vor. »Sieh dir das an!«

Ich nehme das Handy, das er mir entgegen hält und schaue aufs Display. Es ist inzwischen dunkel geworden, also wecke ich es wieder und reiche es ihm, um die Sperre zu öffnen.

Er seufzt abgrundtief, lässt die Gesichtserkennung ihr Ding machen, dann reicht er es erneut herüber.

Auf dem Display ist eine E-Mail zu sehen, und ich überfliege sie. Soll das irgendwie schlimm sein? Oder gut? »Äh ... sollte ich mir wirklich das hier ansehen?« Vielleicht war es die falsche E-Mail. »Es ist eine Erinnerung daran, dass du in zwei Wochen eine Hausarbeit abgeben musst?«

»Genau!«, ruft er.

Aha.

»Wirst du nicht fertig? Hast du den Abgabetermin vergessen?« Ich weiß noch, wie es am College ist – ich war mehrfach Student. Es kann leicht passieren, dass man sich auf ein Fach konzentriert und darüber ein anderes vergisst. »Ich kann dir helfen, wenn du möchtest.« Es ist eine Vorlesung in englischer Literatur, einem Fach, das mir liegt. Ich habe so einige dieser Bücher als Neuerscheinung gelesen.

»Nein, Percy, du hast nicht aufmerksam gelesen!«

Oh ... kay. Ich schaue die E-Mail noch einmal an und versuche, zu sehen, was fehlt, und dann macht es Klick. Englische Literatur. »Hier steht, dass du zum Professor kommen sollst, der dir Feedback zur Hausarbeit geben will«, sage ich langsam. Ach Herrje.

»Ja!« Er fällt wieder auf die Couch zurück. Seine Miene ist der Inbegriff der Tragik.

»Und das ist der Professer, in den –«

»Ja«, zischt er mit einem verstohlenen Blick zum Bad, um sicherzugehen, dass Brandt nichts hört. Die Tür ist geschlossen und ich höre die Dusche rauschen, also kann nichts passieren.

Wie soll ich wohl am besten antworten? »Möchtest du Mitgefühl oder eine Lösung?«

Dustin lacht tonlos. »Mitgefühl. Und dann eine Lösung. Wenn es überhaupt eine gibt in dieser scheußlichen Lage.«

Ich beiße mir auf die Lippe, um nicht zu lachen, dann räuspere ich mich. »Es ist nicht fair, dass du in dieser Situation steckst. Das Leben ist sowas von ungerecht.«

Er nickt kummervoll. »Genau so ist es. Was soll ich nur tuuuun?«, jammert er, und in diesem Moment erinnert er mich sehr an Brandt, wenn der gerade dramatisch ist.

»Du Armer. Schwieriger geht's ja kaum noch!« Ich bin so stolz, dass es mir tatsächlich gelingt, mitfühlend zu klingen. Und das *bin* ich auch, mehr oder weniger. Schwärmereien sind schwer auszuhalten. Aber ganz so katastrophal wie er tut ist es nun auch wieder nicht.

»Kann schon sein«, murmelt er. »Vielleicht. Aber viel schwieriger sicher nicht.« Mit einem tiefen Seufzer schaut er mich an. »So, jetzt bin ich glaube ich bereit für eine Lösung.«

»Viel habe ich nicht zu bieten«, sage ich mit einer Grimasse entschuldigend. »Um diesen Termin wirst du nicht herumkommen. Es sei denn ... nimmt ihm sein wissenschaftlicher Mitarbeiter einen Teil seiner Termine ab?«

Er schüttelt den Kopf. »Nein. Das ist der einzige blöde Professor, der sie gerne alle selbst wahrnimmt.« Er zieht einen Flunsch und sieht den Tränen nahe aus. Mein Herz schmerzt, wenn ich ihn so ansehe.

»Also musst du den Termin wahrnehmen und ihn treffen. Aber wahrscheinlich wird es nicht allzu lange dauern.« Ich lese noch einmal über die E-Mail, in der eine kurze Zusammenfassung der Aufgabe und der Grund der Besprechung erwähnt sind. »Hier steht, dass du dein Thema vorstellen und eine kurze Übersicht geben musst, in welche Richtung du gehen willst. Das kannst du alles vorher üben, bis du so daran gewöhnt bist, darüber zu reden, dass es ganz automatisch geht.«

Er setzt sich auf. »Vielleicht erstarre ich dann nicht mehr und fange an, dummes Zeug zu stottern.« In seiner Stimme schwingt ein Funken Hoffnung.

Ich nicke. »Ich kann dir helfen. Du bereitest das vor, was du sagen willst, und wir können zusammen üben, ich stelle dir Fragen undsoweiter. Bis zu dem Termin bist du dann so vertraut mit deinem Material, dass du darüber sprechen kannst, ohne lange nachzudenken.« Ich klinge viel zuversichtlicher als ich es in Wirklichkeit bin. Die Macht der Schwärmerei ist unendlich, und es kann absolut sein, dass Dustin trotz allem rot werden und stottern wird, wenn er mit diesem »köstlichen Professor« konfrontiert ist.

Dustin springt von der Couch auf und zieht mich in seine Arme. »Percy, du bist der Beste! Danke!« Er gibt mir einen Schmatzer auf die Wange, dann wendet er sich zum Gehen. »Ich fange am besten gleich an. Je früher ich alles in- und auswendig kann, desto besser.« Und weg ist er, noch bevor ich antworten kann.

Ich höre langsames Klatschen vom Türrahmen zum Bad aus, wo Brandt lehnt. Er hat ein Handtuch um die Hüften geschlungen, das seine Erektion nicht verhüllt, und über seine Brust laufen kleine Wassertropfen. Ich verschlucke mich fast an meiner Zunge.

»Du bist wirklich wunderbar mit meiner Familie«, sagt er.

»Mmmm«, sage ich zustimmend, ohne richtig aufzupassen. Dieser eine Wassertropfen läuft gleich ins Handtuch …

»Es macht mich so glücklich, zu sehen, wie sie auf dich zählen … allerdings wünschte ich, es wäre nicht, wenn wir im Bett liegen.«

»Absolut«, sage ich abwesend. Wenn er nur ein kleines

Bisschen steifer wird, wird das Handtuch runterfallen, da bin ich ganz sicher.

Er lacht leise und richtet sich auf. Ich genieße das Spiel seiner Muskeln. »Meine Augen sind hier oben, Percy.«

Ich löse mühsam den Blick von seinen Bauchmuskeln und schaue ihm ins Gesicht. »Und sie sind wirklich schön. Aber wie kommst du darauf, dass ich wegen deiner Augen mit dir zusammen bin?«

Er lacht laut auf, ein dominantes, glückliches Geräusch, bei dem ich lächeln muss, und tritt vor, wobei er absichtlich das Handtuch fallen lässt. »Und was ist dann der Grund?«

Ein Kreischen aus dem Flur unterbricht mich, und ich zucke zusammen, als mir klar wird, dass Dustin die Tür offen gelassen hat.

»Meine Augen!«, zetert Sophie. »Meine Augen! Ich muss sie aus meinem Kopf entfernen! Und Gehirnbleichmittel! Ich brauche Gehirnbleichmittel, um dieses Bild loszuwerden!«

Lasst es Drachen? Kann man vergessen. Dieser Ort sollte Die Dramazentrale heißen.

Später am Tag stehlen Brandt und ich uns aus dem Haus, um einen Waldspaziergang zu machen. Es ist eine Weile her, dass ich in den Genuss der freien Natur gekommen bin, also verwandle ich mich und lasse meiner inneren Katze freien Lauf. Brandt ist begeistert und verbringt mindestens 15 Minuten damit, mein Fell zu streicheln, mein Gesicht zu reiben und zu gurren: »So eine schöne Katze bist du. Meine schöne Katze.« In Katzengestalt genieße ich die Aufmerksamkeit in vollen Zügen. Aber ich winde mich schon in Verlegenheit, wenn ich mir vorstelle, ihm später in zweibeiniger Gestalt wieder unter die Augen treten zu müssen, im Bewusstsein, mich auf den Rücken gerollt zu haben, damit er meinen Bauch reiben kann.

Obwohl ... nach dem Rimming gestern Nacht – was ist da schon ein bisschen Bauchreiben?

Dann spazieren wir unter den Bäumen herum. Brandt plaudert über die bereits existierenden Sicherheitsmaßnahmen und diejenigen, die er Steffen ausreden musste. Ich stimme ihm zu: Infrarotsensoren im Wald wären übertrieben – davon ganz zu schweigen, dass es angesichts der vielen hier lebenden Wildtiere stressig wäre. Es ist ein wirklich hübsches Anwesen, das an einen Nationalpark angrenzt, also ist hier viel Platz, um sich auszutoben, selbst für so große Wesen wie Drachen. Sie müssen nur aufpassen, den Menschen nicht so nahe zu kommen, dass sie bemerkt werden.

Wir sind einmal quer über das Grundstück gelaufen, als Brandt eine Pause vorschlägt, und ich rolle mich neben ihm zusammen, als er sich auf den feuchten Boden auf einer Hügelkuppe niederlässt. Die Aussicht ist sehr schön, und ich schnurre – noch lauter, als Brandt meinen Kopf zu streicheln beginnt.

»Bist du glücklich hier?«, fragt er leise. »Ich weiß, dass du das gestern zu deinem Vater gesagt hast, aber ... es ist eine große Verpflichtung, die du da mit mir und meinem Ballast auf dich nimmst.«

Ich verwandle mich wieder in meine zweibeinig Gestalt und kuschele mich an ihn. »Ich weiß. Wenn du mich vor sechs Monaten gefragt hättest – wahrscheinlich noch vor zwei Monaten ... hätte ich gesagt, dass ich nie wieder eine solche Verantwortung tragen will.« Er spannt sich an, und ich nehme seine Hand. »Aber damit hätte ich völlig falsch gelegen. Ich war so auf meine Selbstfindung fixiert, dass ich gar nicht gemerkt habe, dass ich schon wusste, wer ich bin. Die Zeit als Luzifer hat mich am meisten erfüllt. Ich habe die Aufgabe mit jeder Faser meines Wesens geliebt, selbst an den Tagen, als ich sie gehasst habe. Als es vorbei war, dachte ich, dass dieser Teil meines Lebens damit vorbei sein muss. Was für ein Idiot ich war«, gebe ich dann zu. «Ich wusste, dass ich nicht das werden wollte, was mein Vater von mir erwartet, und Luzifer konnte ich auch nicht mehr sein, also bin ich gereist, in der Hoffnung, dabei meine Leidenschaft zu finden.«

»Und du hast nichts gefunden?«, fragt er vorsichtig. Ich schüttele den Kopf.

»Nein, denn sie war ja schon da. Meine Freunde haben es immer gesagt: Ich mag es, für andere zu sorgen. Mich um sie zu kümmern. Ihnen bei ihren Problemen zu helfen. Darum hat die Magie mich als Luzifer ausgewählt, um die Community zu führen. Darum war meine Amtszeit auch zu Ende, als etwas anderes gebraucht wurde. Dein Ballast ist keine Belastung für mich. Und selbst wenn ... ich liebe dich so sehr, dass ich es in Kauf nehmen würde.«

Er küsst mich auf den Scheitel. »Ich werde nicht für immer Flügelführer bleiben«, sagt er. »Ich mache das schon sehr lange, und ich glaube, dass ich noch eine Weile vor mir habe, aber irgendwann wird die Lebensmacht jemand anderen bestimmen, der übernimmt.«

»Und wir können zusammen die Welt entdecken und unseren Regierungen unsere Expertise anbieten«, schlage ich vor. »Wer weiß, vielleicht sind wir dann auch schon Eltern.«

Er fängt an zu lächeln. »Das würde mir gefallen, glaube ich. Mit dir Kinder großzuziehen. Obwohl – willst du wirklich so lange damit warten?«

Ich zucke die Achseln. »Jetzt brauche ich erstmal Zeit,

um mich in die Drachen-Community einzufinden. Ich will eine Beziehung zu ihnen allen aufbauen und wieder Verbindung zu meinen Freunden aufnehmen. Vielleicht schauen, wie ich den Kontakt zwischen den Spezies fördern kann. Wenn das alles läuft, können wir über Kinder sprechen.« Ich kneife nachdenklich die Augen zusammen. »Hattest du nachgelesen, ob ich Energie zu unserem Ei beisteuern könnte?« Mir wird schon ganz warm ums Herz, wenn ich die Worte sage. Unser Ei. Brandt und ich werden ein Ei zusammen haben, und dann ein kleines Drachenbaby.

Das so groß werden wird, dass es mich tragen kann.

Er nickt. »Ja, ich habe das Lebende Archiv befragt. Du kannst kein energetisches Material beisteuern, aber du kannst Energie beisteuern. Das würde heißen, dass du dich verwandeln müsstest und Zeit mit meinen Schuppen verbringen müsstest, und ich müsste einen Konversions-Zauber wirken.«

Holla. Das klingt sehr seltsam. «Wenn du sagst ›Zeit verbringen‹, was bedeutet das? Im Raum sein? Mich an sie ankuscheln?«

»An das Nest kuscheln«, bestätigt er. »Oder wenigstens jeden Tag schön in der Nähe sein. Deine Energie würde über den Zauber mit der Energie der Schuppen verschmelzen.«

»Das klingt einfach genug.« Die Schuppen und ich könnten tagsüber fernsehen. Das könnte unser Ding sein, unsere Zeit, in der wir eine Bindung aufbauen.

»Ich lese nochmal genauer nach«, bestätigt er. »Ich werde alle Details herausbekommen. Wenn wir dann bereit sind, wissen wir alles Notwendige.« Er lächelt. »Deine Babys wären so hübsch.«

Ich lehne mich an ihn und betrachte die wunderschöne

Herbstlandschaft, während ich seine Wärme genieße und unsere Zukunft plane. Sophie braucht Ablenkung, weil sie sonst Kethe mit ihren Experimenten in den Wahnsinn treibt. Vielleicht könnte sie den Drachenjungen alles über die Erde beibringen – dann hätten die Experimente auch einen Sinn. Fabian muss mehr unter die Leute, abgesehen von sexuellen Abenteuern – er ist erschreckend naiv, was das wirkliche Leben angeht. Wenn ich Dustin dazu bewegen kann, kann er vielleicht jemand Neuen kennenlernen, um sich von seinem Professor abzulenken. Und Steffen … tja, das wird ein episches Unterfangen. Aber ich kann es an diesem wunderbaren Ort erledigen, umgeben von Leuten, die mich lieben.

# EPILOG

PERCY

5 JAHRE SPÄTER

»… GLAUBE WIRKLICH, SIE WIRD IHN HEIRATEN«, sage ich zu dem Ei. Es liegt in seinem Nest neben mir auf der Couch in dem gemütlichen Wohnzimmer im ersten Stock. Dracheneier sind am Anfang hart wie Stein, werden aber mit fortschreitender Entwicklung empfindlicher. Als das Ei an dem Punkt war, seine Farbe von Steingrau zu einem hübschen Wanderdrosseleiblau zu verändern, fanden Brandt und ich, dass es am sichersten sein würde, wenn das Ei nicht mehr die Treppen hoch und runter getragen werden würde. Der Farbwechsel war das Anzeichen dafür, dass die Schale jetzt zerbrechlich war. Brandt hat früher in diesem Raum seinen Schatz gehortet – der neben den sorgfältig verstauten Juwelen und Reichtümern, die man erwarten würde, auch aus seltenen Zaubern und Büchern besteht. Wir haben ihn mit einer bequemen Couch, einem Schreibtisch und einem

271

Fernseher eingerichtet, und somit ein Arbeitszimmer daraus gemacht, in dem man dem Ei Gesellschaft leisten und dabei fernsehen oder lesen konnte. Tagsüber habe ich hier oft Besuch, denn alle sind sehr aufgeregt wegen des Drachenbabys.

Heute ist Brandt in der Stadt, um so viel zu erledigen wie möglich. Das Ei hat gestern Abend eine andere energetische Ausstrahlung bekommen, was bedeutet, dass das Junge jederzeit schlüpfen könnte, und er möchte sich frei nehmen, um sich mit unserem Drachenbaby vertraut zu machen. Außerdem, was viel wichtiger ist, will er mir helfen, mich daran zu gewöhnen, ein Drachenbaby zu haben. Mit einem so Kleinen hatte ich bisher nie zu tun ... seit der Migration zur Erde gab es erst zwei, und keines davon in der Nähe. Ich habe die Drachenjungen natürlich kennengelernt und sie geknuddelt, aber nie wirklich viel Zeit mit ihnen verbracht. Es wird eine lehrreiche Erfahrung für mich werden.

Ich kann es kaum erwarten.

Die letzten paar Jahre waren die besten meines ganzen Lebens. Ich fühlte mich wieder gebraucht und gewollt und anerkannt, war in meinem Element, und Brandt dabei an meiner Seite zu haben war das Sahnehäubchen. Ich war gern Luzifer, aber manchmal war ich auch einsam. Ich hatte Lily, aber wir wussten beide, dass die Beziehung keine Zukunft hatte. Wir waren Freunde, die sich gegenseitig Gesellschaft leisteten. Brandt dagegen ist ... alles. Er kennt mich in- und auswendig, und nichts macht mich glücklicher als zu wissen, dass ich mich mit allen Bedürfnissen an ihn wenden kann, egal was es sein mag, und wenn es nur eine Umarmung ist.

Besser gesagt, nichts *hat* mich glücklicher gemacht. Denn im vergangenen Jahr, als unsere Energie sich zu einem Ei verwandelt hat, hat sich mein gesamtes Leben verändert. Wer hätte gedacht, dass ich so viel Freude an einer einseitigen Konversation mit einem Ei über eine Soap-Opera haben würde?

»Haben sie schon gezeigt, wer der Mörder von Melanie war?«, fragt eine Stimme von der Tür, und Dustin gesellt sich zu uns auf die Couch. »Na, du Ei?« Er tätschelt es sanft, und es pulsiert freundlich. Brandt und alle anderen versichern mir, dass das Drachenjunge noch nicht zwischen all den Leuten unterscheiden kann, die es lieb haben, aber es soll doch ein gewisses Bewusstsein haben – die Fähigkeit, gedämpfte Geräusche zu hören und Druck an seiner Schale zu fühlen.

»Ich glaube gar nicht, dass sie wirklich tot ist«, halte ich dagegen. »Erinnere dich: Sie haben nur die Hand gezeigt, die die Pistole gehalten hat, dann den Schuss, aber man hat nicht gesehen, dass die Kugel sie getroffen hat.«

Auf dem Bildschirm sind die Vorbereitungen für eine Hochzeit im Gange, die vielleicht stattfinden wird, vielleicht auch nicht. Es gibt viele lange, dunkle Blicke und dramatische Pausen von den Brautjungfern, die vergangene Nacht einen Dreier mit dem Bräutigam hatten, was sie geschworen hatten, der Braut niemals zu verraten.

Wie das enden wird, wissen wir doch sicher alle.

»Also hat er daneben geschossen? Und ist dann geflohen? Wurde davon noch etwas gezeigt?« Er schaut auf die Uhr. »Die Folge ist schon zur Hälfte vorbei.«

Ich schüttele den Kopf. »Nichts weiter. Bestimmt gibt es noch eine dramatische Enthüllung.«

Wir seufzen beide, dann grinst Dustin mich an.

»Einer schlimmer als der andere«, erklärt Kethe hinter mir. »Das Ei so einem seichten Unterhaltungsprogramm auszusetzen.« Sie tut so, als ob ihr Soaps keinen Spaß machen, und doch findet sie immer einen Grund, vorbei zu schauen, wenn wir sie uns ansehen.

»Das Ei liebt sie«, erkläre ich. In Wirklichkeit hoffe ich, dass das Ei solche Konzepte wie Mord, Untreue und Erpressung nicht versteht, aber es pulsiert auf eine ganz besondere Weise, wenn wir uns das ansehen – wer weiß?

Sie zieht die Nase hoch und mustert mit zusammengekniffenen Augen den Fernsehschirm. »Haben diese gemeinen Intrigantinnen Raya schon das Herz gebrochen?«

»Noch nicht«, sagt Dustin. »Aber es kommt auf die Perspektive an. Haben sie ihr nicht schon in dem Moment das Herz gebrochen, als sie mit Chad geschlafen haben? Außerdem – hat Raya überhaupt ein Herz, das man brechen könnte?«

»Da ist etwas dran«, murmele ich. Ich bin schon seit sechs Monaten hin- und hergerissen zwischen Liebe und Hass zu Raya.

Neben mir spüre ich ein energetisches Zittern vom Ei und schaue geistesabwesend hin.

Dann schaue ich wieder hin.

Kneife die Augen zusammen und schaue ein drittes Mal hin.

Und gebe ein hohes Geräusch von mir, das ein Quieken sein könnte.

Dustin springt auf und blickt sich aufgeregt um. »Was ist los?«

Ich zeige auf das Ei und den kleinen Sprung an der Kappe.

»Oh, wow«, sagt Dustin, während er auf die Knie fällt und es anstarrt. »Oh, wow!«

»Ich hole Sophie und Brandt«, sagt Kethe. »Kann ich euch beide allein lassen, oder verliert ihr dann die Nerven?«

Ich schüttele den Kopf und kann den Blick nicht von meinem zukünftigen Baby abwenden.

»Percy!«, sagt Kethe scharf, und ich werde mir wieder meines Umfeldes bewusst.

»Mir geht's gut«, versichere ich ihr, während ich den Blick losreiße und sie anschaue. «Ruf Brandt an. Sag ihm, er soll sich bitte beeilen.« Ich weiß zwar, dass es noch Stunden dauern kann, aber ich will, dass er hier ist, wenn es schlüpft, bei mir und unserem Baby. Und ich weiß, dass er dabei sein will. »Ich weiß, was ich zu tun habe.«

Kethe mustert mich lange und abschätzend, aber ist scheinbar zufrieden damit, was sie sieht, denn sie macht sich auf die Suche nach Sophie, während sie in der Tasche nach ihrem Handy kramt. Dustin und ich bleiben, wo wir sind, und starren wie gebannt auf das Ei ... das gar nichts macht. Nach ein paar Minuten schweigendem Anstarren seufzt mein Stief-Enkel und sagt: »Wir müssen geduldig sein.«

»Wir machen doch gar nichts«, sage ich, aber ich weiß, was er meint. Es wird lange nichts passieren, und wenn wir zu aufgeregt sind, wird es das Ei nervös machen. »Lass uns die Folge fertig schauen.«

Wir lassen uns wieder auf der Couch nieder. Ich würde gern meine Hand auf das Ei legen wie schon so oft, aber dafür ist es jetzt zu zerbrechlich. Es zu zerbrechen, bevor es bereit ist, könnte mein Drachenbaby traumatisieren, und das werde ich nicht zulassen. Stattdessen sitze ich so nah wie möglich neben dem Nest und lasse das Ei meine Präsenz spüren. Die Magie, die mich über die Jahre immer seltener aufgesucht hat, umgibt uns plötzlich – es scheint, als sei auch sie aufgeregt.

In meiner Tasche klingelt das Handy. Ich fische es heraus.

»Hi, David«, melde ich mich. Es überrascht mich nicht, dass er irgendwie Bescheid zu wissen scheint.

»Brandt ist unterwegs«, sagt er ermutigend. »Geht es dir gut? Und dem Ei?«

»Ja. Uns geht es gut. Es ist erst ein ganz kleiner Sprung zu sehen. Woher wusstest du davon?«

»Sam und ich hatten eine Besprechung mit Brandt und dem König. Er ist so schnell aufgebrochen, dass ich überrascht war, dass er vorher die Tür geöffnet hat. Hör mal, ich werde alle so lange wie möglich bremsen, aber wenn du jemanden bitten könntest, uns auf dem Laufenden zu halten, wäre das hilfreich.«

»Kein Problem«, versichere ich ihm, als Fabian herein gestürmt kommt, mit weit aufgerissenen Augen und geröteten Wangen. »Fabian wird euer Verbindungsmann. Er sagt euch stündlich Bescheid; und vorher, wenn etwas passiert.«

»Ach ja?«, fragt Fabian, und Dustin nickt ihm zu.

»Danke, Percy. Ich kann es kaum erwarten, dass du Papa wirst«, sagt David, und mein Atem stockt.

»Ja«, presse ich hervor. »Bis bald.« Wir legen auf und ich blinzele die Tränen weg und atme tief durch. »Ich werde Vater«, teile ich Fabian und Dustin mit.

»Wird dir das jetzt erst klar? Jetzt ist es nämlich zu spät, zurückzurudern«, sagt Fabian besorgt, aber Dustin lacht.

»Du musst David auf dem Laufenden halten«, sage ich zu Fabian, und er nickt.

»Das kann ich machen. Ich rufe ihn gleich an.«

»Warte vielleicht noch eine Stunde«, schlage ich vor. »Schließlich habe ich ihn gerade erst gesprochen.«

Ich höre Sophie kommen, bevor ich sie sehe, und sie platzt mit strahlendem Lächeln herein. »Wie aufregend!« Sie begutachtet das Ei kurz mit professionellem Blick, dann nickt sie zufrieden. »Jetzt beruhigen wir uns alle und schauen die Folge fertig an.«

SIEBEN STUNDEN später sitze ich neben unserem Ei bei Brandt auf dem Schoß. Der Sprung zieht sich inzwischen über fast die gesamte Schale, und es sind noch weitere dazu gekommen, die wie ein Spinnennetz die zarte Oberfläche bedecken. Es ist fast soweit. Das Ei pulisert jetzt durch die Energie, die das Drachenjunge braucht, um sie zu durchbrechen.

Es ist still. Hier sind den ganzen Nachmittag und Abend Leute ein- und ausgegangen, die unser Baby mit Liebe überschüttet und mit Familie umgeben haben. Da das Schlüpfen jetzt kurz bevorsteht, hat Sophie alle weggeschickt. Das Drachenjunge braucht dafür Ruhe und kein Chaos. Nur Brandt und ich sind hier, und Sophie sitzt am anderen Ende des Raums am Fenster, für den Fall, dass wir sie brauchen.

Brandt drückt seine Lippen an meinen Hals. »Ich liebe dich. Ich liebe dich und unser Baby, und ich bin so glücklich, dass wir hier sind.«

Ich nehme seine Hand und verflechte unsere Finger. »Ich liebe dich auch«, flüstere ich und drehe den Kopf so, dass ich ihm einen Kuss auf die Wange drücken kann. Vom Ei kommt eine weitere Vibration.

»Na komm schon, Baby«, lockt Brandt, dann beginnt er leise zu singen. Er hat jeden Abend für unser Ei gesungen, seit es Gestalt angenommen hat. Es ist immer das gleiche elfische Schlaflied, das es schon so lange gibt, dass es nie in die moderne Version ihrer Sprache übertragen wurde, im ursprünglichen, so gut wie vergessenen Dialekt ihrer

Vorfahren, und ich habe noch nie etwas so Schönes gehört wie den Gesang meines Lovers für unser Kind.

Unser Baby ist wohl der gleichen Meinung, denn mit einem letzten Energieschwall bricht das Ei auf, die Schalen springen ins Nest, und ein winziges, perfektes Drachenjunges blinzelt uns an.

Die Welle aus Liebe, die mich überschwemmt, ist so stark, dass ich nicht atmen kann, aber dann piept meine Tochter, und ich atme tief ein und strecke die Hände nach ihr aus. Sie passt in meine Handflächen. Ihr Blau ist so hell, dass es fast weiß ist, von der Nasenspitze bis zur unglaublich süßen Schwanzspitze. Ich drücke sie sanft an meine Brust, und Brandt schlingt die Arme um uns beide.

»Wie heißt sie?«, fragt Sophie leise, und ich schaue auf und sehe, dass sie lächelnd und mit verschleiertem Blick ein paar Schritte neben uns steht.

»Cecylia«, sagt Brandt, und sie bewegt sich in meinen Armen.

»Ich gehe allen sagen, dass sie da ist«, sagt Sophie. »Ruft mich, wenn ihr etwas braucht.« Damit lässt sie uns allein.

»Danke«, murmelt Brandt. »Dafür. Für alles. Dafür, dass du kein Banker geworden bist und einen Börsenmakler namens Nigel geheiratet hast.«

Ich pruste belustigt und drehe den Kopf, um seine Lippen mit meinen zu suchen. Cecylia macht ein miauendes Geräusch und reckt sich nach oben, um unsere Gesichter abzulecken, und wir lösen uns lachend voneinander.

»Keine Zungenküsse für dich«, sagt Brandt mit gespielter Strenge und nimmt sie mir ab. »Erst, wenn du sehr viel größer bist.« Ich klettere von seinem Schoß und hinüber zu dem Tisch, auf dem Kethe ein Tablett mit Brei abgestellt hat – Haferbrei mit Gemüse – während er ihr von all den aufregenden Dingen vorsingt, die ihr noch bevorstehen. Draußen wird geschrien und gejubelt: Unsere Freunde und Familien feiern das Wunder des neuen Drachenjungen, und ich weiß, dass sich die Nachricht in der Community schnell verbreiten wird. In den kommenden Tagen werden wir viel Besuch bekommen, zahlreiche Geschenke und gute Wünsche.

Aber in diesem Augenblick ist alles Wichtige hier in diesem Raum, und Brandt und ich füttern unsere Tochter zum ersten Mal.

Danke, dass du *Drachen lieben leicht gemacht* gelesen hast. Wenn du noch nicht weißt, wie Brandt und die Drachen zur Erde gelangt sind, empfehle ich dir die Reihe »Teufel sind auch nur Menschen«.
Eine Bonusszene, in der Brandt dann wirklich einen nackten Drachenausritt mit Percy unternimmt, bekommst du, wenn du meinen Newsletter abonnierst: https://www.louisamasters.com/translations
Als Nächstes kommt (übrigens) Dustins Geschichte!

# EBENFALLS VON LOUISA MASTERS

DEUTSCHE VERSIONEN

*Teufel sind auch nur Menschen*

Ein Dämon fürs Herz

Vampire sind die besseren Liebhaber

Da wird ja der Hund in der Hölle verrückt

Liebe wie von Zauberhand


*Geister inklusive*

Spuk und Schmied

Drama und Dämonenjäger


*Franklin U*

Mr. Romance

# ALSO BY LOUISA MASTERS

*Demons-In-Law*

Asher

*Franklin U*

Mr. Romance

*Ghostly Guardians*

Spirited Situation

Vortex Conundrum

Conduit Crisis

*Here Be Dragons*

Dragon Ever After

The Professor's Dragon

The Dragon Experiment

Conspiracy of Dragons

*Hidden Species*

Demons Do It Better

One Bite With A Vampire

Hijinks With A Hellhound

Sorcerers Always Satisfy

*Met His Match*

<u>Charming Him</u>

<u>Offside Rules</u>

<u>A Christmas Chance (novella)</u>

<u>Between the Covers (M/F)</u>

*Joy Universe*

I've Got This

<u>Follow My Lead</u>

<u>In Your Hands</u>

<u>Take Us There</u>

*Novellas*

Fake It 'Til You Make It (permafree)

One Golden Night

O Hell, All Ye Shoppers

Out of the Office

After the Blaze

# ÜBER DIE AUTORIN

Louisa Masters hat mit dem Lesen von Romanzen früher angefangen, als es ihrer Mutter recht war. Während sich andere Teenager aus dem Haus schlichen, hat Louisa herausgefunden, wie sie romantische Bücher lesen konnte, ohne erwischt zu werden. Als Erwachsene fördert sie ihre Sucht in jeder freien Sekunde, wobei sie sich nur gelegentlich davon losreißt, um Dinge zu tun wie zum Beispiel Telefonanrufe zu beantworten oder Rechnungen zu bezahlen.

Louisa hat eine lange Liste von Orten, die sie zuerst in Büchern entdeckt hat und besuchen will, und hin und wieder überwindet sie ihre Abneigung gegen Jetlags und unternimmt Reisen, die ihre Fantasie ankurbeln. Sie lebt in Melbourne, Australien, wo sie sich zwar die meiste Zeit des Jahres über das Wetter beschwert, aber insgeheim weiß, dass sie wahrscheinlich nie von dort wegziehen wird.

www.ingramcontent.com/pod-product-compliance
Lightning Source LLC
Chambersburg PA
CBHW061526210726
48287CB00006B/1853